땡큐, 맘 엄마표 영어 성공기

교과서보다 훨씬 재미있는 영어 수업

땡큐, 맘
엄마표 영어 성공기

신은미 외 38인 지음

모아북스
MOABOOKS

● 아이보람 영어교육법의 특별한 경험
  2만 명 넘는 아이들, 어떻게 공부하여 성과를 냈을까요?

15년의 꾸준함

2만 명 이상의 성공 사례

1만 명의 즐거운 외침

"엄마, 영어가 너무 재미있어요! 저에게도 꿈이 생겼어요!"

2005년 설립 이래 2019년 현재까지 15년 동안 2만 명이 넘는 영어 성공 사례를 배출한 아이보람의 영어교육. 그리고 오늘도 모국어를 배우듯 즐겁게 영어를 흡수하고 있는 전국 1만여 명의 아이들…….

무엇이 이처럼 한결 같은 꾸준함과 놀라운 성장의 역사를 만들고 있을까요? 아이보람의 아이들은 어떤 하루하루를 보내고 있고, 어떤 변화를 맛보고 있으며, 어떤 놀라운 성장을 이루어가고 있을까요?

아이보람에서는 현재 아이보람의 회원인 아이들과 부모님들, 그리고 예전에 아이보람의 회원이었던 아이들과 부모님들을 대상으로 아이보람을 경험한 소감문 공모전을 개최하였습니다.

이번 공모전은 그저 영어 잘하는 아이들의 공부법 이야기를 듣기 위함은 아니었습니다. 이번 아이보람 공모전은 아이보람을 통해 '미래의 인재상'으로 쑥쑥 자라고 있는 우리 아이들의 성장의 발자취를 함께 나누기 위해 대대적으로 개최되었습니다. 그 결과 깜짝 놀랄 만큼 수많은 경험담과 소중한 이야기가 응모되었습니다.

● 한국의 고질적인 영어교육,
학부모의 현명한 선택 기준은 무엇?

온라인 커뮤니티에 영어 학원과 영어 교육에 대한 질문을 올리면 어떤 답변들이 나올까요?

다음은 실제로 인터넷에서 쉽게 발견할 수 있는 답변 유형입니다.

"아무래도 문법, 독해를 잡아주는 교육을 시켜야 하지 않을까요?"

"아무리 교육이 바뀐다지만 우리나라는 입시가 제일 중요하지 않겠어요?"

"어렸을 때 재미 위주로 배우면 뭐하나요? 어차피 초등 고학년만 되어도 듣기, 말하기보다는 읽기, 쓰기, 문법이 중요해지는걸요."

"회화요? 물론 중요하지요. 적어도 초등 저학년 때까지는요. 하지만 우리나라는 문법, 독해를 잘해야 해요. 그래야 시험을 잘 보고 좋은 대학을 가죠."

어쩌면 우리에게 가장 익숙한 답변일지도 모릅니다. 적어도 '입시 지옥'을 몸소 경험해온 세대인 지금의 부모님들에게는 위의 이야기들이 '불변의 정답'으로 느껴질 수도 있습니다.

하지만 아이보람 공모전을 통해 모집된 소감문 속의 부모님들과 아이들은 조금 다른 이야기를 하고 있었습니다. 10명이면 10명, 200명이면 200명, 아이들의 성장스토리는 저마다 다르지만, 그들이 하는 이야기에는 미래가 있고, 뜨거움이 있고, 즐거움이 있습니다. 도대체 아이보람 영어는 무엇이 다르기에 이토록 아이들과 부모님들이 뜨거운 호응을 보내는 것일까요? 아이보람의 아이들은, 그리고 아이보람의 부모님들은 다음과 같이 이야기합니다.

- 아이보람 영어는 공부하는 영어가 아니라 습득하는 영어다.
- 아이보람 영어는 외국어 공부식이 아니라 모국어 습득식이다.
- 아이보람 영어는 아이들이 무엇을 못하느냐가 아니라 무엇을 잘하느냐를 본다.
- 아이보람 영어는 욕심을 채우는 것이 아니라 오히려 비우는 것이다.

기존의 학원 교육과 입시 교육에 없는 두 가지가 아이보람에는 있습니다. 그것은 바로 '다양성', 그리고 '창의성'입니다. 아이보람의 영어교육은 현재보다 미래를 바라보고 있기 때문입니다.

세계적인 미래학자 앨빈 토플러는 다음과 같이 말했습니다.

"한국 학생들은 하루 15시간 동안 학교와 학원에서, 미래에 필요하지도 않은 지식과 존재하지도 않을 직업을 위해 시간을 낭비하고 있습니다."

한국식 영어 교육의 패러다임을 바꿔야 한다는 목소리는 이미 오래전부터 높아지고 있었습니다. 그렇다면 이제 부모들은 어떤 선택을 해야 할까요? 이번 공모전에서 발견할 수 있었던 것은 바로 그 '선택'이었습니다.

● **전국적으로 확산되는 아이보람 열풍**
  4차 산업혁명 시대의 인재를 꿈꾸다

아이보람의 영어를 흔히 '엄마표 영어'로 설명합니다. 엄마표 영어는 '엄마가 주축이 되는 영어교육'을 뜻합니다. 그렇다고 해서 '엄마가 일방적으로 가르치는 영어교육'을 의미하는 것은 아닙니다.

아이보람에서 말하는 엄마표 영어는 '엄마가 영어를 잘해서 가르치는' 것이 아닙니다. 아이보람의 엄마표 영어교육 방식은 '엄마가 영어를 잘할 필요가 없는' 방식이면서, '엄마의 영어 실력과 상관없이' 마치 모국어를 습득하는 것처럼 자연스럽게 영어를 접목시켜 아이들의 성장을 이끌어주는 방식입니다.

그래서 아이보람의 부모님들은 다음과 같이 말합니다.

"어차피 아이들은 1년도 안 돼서 부모를 앞질러가요. 부모가 더 잘

할 필요도, 더 잘할 수도 없는 거지요."

그래서 아이보람에서 늘 부모님에게 강조하는 말이 있습니다. 그것은 부모로서 욕심을 버리라는 것입니다. 부모님이 생각하는 성공, 부모님이 생각하는 좋은 직업, 부모님이 생각하는 학벌과 시험 점수, 부모님이 생각하는 좋은 공부방법, 부모님의 욕망과 잣대……. 그 모든 것을 버리고 비우는 것에서 아이보람의 영어는 시작됩니다.

어머니의 글 중에 "아프리카의 원시 부족이 강을 따라 살고 있었다. 그 강의 상류에는 거대한 댐이 지어지고 있었다. 원시 부족은 그걸 모르는 채로 강에서 물고기를 잡는 법, 카누를 만드는 법, 농사짓는 법을 계속 자식들에게 가르쳤다. 그러다 댐이 만들어지자 이 원시 부족과 문명은 흔적도 없이 사라졌다"는 내용이 있습니다.

우리 아이들이 맞이할 시대는 지금의 부모님이 경험한 시대와는 많이 다를 것입니다. 요즘 화두가 되고 있는 소위 '4차 산업혁명 시대'에는 직업의 의미와 역할도 달라지고, 그에 따라 공부의 의미와 과정도 과거와는 완전히 달라집니다. 사람이 하던 많은 일이 인공지능과 로봇이 대신 하게 될 것이며, 따라서 '좋은 직업'과 '행복한 삶'의 가치와 정의도 예전과는 달라질 것입니다.

우리 아이들이 살아갈 미래가 이처럼 달라지는데, 부모들이 당연시하던 공부법과 직업관을 그대로 아이들에게 강조해야 할까요? 그것이 미래의 인재를 만드는 방법일까요? '그렇지 않다'는 것이 아이보람의 교육관입니다. 아이보람에서 '정답을 맞추는 문제풀이', '강제적인 읽기와 독해'를 강조하지 않는 이유입니다.

아이보람에서는 자발성과 즐거움, 상상력과 창의력, 자율성과 다양성을 강조합니다. 그것이 바로 아이보람이 강조하는 미래 인재상이자, 추구하는 영어교육관이라 할 수 있습니다.

● '영어 공부를 위해서'가 아니라
'영어와 함께' 성장하는 아이들의 이야기는 계속되어야 합니다

아이보람은 현재까지 서울과 수도권에 35개의 센터를 운영하고 있습니다. 15년이라는 세월에 비해 어쩌면 그리 많은 숫자가 아닐 수도 있습니다. 이는 센터를 개설할 수 있는 조건 자체가 매우 까다롭기 때문입니다.

하지만 철저한 관리와 체계적인 컨설팅에 의해 그동안 2만여 명 넘는 아이들의 성공 사례를 만들어왔으며 지금도 1만여 명의 아이들이 아이보람 영어 습득법으로 즐겁게 성장하는 중입니다.

이러한 과정을 보여주는 성장 스토리가 바로 이번 공모전을 통해 모집되었습니다. 공모작 모집을 시작하며 내건 조건은 다음과 같이 간단했습니다.

- 아이보람과 함께 하며 느낀 소감
- 아이보람과 함께 성장하는 자녀들의 모습
- 아이보람과 함께 하며 변화한 모습이나 생각

수많은 응모작 속에 담긴 이야기들은 단순히 '어떻게 영어를 공부했느냐' 만은 아니었습니다. 응모작 속 아이들은 저마다 장점이 있었고, 좋아하는 것과 잘하는 것이 다 달랐으며, 영어와 함께 하는 속도도 반응도 달랐습니다. 빠르게 습득하고 성장하는 아이도 있었지만, 자기만의 속도로 느리게 나아가는 아이도 있었습니다. 그 누구도 부족하거나 모자라지 않았습니다.

많은 응모작 중에서 약 180편을 추리고, 그 가운데서 또 다시 최종 30~40여 편을 추려내는 과정을 여러 번 반복했지만 사실상 응모작의 우열을 가리는 것이 불가능하다는 것을 인정해야만 했습니다. 그 안에 담긴 아이들과 부모님들의 이야기, 나아가 가족이 함께 해온 행복한 성장의 이야기에 우열이 있을 수는 없기 때문입니다. 다만 공모전이라는 타이틀을 내건 이상, 더 큰 울림과 진실함이 전달되는 글을 심사위원들의 고심 끝에 어렵게 선정하게 되었음을 알려드립니다.

응모해주신 아이보람 부모님과 가족에게 더 없이 뜨거운 박수를 보냅니다. 아이보람 영어를 통해 미래의 인재로 성장하고 있는 아이들에게 아낌없는 응원과 칭찬, 따뜻한 포옹을 보냅니다.

신은미

| 차 례 |

Part 2 | 엄마가 선택한 아이보람 영어교육법

Part 3┃ 아빠가 선택한 아이보람 영어교육법

Part **1**

영어가
재미있어요

01

영어 공부 어떻게 할지
고민하는 후배들에게 알려드릴게요

이병헌

● 영어에 대한 관점을 바꿔준 아이보람

저는 경기외국어고등학교에 재학 중인 이병헌입니다. 어머니에 의해 초등학교 2학년 때 시작한 '아이보람'이라는 영어학습 프로그램을 접하게 되었고, 아이보람으로 공부했던 여러 가지 활동이 '영어'라는 학문에 대한 흥미를 이끌어내었습니다. 그리고 그 흥미가 특수목적 고등학교 진학에 영향을 끼쳤습니다. 현재 저는 언어학과 관련된 직업을 희망하고 있고, 고려대학교 언어학부에 입학하여 꿈을 펼칠 계획을 준비하고 있습니다.

이렇게 저의 인생에 영향을 끼친 아이보람 활동 중 제 기억에 남았던 활동은 무엇일까요? 바로 미국의 시사잡지〈TIME〉지를 듣고 스스로 읽어보며 새로운 정보를 얻는 활동이었습니다.

저는 유난히 듣는 활동을 좋아했습니다. 그때는 몰랐지만 지금 생각해보니 언어를 배우기 위해서는 스스로 읽어보고 공부하며 그 나라의 어법 등에 적응하는 것 역시 중요하지만, 결국 많이 들어서 그 언어에 오래 노출되는 것이 가장 중요하다고 생각합니다. 그래서 과거에도 가장 좋아했고, 현재에도 가장 중요하다고 생각하는 활동인 듣기를 뽑았습니다.

아이보람 활동을 통해 영어를 바라보는 관점이 변했습니다. 저에게 영어는 공부해서 시험 보는 하나의 과목으로만 느껴졌지만, 이 활동들을 거쳐간 지금, 하나의 언어로 받아들이게 되었습니다. 이는 단지 공부를 위한 수단이 아니라 세계화 시대를 살아가기 위한, 세계인과의 소통을 위한 열쇠로 미래에 내가 어떤 일이 하고 싶어지거나 외국으로 유학을 갈 때 필요한 도구로 받아들여졌습니다.

또한 DVD를 보고 원서들을 듣고 따라 읽으며 내용을 파악하는 활동은 처음에 적응하는 데에 시간이 꽤 걸리지만, 적응하고 나면 충분히 흥미를 자극하면서도 언어 습득을 효과적으로, 현지인처럼 할 수 있습니다. 이러한 흥미로운 과정이 제가 외국어고등학교에 진학한 밑거름이 된 것 같습니다.

● 학원과 아이보람, 무엇이 다를까?

저는 아이보람 활동과 학원 모두 다녀본 학생입니다. 학원에서는 주로 문법 위주로 수업을 진행하게 되어 대부분의 수업이 문법과 수능 독해에 초점이 맞춰져 있습니다. 즉 학원에서는 그저 시험을 보기 위해 하나의 언어를 배우는 셈이 됩니다.

물론 구문 독해를 위한 간단한 개념 등은 어느 정도 공부를 필요로 합니다. 하지만 문장을 끊어서 의미 단위로 해석하는 능력은 아이보람 활동을 통해 충분히 길러나갈 수 있을 것이라 생각합니다.

제가 경험해본 아이보람은 시험을 보기 위한 공부가 아닌 직접 언어를 체화시켜 습득하는 것으로, DVD를 통해 영어를 배우면서도 미국과 영국 혹은 다른 영어권 국가들의 문화까지도 함께 배울 수 있었습니다. 특히 직독직해로는 해결이 불가한 숙어나 관용표현 등 현지인이 아닌 이상 알 수 없는 표현을 습득하고 그것이 독해에서 결정적인 차이를 만들어낸다는 것을 깨달았을 때, 저는 이 방법이 옳았다는 생각을 하게 되었습니다.

실제 학교 생활에서도 아이보람 방법으로 영어를 공부했기 때문에 얻을 수 있는 이점도 있었습니다. 우리 학교의 수업 일부에는 영어로 과거 역사를 공부하고 역시 영어로 수업하는 교과가 있었습니다. 이 교과에서는 역사뿐만 아니라 시도 함께 배웠습니다. 시를 배울 때 익숙하지 않은 수많은 표현법과 관용구가 등장했을 때, 과거 접했던 DVD나 원서에서 보았던 것 같은 예감이 들었고, 그 예감은 틀리지 않았습니다. 이때 저는 과거 엄마의 권유로 보기 시작했던 DVD와 원서들에게 새삼 고마움을 느꼈고, '올바른 방법으로 영어를 공부했구나' 라는 생각을 하게 되었습니다.

아이보람을 초등학교 2학년 때부터 시작해 영어를 공부한 학생으로서 그 긴 시간 속에서 '이 방법이 옳은 것일까?' 내지는 내신 성적에 대한 불안감 모두를 겪었고, 그 과정 속에서 더욱 성장했음을 직접 느꼈습니다.

● 학원에서는 절대 얻을 수 없는 것들

 이렇듯 아이보람의 활동은 영어에 대한 저의 가치관들을 송두리째 바꾸어 놓았고, 저의 영어 실력뿐만 아니라 다른 측면들에서도 더욱 성장하게 해준 것 같습니다. 제 수년간의 소감을 담아 아이보람을 한 줄로 설명하면 '영어뿐만 아니라 자기 자신 역시 성장시킬 수 있는 방법' 이라고 생각합니다.

아이를 학원에 보낼지, 아이보람에 보낼지 고민하고 있는 학부모들뿐만 아니라 '내가 공부를 할 때 아이보람처럼 영어를 배우는 것이 좋

을까, 아니면 학원에 가서 공부하는 것이 좋을까?' 라는 고민을 하는 학생들에게 저는 주저하지 않고 아이보람을 추천할 것입니다.

우선 위에서도 말했듯, 학원에서 공부로는 얻을 수 없는 것을 아이보람의 여러 활동을 통해 얻을 수 있습니다. 특히 학원에서의 공부는 시간이 지나면 결국 잊혀지고, 나중에 정말 회화라든지 다른 능력들이 필요한 경우 역량을 제대로 발휘하기 어렵습니다.

그렇기 때문에 실제 모국어처럼 영어를 흡수 할 수 있는 아이보람의 활동을 겪어본 저로서는 매우 만족스러웠고 추천하고 싶습니다. 비록 5년의 시간이 길다고 느낄 수 있겠지만, 그 5년을 잘 투자하고 활용한다면 5년보다 훨씬 긴 시간동안 영어를 자유자재로 다루게 될 수 있을 것입니다.

영어가 재미있었어요!

김하은

● **영어 뜻도 모르는데 자막 없이 영화를 볼 수 있었다**

아이보람을 처음 할 때가 생생하게 기억난다.

"엄마, 단어 뜻도 모르는데 어떻게 자막 없이 영화를 보고 영어를 배워?!"

근데 진짜 신기했다. 어느 순간부터 몇몇 영어 단어가 들리기 시작했다. 그때 난 느꼈다. 뭐든지 집중하고, 열심히 하면 된다는 것을!

영화를 보고 난 뒤, 많은 활동을 했다. 그중에 제일 좋은 프로그램은 아무래도 D.K 라고 생각한다. D.K가 없었다면 지금까지 많은 단어를 알지 못했을 것 같다.

또 아이보람에서는 1년에 한번씩 미미킹이라는 것을 한다. 미미킹은 영어로 무엇인가를 말하거나 자신이 좋아하는 영화 대사를 말하는 것이다. 나의 첫 번째 미미킹은 '코렐라인' 이라는 영화였다. 그때는 시작한 지 얼마 안 되고 어렸기 때문에 다음 기회를 생각했다. 1년이 지나고, 다음 미미킹은 Barbie의 'Rack and Royal' 이라는 영화였다. 이 영화는 내 인생 BEST 영화중 하나인데 그때 연습을 많이 못했던 기억이 있다. 역시나 다음 기회를 생각하고 있었는데, 카페 조회수가 많이 올라가자 설마설마 했다. 상을 받는 날, 엄마와 난 카페에 들어가서 확인을 하고 놀랐다.

"어머나!!"

난 소리를 지르고 난리가 났다. 내가 상장 명단에 있는 것이었다!! 엄마와 난 믿기지 않아서 눈을 감고 뜨다가 다시 보았다. '김하은' 이 연기상에 올라있었다. 그 뒤로 난 영어에 자신감이 붙었고, Rack and Royal 영화가 너무너무 좋아졌다. 또한 상까지 주서서 너무 기뻤다.

아이보람 활동 중 영어 챕터북으로 리딩하는 것도 있다. 리딩이 그때 당시 많은 도움을 준 것 같아서 감사하다. 리딩을 열심히 꾸준히 노력을 더해서 연습을 하니 말하기도 늘은 것 같다.

학교 영어선생님께도 칭찬을 들을 때가 있다. 영어로 일기쓰기에 대해 칭찬을 듣는 것이다. 우리 학교에서는 가끔 영어선생님께서 영어로 일기를 쓰라고 하실 때가 있다. 친구들은 망설이며 쓰지만 난 아니다. 아이보람에서 Journal을 쓰고 있기 때문이다. Journal은 영어로 일기 쓰는 것을 말한다. 영어로 일기를 쓰면 영어 글쓰기가 향상된다.

● 5년차, 많은 변화가 일어났어요!

많은 변화가 일어난 시점은 4년차 때 한 화상영어였다. 화상영어는 원어민이랑 1대 1로 영상통화를 하는 것이다. 예전에는 영어로 원어민과 대화하는 것이 두렵고, 무섭고, 영어 발음을 실수할까봐 떨리기도 했다.

처음 화상영어를 할 때, "Hello?"라는 영어를 말할 때도 조마조마했었다. 그런데 막상 선생님과 함께 이야기도 나누고, 학교에서 있었던 일, 주말에 있었던 일들을 이야기하니 마음이 조금씩 조금씩 편안해지는 것 같았다.

화상영어를 시작하기 전에는 ibgrammar라는 활동을 했었다. 이 프로그램은 매달 아이보람 전국 센터에서 ibgrammar로 대결을 해서, 1~5위까지 상을 주는 프로그램이다. 나는 열심히 해서 영어 타자도 늘고, 1~5위 안에 드는 걸 세 번을 해서 헤드폰을 세 번 받았다.

영어타자가 가장 놀라운 것 같다. 학교에서 처음 나온 타수는 17타였는데 난 이것에 충격을 받고 영어타자를 연습했다. 상도 받고 싶고, 영어타자도 늘고 싶어서, 40분 넘게 친 적이 있다. 그냥 타자 프로그램으로도 안 되던 영어타자가 ibgrammar를 통해 바뀌었다. 10타씩 계속 늘더니, 지금은 400타다. 놀라운 일이 일어난 것이다! 최고 기록이 402타이고, 평균적으로는 375타 정도 된다.

때때로 아이보람에서 Test를 볼 때가 있다. Test를 볼 때 매우 떨리긴 하지만, 막상 끝나고 나면 잘했다는 생각이 많이 들고 나의 실력이 향상된 느낌이 든다. 지금까지 꾸준히 한 것이 큰 의미가 있었다고 항상 생각한다.

아이보람 5년차! 이번에는 '주니어 헤럴드' 기자단에 들어가게 되었다. 기자단 캠프도 재미있게 다녀왔다. 영어 실력도 늘고 친구도 새로 사귀니까 너무 좋았다. 주니어 기자가 돼서 매달 기사를 올려야 하는데 이번 달에 내가 쓴 기사가 선정되었다. 8월에 기사를 2개 썼는데 그 중 한 개의 기사가 선정되어서 너무 좋았다.

● 내가 영어를 좋아하게 된 이유는 아이보람 때문이에요

난 영어 단어를 일부러 외우는 것이 싫다. 그런데 아이보람은 저절로 단어를 외워지게 해 준다. 내 주위에 있는 몇몇 친구들은 영어 학원에 다니는데 밤늦게까지 학원에 남아서 영어 공부를 한다고 한다.

하지만 아이보람은 집에서 하는 영어다. 밤늦게까지 영어하는 친구와, 집에서 편안하게 영어하는 친구는 다르다고 생각한다. 아무리 늦게까지 공부 해봤자 머리만 아프고, 졸리기도 할 것 같다. 또한 실력도 다를 것이다. 아이보람은 영어 단어를 외우지 않아도 즐겁게 할 수 있는 방법이기 때문이다.

우리는 살아가면서 영어가 꼭 필요하다. 우리 지구에서 절반이 사

용하기 때문에, 영어를 배우면 세계 여러 나라로 갈 수 있을 것이다.

만약 아이보람이 없었고, 있어도 하지 못했다면, 이렇게 행복한 생활을 하지 못했을 것 같다. 만약 학원에 다니고 아이보람이 없었다면 영어에 흥미를 느끼지 못하고 원어민과 자유롭게 대화하기도 힘들었을 것이다. 이렇게 영어가 좋아지지도 않았을 것이다.

전에는 영어에 대한 부담감이 있었는데 이제는 영어에 대한 부담감이 사라졌다. 오히려 지금은 오늘보다 내일 더 열심히 해야겠다는 생각을 가지고 아이보람을 하고 있다.

1년 정도 있으면 난 아이보람 졸업을 한다. 졸업을 해도 난 아이보람을 꾸준히 할 것이다. 아이보람은 나의 미래를 바꾸는 길 같은 존재라고 생각한다. 영어를 하면서 책도 많이 읽게 되었고, 이제는 한국어 책을 영어로 번역도 할 수 있게 되었다. 하루하루 조금씩 성장하는 것이 나에게 큰 변화를 심어주는 것 같다.

03

내 꿈과 희망을 향해 한 발짝 더

백채희

● 아이보람으로 만난 영어! 너무 재미있어요

저는 초등학교 5학년, 현재 아이보람 4년차입니다. 예전에 저는 항상 "엄마, TV 봐도 돼요?"라고 물었습니다. 그러나 언젠가부터 "Mom, can I watch TV?"라고 바뀌었습니다. 아이보람을 다니기 전에는 이런 일은 상상도 하지 못했습니다. 영어를 할 줄 몰랐기 때문입니다. 심지어 알파벳도 몰랐습니다.

저는 영어 공부를 정말 하고 싶어 했습니다. 그래서 엄마한테 부탁했죠. 그랬더니 우연히 아이보람을 알게 된 좋은 기회가 생겼습니다. 정말 신이 났습니다. 조금 힘들 거라는 것은 알았지만 영어를 잘할 수 있다는 기대감에 다시 한 번 신이 났었죠.

엄마가 이곳은 그냥 보통 학원이랑은 다르다고 하니 정말 더할 나위 없이 들떴습니다. 잠을 잘 때도 학교에 있을 때도 온통 영어 생각뿐이었습니다. 원래는 학교 끝나자마자 친구들이랑 놀지만 이제는 거의 그렇지 않습니다. 영어 공부를 하는 것이 좋아졌습니다.

효과는 정말 빨랐죠. 알파벳은 금방 외웠습니다. 1년차 때는 DVD, 오디오 CD 듣기, DK 컴퓨터 프로그램, 우리말 책읽기를 했습니다.

제가 가장 좋아하는 것은 DVD입니다. 가장 좋아하는 DVD는 '마법사 멀린' 입니다. 처음에는 이해하기 어려웠지만 지금은 1년 가까이 반복해서 보다 보니 전체 내용을 거의 다 이해했습니다.

저는 DVD를 볼 때마다 모르는 단어를 적어서 방문 앞에 붙여두곤 했습니다. DK도 마찬가지였습니다. 모르는 단어가 나오면 DVD와 똑같이 종이에 적어서 방문 앞에 붙여두곤 했습니다. DK는 컴퓨터 프로그램인데 정말 재미있습니다. 빨간색으로 표시된 단어를 눌러서 따라하면 됩니다. DK에는 다양한 게임도 있습니다.

오디오 CD는 정말 집중해서 들었죠. 오디오 CD 듣기는 정말 다른 세상에 와 있는 것 같았습니다. 다양한 이야기를 들을 수 있기도 하고 마음껏 상상할 수 있죠. 오디오 CD는 몇 달에 한 번씩 바뀌었습니다.

2년차 때는 DK에서 유로톡 컴퓨터 프로그램으로 바뀌었습니다. 마치 제가 외국인과 대화를 하는 것 같았습니다. 진짜 외국인이 나와서 하는 프로그램입니다. 듣고 따라하면 정말 실감 나고 효과적입니다.

재미있는 영어 컴퓨터 게임도 있습니다. 너무 어렵지도 않고 너무 쉽지도 않으면서도 고민해야 하는 게임입니다.

3년차 때는 유로톡에서 OPDi로 바뀌었습니다. OPDi는 영어 타자를 연습하는 프로그램입니다. 분류별로 있어서 헷갈리지도 않고 힘들지도 않았습니다. 오히려 재미있었습니다. OPDi를 할 때면 제가 마치 타자를 엄청 잘 치는 것처럼 느껴집니다.

4년차는 OPDi에서 문법으로 바뀌고, 〈타임〉지영어 시사잡지, 그리고 화상영어가 추가됩니다. 문법은 말 그대로 영어 문법을 연습하는 컴퓨터 프로그램입니다. 또한 타자도 연습할 수 있죠. 전국에 아이보람에서 문법을 하는 아이들의 누적, 신규도 나타냅니다. 〈타임〉지는 '뉴욕 타임즈'를 바탕으로 한 신문입니다. 다른 나라의 문화와 살아가는 모습을 알려주고, 미국의 정보를 알려줍니다. 〈타임〉지를 할 때면 제가 마치 미국이나 다른 나라에 와서 다양한 체험을 하는 것 같습니다. 화상영어는 스카이프로 외국 선생님들과 화상통화를 하는 프로그램입니다. 외국 선생님들과 친해질 수도 있고, 자신의 경험을 얘기할 수도 있습니다.

● **영어를 통해 접한 새로운 경험들**

영어를 잘하게 되면서 경험한 것도 많습니다. 영어 말하기 대회에도 나갔습니다. 저는 영자 신문에 나오는 프랑스 전설인 Puss In

Boots를 했습니다. 다 하고 난 후에는 정말 뿌듯하고, '내가 이것을 다 마쳤다!' 라고 하면서 저한테 칭찬을 했습니다. 최우수상을 탔습니다. 점수는 최고상에서 0.02 밑에 있어서 아쉽지만 이 정도면 정말 잘한 것 같다고 생각합니다.

외국 친구도 있습니다. 일본, 미국, 영국, 중국, 프랑스, 필리핀, 베트남 등등. 만약 제가 영어를 못했으면 외국 친구는 어림도 없었을 거라고 생각합니다. 그러나 아이보람으로 영어를 익히면 효과가 좋기 때문에 이 정도는 대화가 가능합니다. 아이보람이 아니었으면 현재 저의 가장 친한 친구인 Anna는 제가 모르는 사람이었을 것입니다.

외국에 나가서 외국인과 대화하는 것도 아이보람에 다니기 전에는 상상도 할 수 없었는데 이제는 영어가 가능하니 말을 걸고 답하기는 식은 죽 먹기입니다.

아이보람에 다니면 꿈과 희망에 한 발짝 더 다가갑니다. 아이보람은 영어뿐만 아니라 자신감도 키워줍니다. 모든 것이 하고 싶지 않을 때 그것을 극복하는 방법도 알려줍니다.

딱 5초만 세보세요. 5초 후에는 아무 생각 없이 하는 것입니다. 신기하게도 생각이 바뀝니다. 그리고 그것을 끝내면 정말 뿌듯하고 기분이 좋아집니다. 이 마법 같은 일은 자신의 삶을 변화시킬 수 있습니다.

또 다른 방법은 모든 것이 즐겁다고 생각해보세요. 무조건 하기 싫다고만 하지 말고 '재미있을 거야' 하고 생각해보세요. 나를 위한 것이라고 생각하고, 나의 미래를 위한 것이라고 생각해보세요. 모든 것이 하고 싶지 않을 때는 일단 '왜?' 라고 질문을 던져보세요. 곰곰이 생각해보시고 마음의 문을 열어보세요. 그러면 방금 전까지 생각했던 것이 '내가 왜 그렇게 생각했지?' 하고 느껴질 거예요.

아이보람을 한 후에는 모든 것이 달라질 것입니다. 영어를 사랑할 것이고 영어를 이해할 수 있을 것입니다. 전에는 다른 과목을 잘 했지만 아이보람에 다니면 영어를 가장 잘하게 될 것입니다. 영어가 정말 익숙해질 것입니다. 예전에는 길거리에 다니는 외국인을 그저 쳐다보기만 했지만 아이보람에 다니면 그렇지 않게 될 것입니다. 외국인과 대화를 자주 하게 될 거니까요.

제가 아이보람을 강력 추천하는 이유는 효과도 좋고 재미있고 별로 힘들지도 않기 때문입니다. 좋은 기회도 얻을 수 있고, 할 수 있는 것도 많아집니다. 아이보람으로 영어를 익히는 건 꿈을 이루기 위해 한 걸음을 나아가는 거라고 생각합니다.

04

학원에서 싫어했던 영어 공부의
재미를 찾았어요!

조한결

● 저도 영어를 잘할 수 있다는 걸 알았어요

저는 아이보람 영어를 2018년 6월에 시작하여 2년째 하고 있는 조한결입니다. 이 영어를 하기 전에는 유치원에서 하는 방과 후 외에 ○○ 영어 학원에 다녔습니다. 1주일에 두 번 3시간씩 수업을 했는데 엄마의 강요만 아니라면 정말로 받고 싶지 않은 수업이었어요. 솔직히 그때 영어가 싫어졌습니다. 재미도 없고 어려워서 꾀병을 부려서라도 가고 싶지 않았을 때가 많았어요.

그러다 이사를 하게 되고, 다니던 학원과 멀어져서 새롭게 영어를 시작하려고 할 때 친한 친구의 소개에 저와 엄마는 아이보람이라는 엄마표 영어를 시작하게 되었습니다.

아이보람을 시작하면서 영어를 재미있게 할 수 있다는 것을 깨닫게 되었습니다. 전에는 온라인 영어가 죽도록 싫어서 항상 밀렸지만 아이보람은 달랐습니다.

제가 좋아하는 애니메이션 〈보스 베이비〉나 〈라푼젤〉을 1시간 동안 볼 때도 정말로 행복했습니다. 자막을 사용하지 않고 매일매일 들었을 때, 그냥 흘려보내던 음성이 이제는 일상생활의 단어나 문장으로 들렸습니다! 잘 안 들렸던 것이 조금씩 변하고 '나도 얼추 들리는구나!' 라는 생각으로 변하게 되었을 때 제 자신이 아닌 것 마냥 신기했습니다.

힘들지 않았다고 말할 순 없지만, 예전 영어 학원에서 받았던 지루한 3시간 수업보단 낫다고 생각했습니다. 선생님과 첫 만남 때 엄청 잘 보이려고 열심히 하였는데, 이전 학원 같았으면 발음 지적, 목소리 지적, 온갖 지적은 다 하셨을 텐데, 오히려 지적보단 "너무 잘하고 있다"는 칭찬과 응원을 해주셔서 너무 좋았습니다! "발전하고 있다"는 말, 제가 실수를 해도 화내지 않으시고 "잘하고 있다"는 말을 곁에서 해주셔서 마음에 있던 긴장은 사라지고 웃음이 돌아왔습니다. 저는 아이보람 영어를 하면서 정말 잘했다는 생각이 들었습니다.

● 스스로 하니까 더 신나고 재미있어요

제가 생각하는 저의 큰 변화된 모습이 있습니다. '좋아하는 영화를 연속해서 따라하라'는 미션이 들어왔을 때, 처음에는 '안 되겠다, 못 하겠다'라고 생각했습니다. 하지만 몇 주 후 점점 말을 하고 5분의 연따 영상을 만들게 되었습니다!

만약 예전처럼 엄마의 잔소리로 시작하였다면 정말 하기 싫고 딴 짓 하면서 영어숙제를 했을 텐데, 엄마는 "네가 하고 싶을 때 해라"라고 말씀하셨습니다.

저는 제가 하고 싶을 때 DVD를 보았습니다. 그리고 엄마가 항상 선생님처럼 옆에서 도와주시고 칭찬해주셔서 자신감을 갖고 영어를 하게 되었습니다. 매일 반복하니까 대사, 춤, 노래 다 완벽하게는 아니지만 조금씩 늘어나게 되었고, 이제는 '배운다'는 생각보다는 그냥 '즐기고 싶다'는 생각이 솔직히 듭니다.

아이보람을 하면서 변화된 모습을 느낄 때가 또 있습니다. 그건 바로 아이보람 하는 친구들과의 모임이었습니다. 보통의 학원처럼 숙제 검사가 아닌 나와 다른 친구들은 어떻게 공부하는지 같이 얘기해보면서 친구들과 함께 얼굴도 익히고, 서로 "으싸으싸!" 힘도 내는 미팅이었습니다.

선생님께서는 분위기를 재미있게 해주시고, 단어를 맞추는 것도 손 들고 발표하는 게 아니라 뿅망치로 터치하면서 맛있는 젤리, 사탕을

주면서 하니까 학원에서 했던 온라인 게임보다 더 재미있고 승부욕도 생겨 더 적극적으로 하게 되었습니다. 처음 본 사이에 어색했지만, 재미난 영어 게임 덕분에 친구들하고도 영어하고도 친해진 것 같았습니다.

그림 그리며 영어로 소개도 하고, 작지만 행복한 이벤트가 많습니다. 그리고 정말로 영어가 하기 싫을 때나 너무 어려울 때는 엄마가 선생님이 되어주셔서 난이도를 저한테 맞춰서 영어의 압박감도 줄여가며 진행할 수 있어 좋았습니다.

● 점점 발전하는 제 모습이 그려져요

예전에 다니던 학원은 3시간 동안 수업을 듣고 집에 가서 숙제를 할 때면, 동사가 뭔지 명사는 또 무엇인지 하나도 수업 내용이 머릿속에 안 들어왔습니다.

하지만 아이보람 영어를 하면서부터는 그때그때 배운 단어나 문장이 머릿속에 생생하게 남고 자연스럽게 말을 하게 되었습니다. 처음에는 DVD만 두 편씩 보고 몇 시간씩 영어만 흘려들어서 쉽다고 생각했는데, 조금씩 익숙해지고 잘하게 되면 조금씩 단계를 올라가서 힘들지 않게 따라갈 수 있어서 좋았습니다.

주로 하는 DK 온라인 프로그램도 처음에는 단어와 설명을 그냥 듣고 따라 하기만 하다가, 시간이 지나고 횟수가 늘어날수록 바로 듣고 따라 하기도 하고 이미지랑 유추해보기도 하고, 여러 번 반복 진행하다 보니 왠지 모르게 여러가지를 같이 배우게 되는 느낌이었습니다. 점점 단계가 올라가거나 몇 바퀴를 돌 때마다 할 게 많아져서 좀 힘들었지만, CD는 점점 잘 들리고, 노래도 따라할 수 있고, 단어와 문장을 눈 감고도 말할 수 있고, 내용도 이해할 수 있게 되었습니다.

앞으로 점점 레벨이 높아지면서 할 것이 더 많아지겠지만 그만큼 발전해가는 저의 모습이 그려져서 잘할 수 있을 것 같습니다.

저한테 아이보람은 수영 같아요. 어렸을 때 수영을 시작할 때 물이 너무 무섭고 '과연 내가 물에 뜰 수 있을까?' 하는 걱정이 있었는데, 막상 수업을 따라 하기만 했는데도 어느 순간 제가 물에 떠서 수영을 하는 거예요.

너무나 신기하고 놀라웠는데 이런 기분을 아이보람에서도 똑같이 느꼈어요! 아이보람을 하면 수영 배울 때처럼 수업만 따라하면 영어를 잘할 수 있을 거라고 생각해요. 만약에 누군가 영어 때문에 힘들어한다면 저는 무조건 아이보람을 추천할 거예요!

05

책 읽기도 싫어하던 내가
지금은 영어 읽기, 쓰기를 좋아해요~

김효애

● **아이보람 4년차, 키득거리며 영어책을 보았어요!**

저는 호평초등학교 6학년 김효애입니다. 3학년 때부터 아이보람을 시작해 이제 4년차에 접어들었습니다.

아이보람을 시작했을 때 저는 영어에 별다른 관심을 가지지 않았습니다. 그런데 처음 아이보람을 시작하고 영화 보기를 할 때, 영화관에서만 보던 외국영화를 매일 보며 DVD에 대한 친근감이 생기기 시작했습니다. 원래 잘 때는 조용한 분위기를 좋아했었지만 한창 공주를 좋아할 때라서 공주 영화를 보고 잠들며 꿈속에서도 디즈니 공주와 함께하는 행복하고 즐거운 잠자리가 될 수 있었습니다.

새롭게 시작한 아이보람 방식이 처음에는 다 즐겁지만은 않았습니다. 책을 그리 좋아하지 않았던 저에게 한글 동화 읽기는 너무 싫었던 기억이 납니다. 훗날 영어 공부에 도움이 된다는 걸 그때는 알 수 없었답니다. 그렇게 몇 달쯤 하고 나서 DK라는 걸 시작하게 되었습니다. DK는 생활 속 기초적인 단어를 습득하는 과정을 담당하며, 이 과정은 영어책 읽기의 기초 어휘력을 만들어주고, 책 읽기에도 재미를 느끼도록 기반을 조성하는 듯한 느낌을 받았습니다. 그 당시 집중력이 부족한 저에게 딱 좋았답니다.

특히 학교 영어시간에 다른 친구들이 모르는 생소한 단어도 아는 것은 물론이고 제가 좋아하는 음식이나 물건에 대해 그림과 함께 쉽게 기억되는 등 단어 습득에 매우 효과적이었다고 생각합니다. DK 게임에서는 단어 스펠링과 스피드 영단어 게임 등을 통해 즐겁게 영단어도 외우고 스펠링까지 완벽하게 기억할 수 있었던 것 같아서 너무나 매력만점인 프로그램으로 기억됩니다. 제가 싫어하던 영어 독서도 처음에는 그냥 아무 생각 없이 진행했지만 시간이 지나며 그림과 글이 너무 잘 맞아서 키득거리며 웃었던 기억이 생각나네요. 진행과정이 다 좋을 순 없었지만 엄마와 함께 진행했답니다.

● **외국인과 대화하고 처음으로 말이 통한 뿌듯함**

하지만 또래 친구들과 비교가 안 돼 제가 어느 정도 영어를 알아가고 있는지는 늘 궁금했답니다. 그러던 어느 날 타이페이로 여행을 갔었던 적이 있었습니다. 현지의 컵라면 맛이 궁금해 편의점에서 사서 나오려는 찰나에 호텔방에 젓가락이 없다는 걸 생각하고는 편의점 직원에게 젓가락을 달라고 말을 하려 했습니다. 하지만 갑자기 어떻게 이야기를 해야 하나 고민이 되었지요.

'젓가락이 영어로 뭐였더라?'

주변을 바라보다가 불현듯 머릿속을 스치는 DK 과정의 그림과 단어가 생각났습니다!

"찹... 찹스..틱?"

직원분께 '찹스틱?' 이렇게 말했더니 바로 젓가락을 주셨답니다. 말하기 전에는 식은땀도 나고 '엄마께 젓가락을 달라고 말해달라고 할까?' 등등 많은 생각을 했지만 그냥 생각나는 대로 용기 내어 이야기했고 그랬더니 의사소통이 되어 너무 뿌듯했습니다. 그 경험이 제가 아이보람을 하면서 처음으로 겪었던 자신감이었던 것 같아요. 외국인과 말이 통했던 뿌듯함이요!

예전에 아이보람 선생님께서 DK가 실생활에 도움도 많이 되고 그림과 함께 있어 영어 단어가 생각도 잘 난다고 하셨는데 그 말이 틀린 것이 아니었어요. DK를 왜 그렇게 여러 번 반복하는지 그제야 깨닫게도 되었습니다.

몇 달 후 영어책 단계가 점점 높아지면서 생활 속 시사와 이슈, 자연 등의 기사와 뉴스를 접하게 되었습니다. 저도 신기하게 술술 영어

책을 읽기 시작했고요.

과정 중에 선생님이 추천해 주신 방탄소년단 남준이 연설을 하는 영상을 보게 되었는데 'Love yourself'에 대한 연설이었습니다. 한창 방탄소년단 광팬이어서 그 연설을 몇 번씩 재생해 들으며 더욱 집중해서 보게 되었답니다. 유창히 말하는 남준의 모습을 보고 그가 어떻게 영어를 잘하게 되었는지 궁금해졌고 그의 영어공부법에 대해 관심을 갖게 되었습니다. 놀랍게도 남준은 영어를 독학했다 하며, 방법은 제가 진행하고 있는 영어공부법과 비슷한 DVD를 보는 학습법이었다는 걸 알게 되었습니다. 그 방법이 아이보람 DVD 시청 학습과 비슷하다는 걸 깨닫고 더 열심히 집중해서 보게 되었습니다.

또 유로톡이라는 과정도 시작했습니다. 원어민이 먼저 문장과 단어를 말하고 제가 따라 읽는 연습이었는데 중간 중간 퀴즈도 풀며 제 목소리도 녹음으로 들으며 원어민과 비교할 수 있었습니다.

"아, 내가 이 발음이 잘못 되었네? 다시 한 번 더 녹음해서 들어봐야지!"

이렇게 비교하며 스스로 깨닫고 더 열심히 하고자 하는 저를 발견하는 등 효과가 높았습니다.

멀티플은 글의 내용을 파악하는 데 도움을 주었습니다. 멀티플이 어려울 줄 알았는데 금방 몇 주 만에 단계가 쑥쑥 올라가는 모습에 신기하고 흥미진진한 시간이었습니다. 몇 달 후 단계가 높은 책의 리딩

과 읽기가 들어갔는데 유로톡에서 보았던 단어와 문장이 겹치면서 친
숙하고 쉽게 느껴지기도 했답니다. 새로운 활동을 반복하면서 OPDI
라는 프로그램도 시작했습니다. OPDI는 실제 미국과 영국 초등학교
에서 사용하는 교과서 어휘를 알아가며 실력을 늘리는 활동이었습니
다. DK와 비슷한 점은 있었지만 좀 더 성숙된 단어 같았습니다. 저도
좀 더 주의 깊게 이해하고자 노력하게 되었습니다.

● 유럽 배낭여행을 떠나는 그날까지 파이팅!

엄마가 새로운 활동을 가져오실 때마다 기대감에 부풀었고 '어떻게
하면 좀 더 쉽게 익숙하게 할 수 있을까?' 어느새 그런 생각을 하는 단
계까지 이르게 되었습니다.

저의 영어 실력이 하루하루 늘어가고 있는 걸 느끼게 된 시점은 타
임지 기사를 이해하고부터입니다. 4년차에 접어든 저는 타임지 기사
를 읽고 내용 파악을 하여 리딩을 할 수 있게 되었으며, 헤럴드 기사
제목을 골라 그 제목에 대해 제가 생각한 것을 영작으로 쓸 수 있게
되었습니다. 어느덧 영어 일기를 술술 쓰는 저를 발견하며 더욱 자신
감도 늘어났습니다.

요즘 저는 얼마 전 시작한 화상영어가 가장 좋습니다. 평소에 해
외도 많이 가보고 싶었고 그 나라 사람들과의 대화가 가장 설레고
궁금했기 때문입니다. 알파벳도 모르던 제가 외국인과 대화할 수

있는 단계까지 왔다는 게 너무 대견스럽고 뿌듯해서 저에게 칭찬을 해준답니다.

 저의 꿈은 고등학생이 되면 배낭여행으로 유럽에 가는 것입니다. 그날을 위해 외국인과 유창하게 소통하는 영어 수준이 되도록 꾸준히 노력할 것입니다. 나중에 고등학생이 되어 "아, 내가 어릴 적부터 공부했던 영어가 이렇게 쓰이는구나!"를 몸소 깨달을 수 있도록 포기하지 않고 더욱 열심히 최선을 다해 나아가겠습니다.

앞으로 남은 나의 아이보람 이야기에 더욱 큰 기대와 용기를 가지며……. 파이팅! 김효애!

06

영어라는 넓은 땅에서 미래를 찾다

이정호

● 영어와 친숙한 환경이 바꾼 것들

저는 아이보람 1기 졸업생 이정호입니다. 외국인 친구들과의 만남과 소통을 즐기는 평범한 대학생입니다. 제가 처음 아이보람을 시작했을 때 어떤 확실한 목표가 있거나, 영어 공부에 대한 필요성을 느껴서 시작한 것은 아니었습니다. 그저 어머니의 권유로 시작하게 되었습니다.

어린 저의 입장에서 아이보람의 시스템은 굉장히 새롭고 재미있었습니다. 집에서 DVD를 보고 일기를 쓰고 아서와 클리포드와 같은 책을 읽는 방법으로 영어를 접하는 아이보람의 학습 방식은 제가 영어에 가깝게 다가가기에 너무도 적합한 방식이었습니다. 저는 이 점이 아이보람이 가지는 가장 큰 장점이라고 생각합니다. 영어와 친숙한 환경을 제공해준다는 것. 그런 의미에서 아이보람의 시스템은 영어라는 넓은 땅을 제공해주는 것과 같습니다. 그 땅 위에서 저를 비롯한 많은 친구들은 자신도 모르게 영어에 익숙해졌을 것입니다.

아이보람을 하면서 저는 크게 3가지가 변화하였습니다.

첫 번째는 Listening입니다.

아이보람을 진행하면서 가장 재밌게 임했던 프로그램은 DVD 시청이었습니다. 매일매일 꾸준히 자막 없이 시청하다 보니 듣는 능력은 자연스레 향상되었습니다. 또한 아침마다 어머니께서 알람 대신 오디오를 틀어주셔서 매일 아침마다 영어로 아침을 시작했습니다.

두 번째는 영어를 대하는 태도입니다.

영어가 익숙해지고 외국인과 대화하는 것이 편해지면서 영어를 사용하는 것에 대한 거부감이나 두려움이 없어졌습니다. 이는 지금까지도 저에게 영향을 주어 교환학생 친구들을 만나거나 외국인 친구들과 만날 때 언어의 불편함 없이 지낼 수 있게 되었습니다.

세 번째는 Speaking입니다.

대학에서도 영어 수업을 들어보면 문법은 해박해도 말을 못 하거나 영어로 말만 하면 부끄러워서 고개조차 못 드는 사람도 적지 않게 볼 수 있습니다. 그러나 저는 영어에 대한 자신감이 생기고 두려움이 없어지면서 자연스럽게 영어로 대화하고 말하는 것이 부끄럽거나 꺼려지지 않았습니다.

이 세 가지의 변화는 사실 하나의 연속선상에 있습니다. 그 시작이자 중심은 바로 '영어에 대한 인식과 태도 변화' 입니다. 이는 앞서 말씀드렸던 영어와 친숙한 환경이 바탕이 되어 배양됩니다.

제가 스스로 이런 변화를 자각한 시점은 바로 '스티브 잡스의 아이폰4 소개 영상 동시통역' 을 할 때입니다. 저는 그때 아이폰을 너무 갖고 싶었습니다. 그래서 부모님께 어필을 하던 중 자연스럽게 스티브 잡스의 아이폰 소개 영상을 보여드리게 되었고 어린 마음에 사주시길 바라면서 아이폰의 기능을 설명드린 것입니다.

신기하게도 당시에는 어려울 줄 알았던 IT 제품의 소개 영상이 생각보다 쉽게 들리고 수월하게 통역이 되는 것이었습니다. 저도 놀라고 어머니도 놀란 사건이었습니다. 이때 제 자신이 많이 변했다는 것을 깨달았습니다.

● **시험 위주의 중 · 고교 영어수업… 그게 다일까?**

하지만 저는 아이보람을 진행하던 중 큰 벽에 부딪히게 됩니다. 바로 중 · 고등학교 시기입니다. 비교적 학습 방식이 자유로웠던 초등학교까지는 아이보람을 진행하는 과정에 있어서 어려움을 느끼지 못했습니다.

하지만 중·고등학교는 너무 달랐습니다. 중·고등학교의 학습 방식은 본문을 외우고 단어를 외우고 문법을 외우는 방식이었습니다. 저는 대다수의 학생들이 그렇듯이 그런 방식이 너무 싫고 흥미 또한 생기지 않았습니다.

그래서 시험 공부를 한다고 했지만 성적은 항상 좋지 못했습니다. 이때 당시에는 저도 어머니도 많이 힘들고 그로 인해서 마찰도 있었습니다. 저는 저대로 영어에 대한 흥미도 떨어지고 성적도 나오지 않아서 걱정이었고 어머니께서도 아들이 갈피를 잡지 못하고 있으니 많이 불안해하셨을 것입니다.

하지만 전 절대로 영어를 포기하지는 않았습니다. 왜냐하면 저도 제가 영어를 너무 좋아한다는 것을 알고 있었기 때문입니다. 또한 어머니께서 저의 능력에 대한 견고한 신뢰가 있으셨기 때문에 저는 영어를 포기해야겠다는 생각을 해본 적조차 없었습니다. 그럼에도 불구하고 저의 영어 성적은 일정 한계치 이상을 넘기진 못했습니다. 그런데도 대학교를 입학한 후 원어민 영어 수업을 듣거나 교환 학생들과 어울리는 것에는 전혀 지장이 없었고 오히려 좋은 성적을 거두거나 남보다 더 잘 어울렸습니다.

저는 군복무 중 이에 대해 깊이 고민했고 결국 해답을 찾았습니다.
"아이보람은 절대적이지 않다."

이것이 저의 결론입니다. 이것은 절대 "아이보람으로는 영어를 터득할 수 없다", 혹은 "아이보람은 영어 성적을 올릴 수 없으니 학원은 필수적이다" 라는 의미가 아닙니다. 제가 말하고자 하는 것은 학생들이 느끼는 '필요성' 과 '흥미' 입니다.

이는 너무나 당연한 소리일 수 있습니다. 하지만 이 두 가지 요소, 특히 '필요성' 을 학생들이 가지지 못한다면 제가 겪은 한계와 같은 장애물을 극복하기 힘들 수도 있습니다.

● '영어가 어디에 필요한지' 를 생각해보세요

좋은 환경이 조성되어도 그것을 자신이 진정으로 사용할 곳이 없거나 모른다면 결국 필요 없다고 느끼게 될 것입니다. 필요가 없게 되면 점차 흥미와 관심도 줄어들게 됩니다. 하지만 만약 본인이 사용할 곳 또는 필요함을 느끼게 되면 누가 하라고 하지 않아도 스스로 그 좋은 환경 속에서 자신에게 필요한 것을 찾고자 할 것입니다. 여기서 행동을 변화시킨 것은 바로 제 자신이 느낀 필요성입니다. 아이보람과 영어도 이와 마찬가지입니다.

아이보람은 저에게 영어에 익숙한 환경을 제공해주었고 그 환경 속에서 저는 자연스럽게 영어와 친해졌습니다. 하지만 저는 학교에서 가르치는 영어 공부에 대한 필요성을 느끼지 못했습니다. 한마디로 목적이 없었습니다. 더불어 단순 암기하는 것에 대해 흥미도 느끼지 못했기 때문에 공부를 해도 결국 제자리걸음일 수밖에 없던 것입니다.

하지만 대학교에서 교환학생들과 만나는 것이나 원어민 교수님이 진행하시는 수업은 제게는 너무 즐거운 시간이었습니다. 심지어는 제가 자발적으로 교환학생 친구들의 문화를 공부하거나 더 나은 의사소통을 위해 단어와 문장을 공부하기도 했습니다. 그리고 군복무 중에 우연한 기회에 미국에서 온 친구들과 만나는 일이 생기면서 더 발전된 의사소통을 위해 단어 암기의 중요성을 깨달았고 열심히 암기했습니다. 같은 암기지만 중·고등학교 시절에 하던 단어 암기와는 전혀 다른 느낌이었습니다. 새로운 단어를 알게 됐다는 것이 너무 즐거웠고 이 단어를 실전에서 사용할 생각에 설렐 정도였습니다.

이 차이를 만드는 것은 자신이 느끼는 필요성입니다. 자신이 필요함을 느끼는 것이 시험 성적이 될 수도 있고 저처럼 의사소통을 위한 것일 수도 있습니다. 혹시 저와 같은 고민이나 불안을 경험하고 계시다면 '이 공부가 내게 어느 곳에 필요한지'를 먼저 생각해보셨으면 좋겠습니다. 본인이 필요성을 느끼게 된다면 흥미와 열정은 자연스럽게 생겨날 것입니다. 그 다음은 영어와 더욱 친해지는 것만 남은 것입니다.

● 영어에 대한 '태도'가 청춘의 삶을 바꾼다

이제 저는 하나의 장애물을 넘어섰습니다. 요즘은 심리학 연구를 위해 외국인을 대상으로 설문 조사를 할 때도 전혀 어려움이 없을 정도로 많이 발전했습니다. 일상적인 생활 속에서도, 룸메이트와 장난을 칠 때도, 영어 문장을 우스꽝스럽게 사용한다든지 요즘 관심이 생긴 영국식 발음을 흥얼거리기도 합니다. 그만큼 영어와 친해졌기에 나오는 것이라 생각합니다. 실제로 저는 주변에서 "너는 영어랑 되게 친해 보인다"라는 말을 들었습니다. 곱씹을수록 괜스레 뿌듯해지는 말이었습니다.

현재 저는 우편취급국우체국에서 근무 중인데 교내에 위치해 있다 보니 많은 교환학생 및 원어민 교수님을 고객으로 만납니다. 저는 어렵지 않게 그들과 소통하고 주의사항을 설명해줍니다. 물론 제가 완벽한 문장을 구사하는 것은 아니지만 국장님께서 외국 손님이 올 때마다 제가 있어서 다행이라고 말씀해주실 정도입니다.

아이보람을 하지 않고 학교 시험 공부만 하던 저였다면 머릿속으로 문법만 생각하다 말도 못했을지도 모릅니다. 이렇듯 영어와의 친숙성, 즉 영어에 대한 태도는 저를 지속적으로 발전시키고 있습니다.

아이보람을 진행하면서 저도 모르는 사이 제 자신이 많이 바뀌었다는 걸 최근 들어 많이 느낍니다. 변화의 원동력은 영어에 친숙한 환경에서부터 시작됩니다. 거기에 '필요성', '흥미'와 같은 본인이 직접 느끼는 요소들이 결합된다면 생각보다 더 발전할 수 있을 것입니다.

또한 부모와 학생과의 관계도 중요합니다. 부모와 학생은 상호보완적인 관계가 되어야 합니다. 저를 평소에 영어와 가깝게 지낼 수 있도록 애써주신 어머니의 노력과 그걸 잘 따라간 제가 지금의 상황을 만든 것이라고 생각합니다. 한쪽만 열심히 하는 게 아니라 양쪽이 서로 좋은 영향을 주고받을 때 더 긍정적인 결과가 나올 것입니다.

성인이 된 이후에도 많은 제 또래들이 영어에 대해 어려움을 많이 느끼고 있는 것을 자주 보게 됩니다. 그럴 때마다 아이보람을 통해 영어에 대해 이만큼 성장할 수 있게 되어 참 다행스럽고 감사하다는 생각을 합니다. 지금의 저를 있게 해준 아이보람과 어머니께 감사의 말씀을 전하며 글을 마치겠습니다.

마법 같은 성공 신화보다
더 특별해진 내 인생

김오름

● 10년 전 우리 엄마의 확신, 그리고 선택

'우리 아이 교육을 어떻게 하면 좋을까?'

흔한 대한민국 엄마의 이야기. 그리하여 우리 엄마의 이야기였던 문장. 대부분의 엄마는 이 문장에 알맞은 답을 찾는 일에 어려움을 겪을 것이다. 설령 어떤 답을 대입해본다 할지라도 그것이 강력한 확신에 따른 결정인 경우는 극히 드물다.

그러나 10여 년 전 나의 엄마는 근거를 알 수 없는 엄청난 확신과 함께 '아이보람'을 시작했다. 엄마에게 자녀의 교육적 성취 중 가장 상위에 있는 목표는 '영어'였다.

"다른 건 몰라도 영어가 막혀서 하고 싶은 일을 못 하게 되는 일은 네 인생에선 없었으면 좋겠다."

이런 강력한 바람과 함께 엄마의 도전에 서막이 올랐다. 영어를 '넓은 세상으로 나갈 수 있는 도구'로써 선물해주고 싶은 마음과 프로그램의 방향성이 일치했다는 게 엄마의 전언이다.

이어질 이야기가 엄마의 강력한 확신과 함께 아이보람을 시작한 내가 갑자기 영어 천재가 된 '성공 신화'였으면 좋겠으나, 안타깝게도 자녀교육은 그렇게 단순하지 않았고 그건 우리에게도 피할 수 없는 문제였다. 주저앉아서 뭘 꾸준히 할 수 있는 성향이 못 되는 나는 프로그램 밖으로 도망쳤다. 게다가 난 만화영화를 보기엔 머리가 조금 큰 초등학교 5학년에 모든 걸 시작했다. 경제활동으로 인해 온전히 나를 통제할 수 없었던 엄마의 한계를 이용했던 경험도 적지 않다.

이쯤 되면 토요일마다 있는 그룹 모임에 가기 창피해서라도 그만둬야 했을지도 모른다. 그런데 엄마는 오히려 "그럼 주말에라도 DVD를 같이 보자"며 나를 끌어 앉혔다. 물론 엄마가 나를 앉힐 수 있었던 데에는 본인이 먼저 앉아 있었던 덕이 크다.

결국 엄마에게 두 손 두 발 다 들었다. 목표를 성취하기 위해 선택한 길에 대한 엄마의 확신이 강력해서, 도무지 그 길을 같이 걸어가지 않고는 배길 수가 없었던 거다.

● 영어는 더 이상 정복의 대상이 아니었다

효과는 거창하지 않았다. 읍 단위 지역의 중학교에 다니면서 영어로 크게 두각을 드러낸 것도 아니었다. 그나마 교내에서 원어민 교사와 가장 많이 이야기를 나누는 학생이 된 게 변화라면 변화였다. 그러나 결코 유창한 대화는 아니었지만 적어도 말하기를 주저하지 않았다는 점이 나에게 용기를 주었다.

그래서 난 엄마의 바람대로 큰 꿈을 꿨다. 더 넓은 세상에서 언어적 한계에 굴하지 않고 활동하는 내 모습을.

아이보람 영어에 대한 흥미를 유지하다가 운 좋게 국제고에 들어갔다. 그리고 시원하게 첫 번째 영어 시험에서 꼴찌를 했다. 정원 수와 동일한 등수를 보고 '성적표 인쇄가 잘못되었나?' 의심했다. 영어권 국가에서 특정 기간을 살다 오거나 학원에서 고등교육 과정을 예습한 아이들을 시험으로 상대할 수 없었다.

보통 이 지점에서 '뭔가 잘못되었다' 고 생각하지 않았을까? 엄마 역시 그럴 줄 알았다. 그런데 엄마는 나의 영어라는 근육의 '근지구력'을 키우는 데 집중했다. "성적은 성적이고 집에 오면 DVD나 더 보자" 는 말씀만 하셨다.

나는 한결같은 엄마를 실망시키고 싶지 않았다. 영어라는 도구를 가지고 더 빛날 수 있는 다른 영역이 있을 것으로 생각했고, 어떤 지표로 나의 영어 실력을 증명하기보다 그냥 내가 그걸 다루는 데에 익숙해지려 했다.

그래서 좋아하는 미학 원서를 읽고 번역한다든가 하는 일들에 시간을 투자했다. 번역은 아주 느렸지만 내가 탐구하고자 하는 분야에 대해서 깊이 있게 알게 되는 경험은 무척이나 만족스러웠다. 그리고 엄마는 그편을 더 좋아했다.

그때 알았다. 엄마는 영어로 성취가 없어도 내가 영어라는 도구로 어떤 체험을 했는지에 더 집중해줬다는 것을. 결국 영어 성적으로 전교 100위권 안에도 들어보지 못하고 고등학교 시절은 끝이 났지만, 이제 더 이상 영어가 '정복의 대상'이 아니라는 걸 깨달을 수 있었다.

● 마법은 없으나 경험은 특별하다

지나온 시간은 현재로 이어진다. 번듯한 어학시험 성적표 하나 없는 휴학생의 신분으로 나는 모 아이돌 그룹의 장기 해외투어에 프로덕션 매니징과 쇼 디렉팅 어시스트로 참여했다. 해외 디자이너와 협업하고 현장에서 로컬 프로덕션과 합을 맞추는 일은 매일매일 나를 시험으로 몰아넣었다.

모든 영어가 다 들린 것도 아니지만 그렇다고 해서 불안하거나 조급하지 않았다. 원래 자막 없는 DVD를 볼 때도 그랬으니까. 오늘은 조금 난이도 있는 영화를 골랐다는 마음으로 이해가 되지 않는 부분을 질문했다. 이게 시험이었으면 감점이었겠지만 내가 놓인 상황은 현실이었다. 그래서 이 언어가 끝내 소통이라는 목적에서 날 배신하지 않을 것을 알았다.

　나는 객관적인 지표로 증명되는 영어의 경지에 오른 사람은 아니지만, 영어를 도구로 사용할 때 두려움은 없다. 국제고 영어 꼴찌가, 학교 졸업한 지 2년 만에 영어권 국가 한가운데에서 스스로 원하는 일을 하며 짧은 영어를 알차게 쓰고 있다는 사실은 어떤 이의 성적표로도 대체되지 않는 체험이었다. 그리고 투어가 끝날 즈음의 어느 날, 엄마에게 전화해서 고맙다고 했다. 엄마의 고집스러운 교육관의 승리를 축하하는 의미였다.

　나의 시간에는 영어라는 과목으로 독보적인 성취를 낸 기록은 없다. 대신 체험이 있다. 엄마의 방향성이 거기 있었으니까. 도망만 치던 순간에 "내가 같이 할 테니 일단 해보자"고 화면 앞에 앉았던 엄마가 없었다면 어떤 좋은 프로그램도 무용지물이었을 거다.

　교육 프로그램을 선택할 때 사람들이 가장 쉽게 빠지는 함정이 있다. 병에 약 듣는 것처럼 프로그램을 아이에게 처방하면 '마법'이 일어날 거라 믿는 거다. 그래서 나는 왜 아이보람의 슬로건에 '엄마'라는 단어가 있는지 생각하게 된다. 이 이야기의 주인공은 성장한 내가 아니다. 투쟁한 엄마다.

　'이 프로그램을 통해 마법처럼 영어 신이 되었다'는 카피의 광고가 범람하는 시대다. 광고 속 영어 능력자의 유창한 영어를 바라보며 설득되다가도 문득 그런 생각이 들 수밖에 없다.

'나 또는 나의 자녀가 저 신화의 주인공이 될 수 있을까?'

사람들은 완벽한 성공담을 원한다. 신화는 희망을 주기도 하지만 때로는 내가 그 이야기의 주인공이 될 수 있는지에 대한 의문을 남긴다. 실제로 신화처럼 성장하는 사례도 많다. 그런데 그게 결국 나의 경우는 아니었다면? 그런 상황에 놓인 사람들은 어떻게 다음을 향해 갈 수 있을까?

꽝을 뽑았다고 절망하게 둘 수는 없는 일이다. 엄마와 나의 역사는 그런 순간에 펼쳐보기 좋은 이야기다. 느리고 잘 넘어지는 엄마와 아이에게 세상엔 긴 호흡으로 살아가는 길도 존재한다는 걸 다시 짚어드리고 싶었다. 이 길고 긴 영어교육의 끝에 '좋은 성적'이 아니라 '좋은 경험'이 있기를 모두가 기대했으면 좋겠다.

Part 2

엄마가 선택한

아이보람 영어교육법

01

시험을 위해서가 아닌
소통의 공부였습니다

김종애 • 신정민 어머니

● **시험을 위해서가 아니라 소통을 위한 익힘**

"엄마! 나 게임 방송하는 사람 될 거야!"

학교에 다녀와서 갑자기 자신의 장래 희망을 정해버리는 아들 아이.

장래희망 조사서를 가져와서는 호기롭게 '게임방송 VJ'라 적는다.

"왜에? 지난번엔 화가 되기로 했잖아!?"

"아니야, 게임방송하는 사람이 젤루 돈 많이 벌어."

"그래? 얼마나 버는데?"

"어… 음… 그니까… 하루에 100만 원 벌 걸?"

아이는 자신이 아는 범위에서 제일 큰 금액을 말하며 격앙되어 있었다. 그 모습이 귀여워 오버 액션을 해가며 맞장구를 쳐준다.

"리얼리!? 그렇게 많이 벌어?"

"엄마… 리얼리가 아니구… 륄리지."

아이보람을 시작한 지 한 달 남짓 되었던 때인가. 아이는 어른들의 잘못된 영어 발음을 들으면 곧장 고쳐주는 데 신이 났다. '밀크' 는 '미ㄹ역' , '포테이토' 는 '포테이로' 라며 눈을 동그랗게 뜨고 한껏 입모양을 그려내던 그때가 벌써 7년 전의 일이 되었다.

나는 아이들의 교육에 무지해서 마냥 학원만 보내면 되는 줄 알았다. 미술, 태권도, 피아노, 컴퓨터 학원에 학습지까지……. 학원에서 학원으로 아이들은 쳇바퀴를 돌고 나는 뭔지 모를 헛헛함을 느끼던 때였다.

어느 날, 지인이 연두색 가방을 들고 엄마 교육을 다닌다는 말을 들었다. 영어를 원어민이 배우는 원리로 익히는 것이라는 말에 '이거다!' 라는 생각이 들었다. 외국어 교육이 중요한 때인지라 언젠가는 시작해야 할 일이었고 더군다나 영어 시험 만점이 목표가 아니라 소통을 위한 수단으로서 영어 익힘이라는 말이 맘에 쏙 들었다.

그러나 생각만큼 엄마표 영어는 쉽지 않았다. TV를 즐겨보는 우리 가족에게 한국 방송 TV 금지는 청천벽력과 같은 말이었고 자유를 빼앗긴 느낌이었다. 또 잠자리에서 틀어줘야 하는 원어 오디오는 잠자는 것을 방해했다.

무엇보다 결정적인 적은 내부에 있었다. 아이보람의 효과를 믿지 않는 아이 아빠는 오자마자 거실에서 TV를 자연스럽게 보는 일이 허다했고 '소용없다'는 말을 밥 먹듯 했다. 그렇게 해서 영어를 어느 세월에 말을 하겠냐고 비아냥거렸다. 당시에 센터에 교육을 가면 애 아빠를 얼마나 원망했는지 모른다. 나는 아이 아빠에게 보란 듯이 증명해보이고 싶었다.

● 가족에게 찾아온 긍정적 에너지와 신나는 시간

우선 TV의 갈증은 원어 DVD 영화로 채울 수 있었고, 흘려듣기는 듣기 편한 시간으로 옮겨가며 아이와 나는 차근히 실천 노트를 채워나갔다. 다행히도 아이와 나는 애니메이션을 좋아해서 애니메이션 DVD를 보는 시간은 정말 행복했다.

DVD 보는 것엔 나름에 원칙이 있었는데 그건 바로 엄마도 아이와 함께 보는 것이었다. 이해가 가지 않으면 서로 물어보고 새롭게 들리는 내용은 알려주며 아이와 자연스럽게 대화가 늘어났다. 같은 취미를 공유하는 사람들이 느끼는 그런 긍정적 에너지가 느껴졌다.

DVD 보기는 신기하게도 처음 볼 때와 두 번째 볼 때, 세 번째 볼 때마다 아이의 반응이 달랐다. 처음 볼 땐 대략의 상황을 아는 정도였다면 반복해서 볼수록 아이는 처음에는 몰랐던 사실을 알게 되었다며 신나서 나에게 말해주곤 했다. 어느 때엔 자기가 잘못 알고 있었다고 정정해주면서 내게 설명해줬다.

이렇게 행복해도 되나 싶을 만큼 뿌듯해지는 순간이었다. '그래, 아이보람이 맞았어!' 를 속으로 크게 외쳤다.

결정적으로 아이 아빠마저도 아이보람을 믿게 된 계기가 있었다. 아이가 년 수가 되면서 '화상영어' 단계에 들어갔다. 처음 수업을 하던 날, 나도 사실 많이 떨렸고 반신반의했다. 그런데 우리의 우려와는 달리 아이는 원어민 선생님과 자연스럽게 수업을 해냈다. 얼마나 뿌듯하던지!

아이 아빠는 그때부터 TV가 보고 싶으면 안방으로 슬그머니 들어가 조용히 문을 닫았고, 가끔씩 최신판 애니메이션을 다운받아 오기도 했다. 게다가 외화 시리즈물을 보는 게 좋을 것 같다는 둥 애니메이션 보다 실사가 영어 발음에 더 좋다는 둥 훈수까지 했다. 우리는 벌써 강을 넘어왔는데 혼자 배를 만드는 격이었다. 하하하!

원장님이 그러셨다. 컵 속에 물을 한 방울씩 한 방울씩 떨어뜨려 채우려면 오랜 시간이 걸리겠지만 결국에는 그 컵에도 물이 가득 찬다고. 그리고 어느 순간 가득 차 넘친다고. 이처럼 우리 아이들의 영어 실력도 멈추지 않고 채워지다 보면 언젠가는 반드시 폭발적으로 넘쳐흐르는 순간이 온다고 말이다. 이 말은 아이보람을 하는 내내 내게 큰 힘이 되었다.

오늘도 하교 후 집에 온 아들이 자신의 반 아이들 이야기를 들려준다. 어떤 친구 한 명은 항상 쉬는 시간에도, 점심시간에도, 그리고 자율학습 시간에도 영어 단어를 외운단다. 하지만 시험을 보면 그리 썩좋은 성적을 받지 못했단다. 왜 그런 것 같으냐는 내 질문에 아이는 뭔가 알고 있다는 듯한 표정으로 말한다.

"맥락을 모르고 무조건 단어를 외우는 건 비효율적이지. 문장 속에서 그 단어의 쓰임을 알아보는 게 우선이야. 내가 아이보람을 하면서 몸으로 느낀 거랄까. 예전엔 하기 싫었는데 요즘 느끼는 건데 도움이 많이 되네, 아이보람."

이젠 제법 능글능글해진 아이가 더욱 사랑스럽다.

02

아이들은 부모의 믿음만큼 자란다

손지선 • 최무아 어머니

● **사남매의 부모는 무엇을 꿈꾸는가?**

　결혼식을 한 달 앞두고, 일반인에 비해 임신 확률이 3분의 1에 불과하다는 다낭성 난포증후군 판정을 산부인과 의사로부터 듣게 되었다. 유난히 요통과 생리통을 호되게 겪던 나는 다른 산부인과 병원에서 들었던 얘기를 또 듣는 터라 크게 동요되거나 실망하지 않았지만 옆에서 같이 듣던 새신랑은 좀 달랐나 보다. 나중에 알게 된 사실은, 본인이 매달려서 하는 듯한 결혼인 만큼 뭐라 표현은 못했고 오히려 괜찮다고 나를 위로는 했었지만 속으로는 적잖이 놀라기도 하고 걱정도 꽤 되고 경황도 없고 그랬단다.

그렇다. 그 다낭성난포 환자가 5년 만에 2남 2녀를, 그것도 연년생으로 세상에 내보냈다. 그러니 세상은 그리고 앞날은 정말 한 치 앞도 모르는 거다. 그때 의사의 진단을 듣고 이 여자를 평생 지켜주고 살겠다는 결심에 살짝 흔들림이 있었을지라도, 스스로 맺은 약속을 지킨 남편은 네 아이의 사랑 폭격을 받으며 하루하루 행복해하고 있다.

그렇다. 약속을 지키는 일처럼 진리는 간단하지만 실행과 실천은 어려운 것이 세상 이치다. 성공과 실패의 갈림길은 가치관을 잘 알고 올바른 잣대로 세웠느냐와 그 가치관을 지키면서 살고 있느냐에서 나뉜다.

한 치 앞을 알 수 없지만 인생 전반을 관통하는 진리나 본질이 이 세상을 이끌고 있다는 강한 신념. 이 본질을 잘 가르쳐서 인류에 큰 쓰임이 있는 글로벌 인재의 부모가 되고 싶다는 것. 이 생각의 조각들이 모이고 뭉치고 단단해지고 또 쌓이고 커지며 어느덧 사남매를 키우는 부모의 교육관으로 자리 잡았다.

● 영어는 내 인생의 선망의 대상이자 원망의 대상이었다

나는 이과보다 문과 감성에 가깝고 글짓기 영역에서 초등학교 때부터 학교를 대표해 굵직한 상장깨나 받았다. 그런 나에게 영어라는 것은 정말 자존심 상하는 공부가 아닐 수가 없었다.

수능 시험용 영어 말고 진짜 살아 있는 영어에 대한 갈망이 강했던 터라, 제발 시집이나 가라는 부모님의 만류 끝에 늦깎이 유학길에 올라 유수의 미국 대학에서 저널리즘을 제대로 공부하고 돌아오겠노라, 아니 가능하면 그곳에서 자리 잡겠노라고 두 주먹 불끈 쥐고 오른 미국행 비행기.

그런데 현실은 달랐다. 듣는 귀가 일정 수준에 도달하지 못한 나에게는 토플조차 어려웠고, 고개만 돌리면 쏟아져 나오는 영어는 귀를 훑고 지나가버려 안타까웠다. '생활하다 보면 익숙해지겠고 늘겠지…….' 했던 건 우둔한 기대였을까?

흐르는 시간에 비해 자존심은 쪼그라들고 자신감은 작아졌다. 사방에 널려 있는 영어를 모두 내 것으로 쓰고 싶었지만, 욕심을 낼수록 쳇바퀴처럼 했던 말만 할 수밖에 없었고, 새로운 표현 하나 외워서 용기 내어 시도했다가도 입과 마음을 닫았던 시절이었다.

모국어 외의 언어를 자유자재로 구사한다는 것은 기술적인 능력만 필요한 것이 아니었다. 나에게 모자란 것은 '트인 귀'와 '자신감'이었다. 미국은 영어를 '경험'하는 곳이기보다는 영어로 살아갈 수 있음을 '증명'하고 발전시켜야 하는 무대였다. 그것을 증명하기에 내 준비는 부족했고 단기간에 미국 대학에서 공부를 다시 시작하는 것은 쉬운 일이 아니라는 것을 뼈아프게 인정해야 했다.

찬란한 이십대의 끝에서 서른이란 무게감에 짓눌리던 29살, 12월 31일 뉴저지의 2층, 외풍이 세차게 부는 방에서 이불을 뒤집어쓰고 눈 오는 창밖을 보며 하염없이 마음으로 울었던 기억이 아직도 생생하다. 죽을 듯 살 듯 치열하고 열심히 살았지만 이것도 저것도 딱히 이뤄낸 것 없는 나의 젊음이 너무 아파서, 미국 땅에 와 토플 점수나 고민하며 불투명한 미래와 줄어드는 체류 비용을 걱정하는 내가 한심했다.

영어가 뭐길래! 이렇게 내 인생을 계속해서 시험에만 들게 하고 그 시험에 나는 번번이 걸려들어 괴로워하는지. 이 악순환의 고리를 끊고 싶었다. 낯선 땅에서 인생이라는 쓴맛을 제대로 본 것 같다. 지금의 남편을 만난 건 아이러니하게도 그 무렵이었다.

● 적어도 내 자식들에게 만큼은…

나는 흔히 우리 시대에서 하던 대로 '읽고 답을 맞추는' 문자적 영어에만 길들여져 있었다. 듣기와 말하기가 부족한 상태에서 그저 쳇바퀴 돌듯 발전 없는 영어만 지속해왔다. 다시 중학교, 아니 대학교 시절로만 돌아갈 수 있었어도 다른 방법으로 영어를 접근하고 싶었다. 지금의 이 비탄함을 미래에는 절대 되풀이하지 말자고 각골난망했다.

내가 엄마가 된다면 우리 아이에게 영어만큼은 걸림돌이 되지 않게 해주고 싶다는 막연하지만 확고한 생각, 학교에서부터 단추를 잘못 끼우고 있는 대한민국 영어교육, 몸집만 불어나는 영어 사교육 시장……. 적어도 내 자식은, 우리 후손은 이 과정을 좀 더 지혜롭게 겪게 하고 여기에 낭비하는 소중한 에너지를 더 발전적인 곳에 쓰이게 할 수 있다면 국위선양이 따로 있나... 라는 생각이 꼬리를 물었다.

이 생각의 조각들이 뭉치고 쌓이고 모여 현재의 나는 우리 네 아이들에게 '엄마표 영어'라는 이름의 교육을 해오고 있다. 지금 몸담고 함께 하고 있는 아이보람과의 인연을 지속하게 된 이유다.

● 그렇다면 우리 아이에게 무엇을 줄 것인가?

가만히 자문해보았다. 아이들에게 어떤 것을 가르쳐야 이 생의 끝에서 그래도 잘 키워놓고 가노라고 할 수 있을까? 손길 닿는 대로 육아서도 읽고 인터넷에 돌아다니는 강연들도 섭렵했다. 우리 부부는 그 중에서 3가지 카테고리를 정했다.

첫째, 건강과 인성.

둘째, 책 읽는 습관.

셋째, 영어.

너무 일반적이고 누구나 당연히 생각하는 것들일지 모르지만 이 가치관들을 어떻게 실행하느냐가 중요하다고 생각했다.

나의 몸을 빌려 태어났지만 각자의 운명을 타고난 아이들에게 내가 가진 편협한 생각의 틀로 그들을 가둬둔다면, 그것은 우리가 할 수 있는 최악의 교육이라는 것이 남편과 함께 도달한 결론이었다.

그래서 우리 가족은 사교육이라 불리는 학원 일체를 다니지 않는 자유인으로 살아가고 있다. 대신 매일 생활 속에서 많은 대화를 통해 총체적인 인성 기르기와 책 즐겁게 읽기, 그리고 아이보람 프로그램 진행만 하루에 정해진 부분을 자기주도적으로 하도록 가르치고 있다. 이것만 해내도 나는 아이들을 기특한 시선으로 바라보게 된다.

내가 내세운 교육의 3가지 중 인내심이 가장 필요한 부분은 영어였다. 그래서 내가 아는 모든 지식과 내 손에 닿은 모든 책과 선배 맘들의 조언을 모두 섞어, 내가 할 수 있는 항목 딱 3가지를 뽑아냈다.

첫째, 모든 영상 컨텐츠는 영어로.

둘째, 하루에 각자 영어 1권 이상 집중해서 듣기.

셋째, 엄마가 영어책 1권 이상 읽어주기.

언뜻 '이게 다야?' 할 정도의 목표일지도 모른다. 하지만 먹이고 씻기기에도 바쁜 네 아이들에게 이것을 다 지켜주기는 쉽지 않았다. 목표는 생각보다 잘 지켜지지 않고 방해요인과 변수가 하루에도 몇 번씩 몰려든다.

첫 아이가 태어난 날부터 오늘 아침까지 해온 나의 육아 라이프는 이런 패턴의 반복이다. 지혜를 짜내 실천하려 노력하고, 못 지키고 절망하고. 아이들과 무한한 실랑이를 하고, 그러다 힘 빠지고, 이 고생의 의미를 못 찾는 날은 확신과 증거를 찾아 또 책을 읽고 강연을 찾아다니고, 그러다 아이들의 작은 발전이 조금이라도 발견되면 기뻐하고, 또 어떤 계기로 게을러지고 하루가 그냥 넘어가고, 또 반성했다가 잘 안 되면 힘 빠지고, '포기만 안 하면 조금 늦어도 괜찮댔어' 하며 또 지혜를 짜내고…… . 고생스러웠지만 그래도 하루하루 해나가고 있다는 뿌듯함이 더 컸다.

● 고생해서 얻으려는 건 결국 우리 가족의 문화!

이 고생을 통해 얻은 게 뿌듯한 감정뿐일까? 그렇지 않다.

첫째, 우리 가족만의 '가족 문화'를 정착해가고 있다는 점이 제일 좋다. 아직 완벽하진 않지만 엄마, 아빠와 둘러앉아 각자 필요한 부분을 해나가며 상호 소통하는 밑그림이 어느 정도 정착이 되었다. 그것이 우리 가족의 공부 방식이다.

둘째, 아직 확신할 수는 없지만 아이들이 어느 정도 '영어 듣는 귀'가 트이고 있는 것으로 추측된다. 여름방학 때 가족 모두 극장에 가서 9세, 8세, 7세, 5세의 네 아이가 영어 소리를 90분 동안 기분 좋게 듣고 보고 나와서 영화 이야기를 나눌 수 있는 정도이지만, 이 정도면 잘하고 있는 거라고 생각한다.

셋째, 영어라는 콘텐츠로 시작했지만, 자기 스스로 무엇인가를 습관적으로 공부하는 틀이 잘 만들어지는 듯하다. 공부 습관을 잘 세팅해가고 있다고나 할까?

처음엔 듣기와 아이보람 내부 프로그램인 DK로만 하던 것이 단어 쓰기가 하나 추가되어 3가지가 돌아가고 자율노트에 스스로 연산문제 내기가 들어가면서 4개가 돌아간다. 이런 식으로 영역을 확장해가면서 자기주도적으로 공부하는 법을 서서히 배워 간다.

'네, 엄마~!' 하며 곱게 받아들이는 아이들은 이 세상에 잘 없겠지만, 새로운 것을 집어넣지 못하면 발전은 없음이 분명하다. 대신 이때를 지혜롭게 넘어가면 어느 날 '엄마, 제가 잘 할 수 있게 도와주셔서 감사해요' 라는 말을 들을 날도 온다.

● 엄마표 영어, 그 외로움에 대하여…

첫째와 둘째를 출산한 곳은 남편의 학교와 직장이 있던 미국 텍사스주였다. 여기까지만 들으면 열에 아홉은 '어쩐지…, 그런 배경이 있으니 영어 접근이 쉬웠던 거 아니야?' 한다.

그러나 그때의 나는 웬만해서는 영어를 쓰지 않으려 했다는 게 팩트다. 생계가 달려 꼭 써야 할 상황이 아니면 잘 안 쓰려고 했고 웬만하면 영어 소통 상황을 피하려고 했다. 집에서는 영어를 한 마디도 안 하고, 밖에서는 한국 사람만 만났다. 집에서 영어 동화를 들려주고 영상물을 영어로 접하게 한 것 말고는 집만 미국 땅에 있을 뿐 한국과 다를 바가 없었다.

즉 아이들이 유아기 때 어디에 사는 것은 하나도 중요하지 않다. 중요한 것은 엄마가 만든 가정환경이 어떠하냐는 것뿐이다.

한국에 돌아와서 셋째까지 출산하고 보니 정말 하루하루가 전쟁 같았다. 도움 주는 사람 없이 혼자서 3살, 2살, 1살 연연연생을 키우던 중 넷째까지 임신하니 남의 손 10개 더 빌리고 싶을 만큼 하루 종일 바빴다.

몸이 바쁜 것보다 힘든 것은 마음이 외로운 데서 오는 헛헛함이었다. 귀국해서 신입도 경력도 애매한 나이에 한국 사회에서 다시 자리 잡느라 고군분투하는 남편에게 도와달라고 하는 것도 한계가 있었다. 남편의 고됨과 나의 전쟁 같은 육아가 연일 부딪히면서 매일 살얼음판 같았다. 경기도 근교에서 어린 네 아이를 열심히 키우던, 아니 하루하루 열심히 버텨내던 시절, 나 혼자의 기준으로 영어를 계속 넣어주는 것이 힘에도 부치고, 맞는 길로 가는지에 대한 의구심까지 생기니 한 걸음도 앞으로 가기 힘들었다.

그러던 중 가까이 지내던 다둥이 엄마에게 '아이보람' 이라는 기관이 있다는 것을 처음 알게 된 날. 갑자기 만화처럼 일순간 머리와 마음이 환하게 밝아지는 기분이었다. 그렇게 그날 부로 아이보람 본원의 회원이 되었다.

그날부터 지금까지 아이보람과 함께 이 길을 쭉 걸어오고 있다. 내 9년의 육아 라이프 중 6년은 혼자였지만 7년차부터는 든든한 영어나침반 아이보람과 함께였다.

그때부터 혼자만의 짐이 많이 내려져서 여유를 꽤 찾을 수 있었다. 같은 마음으로 엄마의 손을 통해 아이들을 키워내는 동지 엄마들과 함께 하니 의지가 되고 덜 외로웠다. 교육관이 같은 엄마들끼리 그룹이 만들어지니 훨씬 더 단단하고 서로에게 좋은 관계로 발전해 갈 수 있었다.

아이보람은 아이들에게 영어뿐 아니라 자기주도 학습이라는 좋은 습관을 키워주고 싶은 엄마들이 모이는 곳이다. 사교육 열풍에 흔들리지 않고 아이들만 바라보며 갈 수 있는 동지가 있다는 사실이 너무나 든든하다. 많은 경험과 노하우로 각자의 아이들과 엄마들에게 솔루션을 주는 코치 선생님, 혼자서는 구하기 힘든 좋은 영상, 책, 컨텐츠, 각종 영어교육 관련 정보까지……. 게다가 1명만 시켜도 시중 영어학원비보다 훨씬 저렴한 가격으로 나는 네 아이들에게 영어를 접하게 해줄 수 있으니 나에게는 '가성비 갑'이 아닐 수 없다.

● 아이들은 부모의 믿음만큼 자란다

양자물리학에서는 세상 모든 물질은 관찰자가 바라보는 모양대로 형성된다고 한다. 그게 우주의 이치라고 한다. 각자 소우주를 품고 태어난 우리 아이들은 특히 부모가 어떻게 바라보느냐에 따라 모양의 대부분이 형성이 된다고 해도 과언이 아닐 것이다.

담겨져 있는 내용은 쓸어버리고 다시 담을 수 있지만 그 아이의 그릇의 크기나 틀은 부모만이 만들어 줄 수 있다. 우리 아이를 내가 가늠할 수 없을 만큼 큰 그릇을 가진 아이로 규정하고 그렇게 안내해주면 아이는 더 큰 그릇으로 클 가능성이 높다. 대신 내 그릇과 아이의 그릇을 한 그릇으로 착각하면 곤란하다. 함께 어울려 근사한 저녁상이 될 수는 있지만 그릇 내용물끼리 합쳐지면 그것은 어떤 최고급 요리라도 엉망이 되기 마련이다.

내가 지향하는 참된 부모됨은 아이들이 그릇을 키우고 굳힐 수 있도록 신뢰로 함께 해주며, 대신 그 그릇에 무엇을 채울지는 100% 아이들의 자유의지로 선택할 수 있도록 내어주는 부모다. 영어는 그 그릇에 반드시 같이 넣어주되, 부모는 또 부모대로 자신만의 그릇을 채워나갈 일이다. 지금의 이 습관은 금싸라기 같은 소중한 아이들에게 줄 수 있는 어떤 선물보다 근사한 선물임을 확신한다.

챙겨야 할 엄마 몫을 다하되, 영어만큼은 아이가 혼자 끌고가기 힘들어할 때 아이 손잡고 도움을 청할 수 있고, 힘들 때 우리 팀 엄마들에게 툭 내놓고 '동지들, 이럴 때 어떻게 해요?' 맘껏 자문하고 도움받을 수 있는 아이보람과 함께 하니 덜 불안하다.

대기만성이라는 선현의 지혜가 필요한 대한민국의 오늘날 교육이다. 교육 중에서도 아주 큰 부분을 차지하고 있는 영어의 '대기만성' 기관 아이보람은 네 아이 키우면서 받은 소중한 선물이다. 신은미 본원장님 및 각 센터 원장님들과 코치님들, 또 함께 이 프로그램을 진행하는 대한민국 모든 엄마들께 이 지면을 빌어서 한 분 한 분 꼭 끌어안고 감사 인사를 드리고 싶다. 진한 여운의 감정과 함께 두서없는 글을 마친다.

03

고비, 그리고 고비

박민아 • 한연재, 한재연 어머니

● 두더지 잡기 게임 같은 순간들

지인의 스케줄러에서 '아이보람'이라는 일정을 그저 바라만 보며 물어볼 생각도, 스스로 찾아본 것도 아닌 1년이 있었다. 아이보람을 시작하고서 고비를 만날 때마다 지나간 이 시간을 얼마나 아쉬워했는지 모른다. 그러나 이제는 이 시간이 있었기에 늦은 출발에 절실함을 더해 주었다고 고쳐 생각해본다. 아이보람과 함께 하는 대장정은 엄마의 성찰과 수행이 담긴 시간이기에.

아이보람을 시작한 지 1년 6개월.

매일 하는 아이보람의 학습 테마 어느 것 하나 순하지 않아서, 관련

된 기억이 두더지 잡기 게임처럼 오르락내리락 순간순간을 스친다.

아이보람의 첫 번째 관문인 'DK'. 지루하고 긴 여정인 만큼 어쩌다 몰입한다 싶은 날엔 몇 개라도 슬쩍 더 끼워넣기 하고 싶은 엄마의 마음이 드는 테마다.

듣고 있지만 뭔가 늘 모자란 듯한 '흘려듣기'는 신뢰도 불신도 할 수 없는 미지의 영역이다. 베렌, 로켓, 매직트리 라인을 따라가는 '집중 듣기'에서는 아이의 어려움을 느낄 수 있었다. 엎어졌다 누웠다 여러 번 꿈틀거려봐도 끝나지 않으니 챕터 하나 건너뛰고 싶어지는 아이의 마음이 엄마에게도 느껴진다. 열이면 열 모두 제각각인 10인 10색의 '유로톡'.

'멀티플'을 할 땐 기꺼이 인간 리모콘이 되어 버튼을 딸깍거리는 엄마의 마음을 아직은 모르겠지…….

아직 접하지 못한 신규 테마들이 더 남아 있지만 1년 6개월 차의 아이보람만 보아도 앞으로 아이와 엄마를 쥐락펴락 할 웃음과 울음 범벅의 생활이 그려진다.

● 얄미운 두더지를 만나다

여러 두더지들 중 처음 올라오는 두더지는 아이보람 초보 엄마의 어설픔이다. 평소 살갑고 다정한 엄마는 아니었기에 첫 고비에서 기선 제압의 의도를 담은 '강압'의 감정이 먼저 나왔다. 시작 당시 초등

6학년과 7살이었던 남매의 반응은 극과 극이었다. 그도 그럴 것이 터울 지는 두 아이가 만난 아이보람은 한 아이에게는 적기였지만, 한 아이에게는 늦은 출발이었기 때문이다. 학습 동의를 구한다고 구했지만, 마음 깊이 동기부여는 되지 않았기에 마지못해 하는 6학년 아들의 모습과, 여태 보지 못했던 애니메이션이 마구 쏟아지니 흐뭇한 출발을 보여준 딸의 모습이 있었다.

우려가 현실로, 4개월이 채 되지 않아 엄마의 버럭에, 십대도 버럭으로 답하더니 며칠 불꽃 튀기기를 하다 결국 학원으로 돌아갔다. 가만히 앉아서 두세 시간을 채우고 집에 오면 '공부하고 왔으니 건들지 마세요' 라는 티를 낼 수 있는 학원을 선택한 것이다.

무척 반기며 시작했던 7살 동생은 오빠의 학원행에 영향을 받아, '왜 나만 하느냐' 며, '이것도 싫고, 저것도 싫다' 며, 힘든 내색을 했다.

시작한 지 얼마 되지 않아 찾아온 첫 고비, 한 날 한 시에 남매 모두에게 퇴짜를 맞는 건 아닌가 마음을 졸였던 것으로 기억된다.

● 오 캡틴, 마이 캡틴!

두 아이에게 함께 찾아온 첫 고비는 '사람과 자연' 이 해결해 주었다. DK 굶지 말라며 '하루에 다섯 개라도 꼬박꼬박 이어가는 것이 중요하다' 는 센터 담임 선생님의 코치는 정확하게 맞아떨어졌다. 다섯

이란 숫자는 엄마가 후하게 양보한 느낌을 준 것일까, 딸아이는 리듬을 회복하면서 안정을 찾았다.

이후 학습 테마가 변경되거나 추가될 때마다 아이들의 투정은 두더지 게임처럼 불쑥 찾아온다. 그 때마다 DK가 생각나 되새김하여 적용해 보았다. 얼마간 통 크게 '양보' 하며 주도권을 아이에게 준다. 당분간 '아이가 원하는 리듬' 대로 진행하며 살핀다. 엄마의 마음에서 '조급' 을 빼고 '여유' 를 더해 생각보다 길게 정상화의 시간을 잡는다. 길게 잡아도 많이 어긋나지 않는 시기에 대부분 회복된다. 이 패턴의 반복과 변형으로 밀고 당기기를 사용하여 한 고비 넘겨본다. 연애 때도 이런 '밀당' 을 한 적이 없는데, 밀당 필살기는 아이보람을 하는 엄마들에게 꼭 필요한 한 수가 된다는 것을 깨달았다.

우리 집 주변에는 3개의 센터가 고르게 떨어져 있었는데, 5년간 담임이 될 분과의 인연에 무게를 실으며 여러 센터를 직접 가서 확인한 후 각 센터와 선생님들의 상담 내용을 분석했다. 같은 커리큘럼으로 운영되는 센터들이라 큰 차이는 없으니, 엄마인 나와 함께 오래도록 갈 '사람' 에 초점을 맞추다 보니 인연이 되었다.

매주 만나는 선생님이 보여주시는 모습은 엄마의 성찰을 이끌어낸다. 자신의 아이들을 아이보람으로 키워낸 선배의 겸손한 경험담들, 그냥도 벅찬 엄마 역할에 엄마표 영어 숙제를 더 얹고 가는 무게감을 이해해주는 언니 같고 친구 같은 동질감, 일희일비 하지 않는 무게중심 있는 코치. 이 만남들은 인문 철학 서적이나 자기계발서보다 더 값지게 여겨진다.

무엇보다 감사하고 본받을 점은 '사랑을 담은 긍정적인 마음과 말'이다. 아이들이 보여주는 학습 모습에 속상해하는 엄마들의 성토가 이어질 때면 엄마들도 센터에 와야 말을 할 수 있고 그 마음을 들어주는 사람이 있다. 모두 경청하고 공감과 인정의 대화를 한 다음 엄마들의 마음을 아우르는 말이 있다.

"어머님, 우리 아이들도 엄마를 참 많이 참아주고 봐주고 있는 것일 거예요. 무척 하기 어려울 텐데도 이만큼 하려고 하는 것은 아이들도 노력하고 있다는 거지요."

구멍 뻥뻥 뚫린 일지를 민망하게 내밀어도 "어우, 이보다 어찌 더 잘하나요. 이 시기에 이 정도면 많이 애쓰는 거랍니다." 못했지만 잘했다고 하는 것은 아니다. 부족했던 것은 이미 엄마가 알고 있으니 그 중 잘한 부분에 무게를 실어 힘을 내도록 유도해주는 것이다. 스스로 깨달아 그 주간의 동기부여에 힘을 받아 엄마의 밀당 에너지를 채운다.

'내 아이를 남의 집 아이 키우듯 하라'는 말을 대부분 알고 있다. 알고 있어도 실천이 어려운 부분인데 담임 선생님의 말을 통해서 매주 느낀다. 한 발자국 떨어져서 남의 집 아이 바라보기, 칭찬해주기, 격려해주기를 실천중인 선생님을 통해 남매와 조금 떨어져 객관화를 해보고 화가 아닌 여유를 가져본다.

오 캡틴, 마이 캡틴!

● 사람과 자연이 이뤄내는 과정

머리 큰 아들을 아이보람으로 되돌린 자연의 방법은 무엇이었을까?
2018년 여름, 숨 막혔던 더위는 학원 셔틀을 기다리는 아들 머리 위로
칼날처럼 내리꽂혔고, 때로는 버스로 오고가야 하는 아들의 발걸음을
무겁다 못해 땅 속으로 꺼지게 만들었던 것 같다. 학원으로 돌아간 지
3개월이 채 되지 않은 8월, 아들이 먼저 건넨 한 마디.

"엄마, 저도 에어컨 틀어놓고 집에서 영어 하고 싶어요."

이때 엄마는 쾌재를 불렀고 미소가 올라왔지만 애써 누른 후, 조금
은 단호하게 말을 꺼냈다. '다시 잘할 수 있겠냐고, 되돌아갈 곳은 없
다고, 이제는 번복할 수 없다며, 한 입으로 두 말 하지 않기로' 거듭 다
짐받았다. 그 해 여름부터 남매는 소파와 거실 바닥을 뒹굴며, 침대를
오가며 지금까지 아이보람을 하고 있다.

아이보람은 '사람과 자연'이 이뤄내는 과정이다. 아이보람을 처음
접하게 해주었던 것도 아이보람 3년차였던 지인, 시작 후 잘하고 있
는지 의문이 들어 흔들릴 때마다, 추진력이 떨어질 때마다 같은 클래
스 엄마들의 응원과 다독임, 센터 담임 선생님의 심지 있는 코치, 센
터 스텝 선생님들의 원활한 운영과 친절한 응대까지, 아이보람은 사
람으로 시작하여 사람으로 연결되고 사람으로 완성된다.

첫 고비에서 '자연'은 물리적인 더위였지만, 실제 의미는 길어도 십

년 안에 엄마 품에서 스스로 멀어질 아이들을 '마음껏 안고 뒹굴며 보듬을 수 있는 이 시간' 이 자연 그 자체라 여긴다. 아이보람이 아니었다면 아이들 곁에서 관찰할 일이 있었을까? 어떤 캐릭터와 그림체를 즐겨보는지, 어떤 장르의 이야기를 선호하는지……

아이보람이 주는 눈물도 있지만, 눈물의 곱절로 돌려받는 웃음과 경험이 있기에, 사람과 자연이 만나면 해내지 못할 일은 없다는 생각에 믿음이 더해지고 있다.

● 고비 그리고 또 고비

대한민국에서 엄마표 영어를 하는 많은 '수행자 엄마' 들이 알고 있듯이 위기는 늘 온다. 올해 중학교 입학한 아들은 늘어난 수업으로 하교가 늦어지자 시간을 도둑맞은 기분이 드는지 짜증이 늘어갔다. 수학 하나만 하고 귀가해도 오밤중이 되니 그도 그럴 법했다. 이제 돌아갈 곳도 없고, 번복은 없다 했지만 아들 입에서는 여지없이 작년과 같은 말이 나왔다.

"이럴 바에야 영어 학원 다시 다닐래요."

예상은 했어도 엄마는 흠칫할 수밖에 없었고 욱하는 분노도 올라왔다. 이도 저도 해결될 것이 없음도 감지되었다.

"그랬구나, 그럴 수 있지. 그럼 학원을 알아볼까? 직접 알아봐도 좋고, 친구들 추천이 중복되는 학원도 좋아. 세 군데 정도면 적당할 것 같은데, 그 학원들 위주로 엄마랑 다녀보자."

이 다음은 어찌 되었을까? 화부터 낼 엄마를 상상했던 아들은 잠시 멍한 표정을 짓더니 기계적으로 답했다.

"알아볼게요."

며칠 뒤 아들은 이렇게 답했다.

"아이보람 계속 할래요. 학원 오고가는 데 쓰는 시간이나 이 시간이나 비슷해요."

초등 고학년이 아이보람을 만나게 되는 경우, 대부분은 그때까지 다닌 영어 학원의 과정이나 결실이 반길 수 없는 것들이 많다. 아이보람 시작 적기에서 벗어난 것을 알고도 엄마 나름의 과감한 결단으로 첫 발을 디딘 것이다. 이런 취지를 이해했더라도 아이는 잊어버리기도 하고, 차선책이 있다고 생각하기 쉬우니 아들이 학원을 조사해보길 바랐다. 아들의 빠른 선택으로 학원 실사는 나서지 못했지만 작은 고비를 넘고 또 반년이 흘렀다.

● **너희 덕분에 엄마가 자란다**

어느 날 저녁, 딸과 귀가를 하는데 저만치 횡단보도에 선 아들이 보였다. 엄마를 알아보고는 손을 흔든다. 운동 마치고 수학학원 가는 길이다. 시간이 빠듯하여 간식도 못 먹고 나오는 듯하다. 바쁜 걸음을 옮기다 손을 흔드는 모습을 보니 마음이 짠해진다. 나 혼자 눈물이 핑 그르르 돈다.

그날 밤, 아들 귀가 시간에 맞춰 잘 먹는 음식으로 한 상 차려주었다. 엄마의 눈물샘을 자극한 보너스로 오늘은 아이보람을 쉬게 해주기로 했다. 그런데 이 녀석이 저녁을 먹으면서 하나씩 다 해낸다.

"시간이 모자라니까 보면서 먹을게요. 멀티플 하고 씻으러 갈게요."

일일이 하라고 해야 하는 스타일인데 오늘따라 왜 이리 알아서 척척 잘하는지……. 쉬게 해주려고 한 내 마음은 입도 열지 못하고 아들이 하는 대로 그냥 두었다. 오늘의 보너스는 저장해두었다가 정말 힘들어 하는 날, 시간이 여의치 않는 날 써야겠다.

몇 번 고비를 넘겼다고 해서 지금의 학습 풍경이 아름다울 리는 없다. 엄마 말은 더 들어볼 것도 없이 무조건 아니라는 사춘기의 아들이 있다. 하루에도 몇 번씩 울다 웃는 감정 기복이 가파른 딸이 있다. '아이보람을 매일 성실히 한다는 것'은 피만 흘리지 않았지 땀과 눈물의 전쟁터일 것이다. 게다가 어디서 어떻게 튀어오를지 모르는 두더지들이 늘 잠복근무 중인 지뢰밭도 곁에 있다.

허나 전쟁 속에서도 진정한 마음이 전해지고 웃음이 있어 사랑은 싹을 틔운다. 아이들과 뒹구는 기간을 '때울 것인지 채울 것인지'는

'우리의 선택' 으로 결정된다. '우리' 가 단단해지기 위해 매주 만나는 아이보람 선생님의 '남의 집 아이에 대한 진심 깃든 애정' 은 내 아이의 엄마인 나를 새롭게 살게 한다. 앞으로도 곳곳에서 출몰할 두더지는 캡틴과 함께 망치가 아닌, 두 손으로 감싸안아 눈 맞춤, 마음 맞춤을 하며 보듬으련다. 어느 책에서 스쳐 본 괴테의 말이 남아, 고비마다 힘이 된다.

"사랑해서 아팠고 그로 인해 배웠다."

시크하고 귀여운 두 선원과 바람을 타고, 파도를 이겨내고 배가 닿는 그곳까지 가보고 싶다. 아들, 딸, 너희 덕분에 엄마가 자란다!

04

행복한 영어 공부의 시작

최은아 • 김현정, 김하정 어머니

● **엄마들과 아이들이 모두 행복한 영어!**

 "엄마, 나 영어 학원 안 갈래! 매일 하는 숙제도 지겨워 죽겠고, 시험 본다고 단어 맨날 외우는 것도 싫어! 영어 학원이 그렇게 좋으면 엄마가 다녀!"

 "이번에 옮긴 영어 학원도 마음에 안 든대. 다른 데 또 알아보래. 어휴, 자식이 상전이야."

 "어제 학원에서 또 전화 왔어. 숙제 안 해왔다고. 애랑 싸우는 것도 지쳤어."

 "학원 믿고 1년 보냈는데, 글쎄 애가 몇 줄 안 되는 리더스북도 못 읽어. 사기당한 기분이야."

큰 아이가 초등 3학년이었을 때, 반모임 가서 들은 얘기들입니다. 초등 3학년 교과과정에 영어 과목이 처음 등장합니다. 대부분의 엄마들은 영어 학원을 선택합니다. 물론 영어에 재능이 있거나 학원이 체질에 맞는 아이들도 있습니다. 그러나 그런 아이들은 아주 소수이고, 대부분의 아이들은 숙제와 시험 속에서 영어라는 과목을 싫어하거나 어려워하게 되고, 부모와 갈등을 일으킵니다.

이런 현실 속에서 어떻게 하면 엄마와 아이들이 모두 함께 행복한 영어를 진행할 수 있을까요?

● 외롭지 않게, 포기하지 않게 해준 힘

우리 아이들이 아이보람을 만난 지도 벌써 4년째가 되었습니다. 그동안 아이들은 아이보람과 함께 영어를 즐기게 되었고, 지금은 영어를 아주 사랑하고 좋아하는 아이들로 성장했습니다. 소감문을 쓰려고 예전 영상을 보니, 울컥하고 뿌듯한 마음이 듭니다. 아이보람을 시작할 때 초등 3학년이었던 큰 아이는 지금 중학교 1학년이 되었고, 7살 유치원생이었던 둘째는 초등 4학년이 되었습니다.

저는 영어가 언어이기 때문에 국어처럼 많이 듣고, 읽고, 말하고, 쓰면 당연히 잘하게 될 것이라고 믿었습니다. 그래서 암기 과목처럼 문법과 단어를 외우게 하는 기존의 영어 학원 교육 방식은 처음 영어를 접하는 아이들에게 적합하지 않다고 생각했습니다.

이런 이유로 제 나름의 엄마표 영어를 하게 되었습니다. 해가 떠 있는 동안 아이들은 날마다 놀이터에서 놀기를 원했고, 저녁에 집에 들어와서 씻고, 먹으면 잠자기 바빴습니다. 한글 책을 읽을 새도 없는데, 영어책을 읽게 하는 것은 참 어려운 일이었습니다. 비가 오거나 미세먼지가 심해서 집에 있게 되어도 영어를 놀이처럼 재미있게 진행하는 게 쉬운 일이 아니었습니다.

가장 큰 문제는 지속적으로 실천하기가 어려웠다는 것입니다. 또 영어 전공자가 아니다 보니 이 단계를 넘어서면 다음 단계는 어떻게 진행해야 할지도 걱정이었습니다. 그러던 중 지인의 소개로 아이보람을 알게 되었습니다.

아이보람은 엄마표 영어교육에 대한 축적된 노하우를 가지고 있었고, 연차별 커리큘럼이 탄탄해 보였습니다. 또한 일주일에 한 번 하는 엄마들 모임을 통해 함께하는 동료가 있어서 외롭지 않게 지속적으로 진행할 수 있을 것 같았습니다. 그렇게 아이보람을 선택했고, 지금까지 아이보람과 함께 하고 있습니다.

● **시키지 않아도 스스로 하는 아이들**

처음에 터 잡기 과정에서 매주 대여를 통해 아이들이 좋아할 만한 캐릭터를 찾고, 자막 없이 영어 DVD 보기를 시작했습니다. 처음에

화면만 보던 아이들에게 자기가 좋아하는 캐릭터 맥스, 루비, 도라, 디에고, 브라더, 시스터, 아서, 찰리, 롤라, 리틀프린세스, 해리포터 등이 생기고, 영어가 귀에 들리기 시작하면서, 놀이터에서 놀기와 영어 DVD 보기를 선택하라고 했을 때, 아이들이 영어 보기를 선택하는 횟수가 늘어났습니다. 그러자 날마다 영어 듣기가 가능해졌습니다.

또한 1년차 대표 프로그램인 DK를 진행하면서 여러 단어들을 알게 되자 재미있는 짧은 영어 문장의 그림책을 읽을 수 있게 되었습니다. 그렇게 날마다 영어를 듣게 되고, 영어책을 읽게 되었습니다. 아이보람 센터 원장님께서 조언해주시는 대로 열심히 커리큘럼을 따라갔습니다. 1년차에 DK를 했고, 2년차에 유로톡과 리더스북, 초기 챕터북 연따와 스스로 읽기를 했고, 3년차에 OPDI와 다양한 챕터북 읽기를 했고, 지금 4년차에 타임지 읽기와 화상영어를 하고 있습니다. 이외에도 다양한 프로그램이 있는데, 연차별 대표적인 커리큘럼만 썼습니다. 3년 이상 진행하면서 날마다 밥을 먹듯이 매일 영어를 듣고 영어책을 보려고 노력했습니다.

올해 2월에는 제가 많이 아파서 수술할 뻔한 일이 있었습니다. 엄마가 아프다 보니, 아이보람 일지를 채우지 못하겠다 싶었는데, 제가 방에서 자는 사이에 두 아이가 타임지 집중 듣기, 연따, 스스로 읽기를 해서 일지에 적은 걸 보고, 감동해서 울 뻔했습니다. 아이들에게 아이보람은 이미 습관이 되고, 익숙한 일상이 되었던 것입니다.

● 영어보다 더 소중한 아이들과의 추억

 큰 아이가 중학교 1학년이 되자, 대형 영어 학원에 보내야 한다는 주변의 권유가 많았습니다. 중학교 영어시간에 문법과 어휘 테스트가 있으니, 엄마표로는 대응하기 어렵다는 것입니다. 아이와 상의를 했고, 아이는 지금처럼 즐겁게 영어를 하고 싶어했기에 아이보람을 계속 진행하기로 결정했습니다.

 그동안 수많은 챕터북을 반복해서 보았고, 다양한 영어 DVD를 듣고 보았기에 문법이나 어휘 시험을 따로 보지 않았어도 알고 있는 배경지식이 많았습니다. 그래서 학교 영어시험도 아이가 교과서를 읽고, 관련 문제집을 풀고, 단어를 한 번 체크하는 정도로 충분히 대비가 되었습니다. 중학교 영어시간에 자신 있게 퀴즈를 맞히고, 교과서 읽을 때 발음이 좋다는 칭찬을 듣고 있습니다.

 현재 아이들은 한글 동화책을 보듯이 집에서 빈둥거리는 시간에 영어 챕터북을 책장에서 꺼내어 읽습니다. 한글책 나무집 시리즈보다 영어원서가 더 재미있다며 킥킥거리고 봅니다. 작년에는 아빠와 해리포터 원서 읽기 게임을 했는데, 3학년인 둘째가 압승을 했습니다.

 아이보람 3년 이상 진행하면서 가장 감사한 일은 영어실력 향상만

이 아닙니다. 아이들과 함께 영어 DVD를 보면서 깔깔거리며 웃었던 기억, 영어책을 읽으면서 수많은 캐릭터와 감동을 공유한 기억은 제게 더할 수 없는 기쁨이고 추억입니다.

또한 아이들이 날마다 3시간씩 3년 이상 영어를 해옴으로써 자기주도학습 습관이 생겼습니다. 3년이라는 시간 동안 누구에게도 비교당하지 않고 성실하게 자기 길을 걸어오면서 발전하는 자신의 모습을 경험했기 때문입니다. 그래서 꾸준하게 자기 페이스대로 한다면 결국 목표를 이룰 수 있다는 자신감을 갖고 있습니다. 아이들은 스스로 학습계획을 세워, 필요한 과목 공부를 하고 체크합니다. 저 역시 아이보람을 진행할 때와 마찬가지로 칭찬을 해주고, 격려를 합니다. 이 모든 일이 아이보람과 함께 했기에 가능했다고 생각합니다.

우리는 인생을 살면서 수없는 선택을 합니다. 과거의 선택이 현재의 나를 만들었고, 지금의 선택이 미래의 나를 만듭니다. 혹시 아이 영어 교육을 어떻게 해야 할지 고민하고 있는 유치원생이나 초등 저학년 부모님이 계시다면, 영어 학원을 다니다가 적응 못 한 아이가 있다면, 영어 공부는 죽어도 싫다는 아이가 있다면 저는 감히 말할 수 있습니다.

지금 아이보람을 시작하십시오. 아이보람과 함께 제가 경험한 놀라운 변화들이 3년 뒤에 당신의 아이들에게 일어날 것입니다.

Now is the Time!

05

영어를 통해 다시 쓰는 육아일기

박고은 • 유동근 어머니

● **엄마의 기다림, 그리고 함께 하기**

제가 엄마표 영어를 시작하게 된 시기는 첫째 아이가 5살이 되던 해부터였습니다. 엄마표 영어에 관심이 많이 있던 같은 동네 엄마들 두 명과 함께 엄마표 영어 관련 책을 찾아보고 알아보면서 시작한 지 벌써 만 4년! 혼자서 시작했으면 매우 막막했을 텐데 다행히도 두 명의 엄마들과 함께 하게 되어 무척 힘을 얻고 시작할 수 있었습니다.

엄마표 영어를 하는 대부분의 엄마들은 공감하시리라 생각되는 부분이 바로 혼자서 하는 외로움과, 다음은 어떻게 해야 하는지에 대한 막막함입니다. 저는 이런 부분에 있어서 초반에 목적이 같은 엄마들을 만난 것이 매우 행운이었습니다.

처음 시작은 5살인 큰 아이에게 매일 30분간의 영어 DVD 시청이었습니다. 다행히도 한글 프로그램 방송에 많이 노출시키지 않아 영어 DVD에 쉽게 흥미를 가질 수 있었습니다. 남자아이의 매체에 대한 욕구를 채우는 데 DVD가 한몫하지 않았을까요? 함께하는 엄마들과 아이들의 DVD를 구매하고 서로의 반응과 흥미도를 이야기하면서 서로 빌려주고 빌리면서 보았습니다.

세 아이의 DVD 흥미도가 처음에는 비슷한 듯했으나 시간이 갈수록 좋아하는 DVD가 각자 달라지고, 구매하는 DVD의 실패율도 꽤나 있었습니다. 하지만 실패한 DVD를 통해 내 아이가 어떤 영상물을 좋아하고 어떤 분위기의 애니메이션을 좋아하는지 알게 되는 중요한 과정이기도 했지요. 이 부분이 엄마표 영어의 가장 큰 매력이자 첫 번째 매력이에요. 엄마인 제가 아이를 키우고 있긴 하지만 사실 자세히 들여다보면 아이의 세세한 흥미와 관심까지 잘 모르는 부분이 꽤나 많더군요. 아이와 함께 DVD를 시청하고 책을 읽으며 함께 이야기 나누면서 아이를 한층 깊게 알게 되는 부분은 사실 엄마표 영어를 사랑하게 되는 가장 큰 매력이지요.

● **외로운 길에서 든든한 지원군을 만나다**

이렇게 DVD 시청에 아이가 적응하고 하루에 3시간 이상의 DVD

시청 시간과 흘려듣기 시간이 자리를 잡고 1년을 진행하고 나니 그 다음에 무언가를 더 진행해야겠다는 생각이 들었어요. 그래서 다시 각종 엄마표 영어 책들을 읽어보고 정리했어요. 하지만 책 저자마다 각자의 방법이 여러 가지이기도 하고 어떻게 아이랑 즐겁게 조금 더 모국어 방식으로 개입할지가 고민이었지요.

또한 현실적으로 매번 책과 DVD를 계속 조달하는 것도 쉽지 않았고 향후 최소 5년간 진행할 때 제가 흔들리지 않고 갈 수 있는 새로운 방법과 도움이 절실해졌어요.

그래서 찾다가 알게 된 것이 바로 '아이보람' 이었어요. 아이보람을 다니면서 아이에게 더 체계적이고 폭넓고 다양한 DVD, 영어책, 프로그램을 접할 수 있게 되었어요. 특히 매주 정해진 모임에서의 엄마들과의 미팅을 통해서 새로운 DVD에 대한 정보와 아이들에게 해줄 수 있는 좋은 팁들을 들을 수 있었고, 원장님의 조언과 격려가 가득 담긴 응원의 메시지는 저에게 매우 힘이 되었지요. 함께 같은 목적으로 나아가는 든든한 지원군을 찾은 듯한 느낌이었어요.

아이에게 조금 더 본격적이고 체계적인 프로그램을 시작하게 되었고, 아이는 안정적으로 영어에 대한 반응을 보이기 시작하더군요. 좋아하는 DVD는 몇몇 부분을 빼고는 대부분 따라서 말할 수 있었고, 동생과 대사를 가지고 놀기 시작하고 혼자서 놀이할 때도 DVD 내용으로 말하고 놀기 시작했어요.

혼자 놀이를 할 때 매번 흘려듣기를 해주곤 했는데, 갑자기 기계의 오작동으로 CD가 멈추게 되자 "엄마, ○○까지 들었어요. 거기부터 틀어주세요"라고 말하는 것이 아니겠어요? 흘려듣기의 효과에 대해 반신반의하던 저의 생각에 큰 종을 울리는 놀라운 순간이었지요!

여기에서 엄마표 영어의 두 번째 매력을 말할 때가 온 것 같네요. 저희 아이가 다른 아이들보다 영어를 잘하는지는 객관적인 평가를 받아보지 않았기에 알 수 없지만, 이는 더 이상 저에게 중요하지 않았죠. 아이가 영어를 재미없는 공부가 아닌 생활 속에서 놀이와 재미로 느끼고 말하고 습득하는 부분, 바로 이것이 엄마표 영어의 두 번째 매력이라 생각해요.

영어를 공부로만 배운 저로서는 문법 따로, 회화 따로 학원을 다닌 것이 정말 안타까운 부분이었어요. 그래서 저는 제 아이들만큼은 영어를 대학과 취직을 위한 도구가 아닌 방법으로 공부를 하길 바랐어요. 엄마표 영어를 선택하게 된 큰 이유이죠.

엄마표 영어를 하면서 가장 만족스러운 것 중의 하나는 아이가 영어로 듣고 말하는 걸 두려워하지 않고 모국어를 처음 말할 때처럼 생각나는 대로 마구 시작한다는 점이었어요. 저 뿐만 아니라 엄마표 영어에 크게 기대하지 않았던 남편도 신기해하는 부분이었지요.

● 영어와 친해지고 영어와 함께 하는 아이들의 모습

이렇게 엄마표 영어가 큰아이에게 자리가 잡혔을 무렵 둘째 아이는 두 돌 정도였는데, 형이 영어를 놀이처럼 좋아하는 모습을 보면서 둘째 아이도 어렵지 않게 터 잡기 단계가 저절로 되었지요.

엄마표 영어의 세 번째 매력은 바로 첫째 아이와 둘째 아이가 함께 영어의 재미에 스며들 수 있다는 것이에요. 둘째는 24개월부터 형을 따라다니면서 DVD를 보고 듣고, 집중 듣기할 때는 옆에서 거꾸로 책을 들고 손가락으로 짚으면서 따라했지요. 올해 다섯 살이 된 둘째는 형의 DK나 유로톡 프로그램을 너무 부러워해서 Pre-DK를 시작했어요. 지켜만 보던 영어 프로그램을 하게 된 둘째 아이는 매우 신나고 즐거워하네요.

아이들이 영어를 통해서 점수를 보여준 적은 없지만 두렵거나 걱정되지는 않네요. 그보다 더 중요하게 나날이 영어와 친해지고 영어를 다각적으로 경험하는 모습, 영어라는 문화에 한 발짝 다가가는 아이들의 모습에서, 함께하는 저로서는 매우 신이 나고 보람을 느낍니다.

엄마표 영어의 마지막 매력은 아이들과 함께 영어를 통한 육아 일기를 쓴다는 것이지요. 어느덧 첫째의 엄마표 영어 노트는 6권을 넘었고, 둘째는 첫 번째 노트를 시작했네요.

첫째의 6권의 노트 속에는 좋아했던 DVD와 좋아하지 않았던 DVD의 평가와 그것에 대한 아이의 반응, 각종 영어책을 처음 접했을 때의 반응, 어떤 부분은 힘들어하고 어려워했는지에 대한 기록이 들어 있어요. 결국은 아이와 함께 지낸 하루하루가 기록된 '영어로 쓴 육아일기'가 된 것이지요.

● 아이가 영어의 숲에 풍덩 빠질 때까지

가끔 노트를 펼쳐보면 아이와 함께해온 영어를 통한 시간이 눈앞에 지나가면서 여러 가지 감정이 스치곤 하네요. 매일 재미있어 하면 좋았겠지만 그렇지 않은 날이면 아이의 흥미를 잃지 않게 하기 위해 방법을 바꿔서 시도해보고 실패하기도 하고 성공하기도 했죠. 또한 학교에 입학하면서는 효율적인 시간 배치를 위해서 시간을 체크해서 서로의 적당한 방안을 조율하기도 했습니다.

그동안 여러 일이 있었지만, 아이에게 잠시 쉴 시간, 재미있게 푹 빠질 시간 등 엄마의 듬직한 기다림이 얼마나 중요하고 필요한지를 알게 되었어요. 아이가 영어의 숲에 풍덩 빠질 때까지의 기다림은 지금도 앞으로도 진행형일 테지만, 엄마 마음먹기에 따라 쉽고도 어려운 일인 것 같네요.

엄마표 영어를 시작한 시기부터 지금까지 겪었던 많은 일과 감정을 되돌아보는 뜻깊은 시간이었어요. 어느 선택을 하는 것이 아이에게 도움이 되는지는 향후 더 많은 시간이 지나야 알 수 있겠지만 학원이 아닌 엄마표 영어로 시작한 저는 아직까지는 '매우 만족'이라는 점수를 줄 수 있을 것 같아요.

마지막으로 아이들의 노트 표지에 남기는 문구로 마무리를 하려 해요. 엄마표 영어와 아이보람을 함께 하는 모든 엄마들, 파이팅입니다.

"동근이, 성근이, 엄마의 성장의 나날을 기도하며……. 사랑해♡"

06

더 큰 세계로 나아가는 출발점

류연오 • 김준원 어머니

● **영어교육 어떻게 시키지? 직장맘의 좌충우돌**

"엄마표 영어 아이보람."

운전하며 출퇴근할 때 항상 보던 현수막입니다. 다른 영어 학원 광고와는 달리 아주 간단한 글자로 '엄마표 영어 아이보람' 이라고만 되어 있었는데, 호기심이 가면서도 직장일과 가사에 지쳐 있는 직장맘이었기에 미루고 미루다 아쉽게도 몇 년이나 훌쩍 지나 아이가 초등학교 3학년이 되어서야 아이보람을 시작하게 되었습니다.

저는 아이가 어렸을 때부터 영어를 잘할 수 있는 환경을 만들어주려고 노력했습니다. 영어를 모국어처럼 습득하길 바라는 마음으로 아기 때부터 관련 책들과 영어 방송을 많이 보여주고, 영어유치원도 보냈습니다. 하지만 문제는 어떤 단계에서 어떻게 진행해야 하는지, 이렇게 하는 것이 옳은지, 다음 단계는 어떻게 진행해야 할지 등 체계적인 프로그램과 자세한 정보가 없어서 애를 먹었습니다. 게다가 직장맘이다 보니 회사 일에 살림과 육아, 거기에 영어교육까지 정신이 없었습니다.

가장 좋은 교육은 엄마가 옆에서 사랑과 격려로 아이를 기다려주고 아이의 재능을 이끌어주는 것이라고 하는데, 여러 업무와 집안일로 머릿속이 복잡한 저는 그럴 여유나 아이의 재능을 캐치할 능력도, 영어교육을 위해 꾸준히 밀고 나갈 추진력도 점점 잃게 되었습니다.

그래서 힘에 부쳐 일단 영어유치원에 아이를 입학시켰습니다. 그전에 집에서 영어 환경을 만들어줬기 때문에 아이는 영어에 거부감은 없었습니다. 하지만 입학하게 되면 원어민 선생님들과 아이가 많은 시간 함께하고 얘기하면서 영어가 많이 향상될 거라는 제 예상과는 달리 영어유치원에서는 문법 위주로 가르치고 숙제를 내며 언어로서의 영어보다는 숙제로서의 영어로 접근하는 듯한 인상을 받았습니다.

물론 원어민 교사가 있기에 영어에 노출은 많이 되었지만 일정 수준을 넘지 못하는 것을 보며 '이것으로는 뭔가 부족하다'는 생각을 했습니다.

하지만 직장맘으로서 다른 정보가 없던 저로서는 달리 방법이 없었기에 그냥 영어유치원에 다니도록 했습니다. 그런데 그마저 영어유치원 졸업 후에는 빛의 속도로 영어에 대한 감을 잃어가는 것을 볼 때 너무 안타까웠고, 그동안 들인 비용이 아깝다는 생각도 들었습니다.

초등학교에 입학하면서 문법 수업 위주의 일반 영어 학원을 보내긴 아쉬워서 캐나다에서 온 원어민 부부가 지도하는 곳에 보냈습니다. 그곳 선생님은 영어권 문화에 대한 다양한 정보를 제공했지만 영어유치원에서 느꼈던 것처럼 수박 겉핥기 식으로 영어의 겉만 핥고 있는 것이 아닌가 하는 생각이 들었습니다.

또한 언어나 문화로서 듣기나 말하기에 접근하는 방법이 아니라 미국 교과서 텍스트에 대한 영어 문법과 읽고 쓰기 중심으로 지도하는 방식은 여전히 제가 추구하는 바와는 맞지 않았습니다.

그러다가 모 출판사에서 기존 학원과는 다른 방식으로 영어교육을 하는 것을 알게 되었습니다. 모국어 습득 방식으로 영어를 배우는 것이었는데 이것이야말로 제가 원하는 방식이었습니다. 그리고 저도 그 방식으로 하려고 처음 몇 달 동안은 애를 썼습니다.

그러나 면대 면이 아닌 이메일로 하는 코칭 시스템이 저에게는 잘 맞지 않았습니다. 결국 모국어 습득 방식으로 영어를 배우는 것은 마음에 들었지만 직장맘인 제가 영어 자료들을 일일이 다 준비해야 하고 경험자의 자세한 설명 없는 방식만으로 진행하기가 부담스러웠습니다.

● 드디어 영어교육의 방법을 찾다!

 우연히 아이보람에서 모국어 습득 방식으로 자신의 아이들을 직접 지도해본 엄마 선생님에게 매주 1회 그 방법을 배울 수 있다는 것을 알게 되었습니다. 게다가 다른 엄마들과 그룹으로 하는 것이었습니다. 그래서 직장맘인 제가 코칭 받기가 부담이 없었고, 혼자 하는 것이 아니라 팀과 함께 하기에 든든했습니다. 빨리 가려면 혼자 가고 멀리 가려면 같이 가란 말이 있듯이 말입니다.

또한 아이보람 내에 DVD부터 영어책 및 영어 관련 자료가 다양하게 구비되어 있어 영어자료 구하러 여러 도서관을 찾아 멀리 헤맬 필요도 없었습니다. 무엇보다 3년간 기본과정과 2년간 동시통역 과정까지 매 1년 단위로 빈틈없이 영어교육에 꼭 필요한 과정들이 잘 짜여 있었습니다. 영어의 터를 잡기 위해서 '3천 시간의 집중' 이 반드시 필요한데, 아이보람에서 3년 동안 꾸준히 하면 그것이 가능하도록 프로그램화되어 있었습니다.

항상 영어만 생각하면 어떻게 지도해야 할까 머리가 너무 복잡했는데, 아이보람과 함께 하면 우리 아이가 모국어 습득 방식으로 영어를 습득하고 편안하게 영어를 구사할 수 있겠다는 생각이 들어 마음이 정말 후련했습니다.

처음 현수막을 봤던 그때에 진작 올 걸 후회하며, 그동안 방법을 몰라 헤매고 시간 낭비한 것이 너무 속이 상하였지만 지금이라도 늦지 않았다는 생각으로 힘을 내었습니다.

처음 아이보람을 진행할 때 아이가 영어 왕초보는 아니었지만 1년차 단계부터 차근차근 시작하였습니다. 이것이 아이보람의 방침이기도 했습니다. 영어유치원도 나오고 원어민 부부에게 1:1 수업까지 받았기 때문에 처음부터 다시 한다는 것이 다소 이해가 안 되었지만, 지금 와서 돌이켜보면 밑바탕부터 차근차근 영어 터잡기를 시작하여 다음 단계로 넘어갈 때마다 매끄럽게 업그레이드된 것 같습니다.

아이보람을 하면서 아이가 자신이 좋아하는 영화를 매일 보고 아이 수준에 맞는 책들을 보고 연차별로 그에 맞는 PC 영어 프로그램을 진행하며 집중듣기, 연속따라읽기 훈련, 영어일기 쓰기와 한글책을 영어로 번역하는 과정을 순차적으로 지속했습니다. 이를 토대로 언어의 네 영역인 듣기, 말하기, 읽기, 쓰기 과정을 어느 한 부분 놓치지 않고 모두 다져나갈 수 있었습니다.

한글 동화책을 영어로 역번역 과정을 진행 중일 때는 아이와 중고서점에 가서 책을 함께 골랐는데, 지금도 중고서점을 지나갈 때마다 그때의 추억들이 떠오르곤 합니다. 아이는 책을 번역하면서 자신이 작가가 된 것 같다고 좋아했고, 요즘은 이 경험을 토대로 틈틈이

자신이 좋아하는 우주 분야에 대해 책을 쓰며 작가의 꿈도 키우고 있습니다. 제가 직장일이 많아지면서 아이보람 수업 참석이 어렵게 되었습니다. 이때 매주 네이버 밴드에 1주일 동안 아이가 진행한 과정을 동영상과 사진으로 찍어 올리면 원장님이 그것을 보고 전화로 상담하는 기발한 방식으로 바꿔서 진행하게 되었습니다.

원장님은 매주 동영상을 꼼꼼히 체크해서 잘하고 있는 점은 격려해 주셨고 부족한 점은 더 향상될 수 있도록 세부적으로 코칭을 해주셨습니다. 2년 6개월 이상 이 방식으로 진행해오고 있는데, 지금까지 업로드한 이 자료들은 아이와 저에게는 그 시간을 회상할 수 있는 소중한 추억이고 또한 영어 실력이 발전되어온 과정을 볼 수 있는 기록이자 아이가 스스로 이 과정을 얼마나 꾸준히 해왔는지를 보여주는 인생의 다큐멘터리가 되기도 합니다.

● 엄마가 아니라 아이가 스스로 갈 수 있도록

사실 저도 양심 고백(?)을 하자면 아이가 제대로 영어공부 안 하는 것 같으면 불안해져서 아이를 닦달했었습니다. 그런데 돌이켜 보면 불안해할 필요가 없었던 것 같습니다. 아이보람에서 진행하는 프로그램을 꾸준히 성실하게만 따라가다 보면 가랑비에 옷 젖듯 잘 못 하던 부분, 부족하던 부분이 어느 순간 조금씩 채워져가는 것을 발견하고 놀라곤 합니다.

원장님은 '엄마가 불안해서 아이를 다그치고 싶더라도 아이를 믿고 기다리고 격려하라' 고 매주 코칭을 해주셨습니다. 아이들을 믿고 기다리며 스스로 해나갈 수 있도록 엄마가 도와주는 것이 진정한 교육임을 지금 이 순간 다시 깨닫게 됩니다.

그렇기에 아이보람을 진행할 때도 엄마가 앞장서서 진두지휘하는 것이 아니라 느려도 아이가 앞장서서 스스로 가도록 하고 엄마는 환경을 조성해줘야 합니다. 아이들을 믿고 기다려 주는 것이 시간이 많이 걸리는 것 같아 보이지만 마음의 기본기를 다지는 기간만 지나면 오히려 아이들이 스스로 자라고 꽃피우고 열매를 맺기까지 시간이 더 적게 걸리는 것 같습니다.

아이보람 강의실에는 다른 아이들이 쓴 헤럴드 기사가 걸려 있었는데, 그것이 항상 저에게 로망이었습니다. 우리 아이도 저 단계까지 꼭 도달하면 좋겠다 싶었습니다. 그렇지만 정말 그렇게 될 수 있을까 반신반의 했는데, 이번에 2019년 주니어헤럴드 영어신문 기자가 되었습니다. 정말 바라던 그날이 저희에게도 찾아온 것입니다.

만약 아이보람을 시작하지 않았다면 영어 울렁증이 있는 저로서는 아이에게 도전해보라고 제안하지도 못했을 텐데, 아이보람 원장님이 격려해주고 회원들이 많이 지원하는 것을 보고 용기를 내서 시도를 했고 아이가 영어의 더 넓은 세계로 나아가는 출발선에 다시 서게 되었습니다.

5년차를 마무리하는 졸업이 다가오고 있는데, 이로써 '영어공부는 이제 그만' 이 아니라 더 큰 세계로 나가는 새로운 출발선에 다시 서게 되는 거라 생각합니다. 지금까지의 과정이 결코 쉽지 않았음에도, 매 순간 묵묵히 견디고 노력하며 성장해준 아이에게 큰 박수를 보냅니다.

마지막으로 지금 막 아이보람을 시작하는 엄마들과 아이들에게 중도에 멈추지 말고 끝까지 완주하라고 응원하고 싶습니다. 아이의 잠재력을 믿고 포기하지 않는다면 힘든 순간이 있을지라도 그러한 시간이 성장의 밑거름이 되었다는 것을 나중에 발견하고 엄마와 아이 모두 보람을 느끼게 될 것이라고 확신합니다.

07

영어 울렁증 엄마가
선택할 수 있었던 이유

조유정 • 양승찬 어머니

● **첫째 아이의 학원 생활을 안타깝게 지켜보며…**

언제나처럼 영어CD를 틀면서 하루를 시작하는 오늘 아침, 그동안 아이보람을 진행하면서 느낀 점을 어떻게 쓰면 좋을지 잠시 생각을 해보다가 지난 시간을 되짚어보았습니다.

초등 1학년 둘째 아이의 영어교육을 고민할 무렵, 지인의 소개로 '아이보람'을 알게 되었습니다. '평생 영어 울렁증을 가지고 살아왔고, 워킹맘으로 시간에 쫓겨 정신없이 지내는 내가 과연 할 수 있을까?' 하는 두려움과 걱정스런 마음이 앞섰습니다. 그래도 어쩌면 영어의 해답이 있을지도 모른다는 기대를 가지고 아이보람의 문을 들어섰습니다.

코칭 선생님과의 상담을 통해 교육 철학과 교육 과정에 대해 자세한 설명을 들으니 영어교육에 대한 저의 고민을 풀어줄 수 있는 이상적인 교육 방향이라는 확신을 가지게 되었습니다. 그러나 확신이 있다고 해서 선뜻 결정하기는 어려웠습니다. 집안일과 직장 일에 영어교육까지 더해지는 상황이 되면 체력이나 정신적인 소모가 상당할 것이 뻔했기 때문이었습니다.

그래서 남편과 의논하여 우선순위를 정해서 집안일에 대한 부담을 최소화할 수 있는 방법을 찾았지만, 아이보람에서 진행하는 대로 하루에 영어 노출을 위한 3시간을 확보하려면 잠자는 시간도 조정을 해야 했습니다.

이렇게 여러모로 어려움이 따르는 상황 속에서도 아이보람을 해야겠다는 결심을 굳히게 된 가장 큰 이유는 첫째 아이를 보면서 영어교육에 대한 회의와 아쉬움이 컸기 때문입니다. 아이보람을 알고 고민을 할 때가 첫째 아이가 중3이 끝나가는 겨울이었습니다. 그때 첫째 아이의 하루 생활시간표는 하교 후 학원 가서 수업을 듣고, 10~20분 주어지는 짧은 쉬는 시간에 저녁을 대충 때우고, 11시 넘어 집에 돌아오는 것이었습니다. 온몸에 피곤함이 묻어나는 아이와 대화를 하기는 커녕 마주앉아 얼굴조차 제대로 보기도 어려운 빡빡한 일상이었습니다. 늘 학원 숙제와 시험의 압박으로 힘들어하는 모습을 볼 때마다 제가 대신 공부를 해주고 싶을 만큼 안타까운 심정으로 지켜만 볼 뿐 도울 방법은 없었습니다.

둘째 아이는 영어 한 과목만이라도 성적으로 줄 세우는 수직적인 경쟁 구도로 내몰지 않으리라 다짐을 했습니다. 아이보람에서 말하는 모국어 습득 방식으로 생활 속에서 자연스레 영어 환경을 만들어주어 세상을 보다 넓게 볼 수 있는 길잡이로써 영어를 접하게 해주고 싶었습니다. 더불어 시험을 위해 영어를 공부하는 수동적인 학습자가 아닌, 자기 주도적으로 영어를 배워가면서 힘든 입시 전쟁에서 조금이나마 여유를 가질 수 있다면 좋겠다는 것이 엄마의 마음이었습니다.

● 아이보람과 학원의 결정적 차이는?

아이보람은 영어를 위한 커리큘럼이지만, 한글 독서를 같이 진행하도록 구성된 것이 저의 교육관과 잘 맞았습니다. 독서의 중요성을 모두가 알지만, 요즘과 같은 스마트폰의 유혹 속에 책을 가까이 하기란 쉽지 않습니다. 초등 고학년만 되어도 학습 시간에 밀려 예체능은 물론 독서 시간도 줄어들게 되는 안타까운 현실입니다. 그러나 아이보람은 영어 원서는 기본이고, 한글 독서까지 병행하면서 꾸준한 독서 습관을 잡아주기에도 적격이었습니다.

아이보람을 선택할 때 한 가지 우려했던 부분은 영어교육 전문가들이 엄마표 영어는 학원에 비해 어휘와 문법이 다소 약하다는 지적이었습니다. 그래서 알아보니 어휘를 접근하는 방식에서 아이보람과 학원 간에 차이가 있었습니다. 학원은 단시간에 집중해서 외울 수 있도록 하는 것이고, 아이보람은 장기간에 걸쳐 DVD, 원서, 다양한 프로그램과 게임 등 여러 가지 콘텐츠를 이용한 반복 학습을 통해 어휘를 익숙하게 받아들일 수 있도록 유도하는 방식이었습니다. 우리가 태어나서 모국어를 배울 때 외우는 것이 아니라 반복해서 듣고 보면서 익혀가는 것과 같은 이치인 것입니다.

단시간에 어휘량을 늘리는 데는 학원이 더 효과적일 수 있겠지만, 어리고 집중력이 약한 저희 아이에게는 모국어 습득 방식이 더 낫겠다고 생각을 했습니다. 문법도 교육과정 속에 추가적인 프로그램이 구성되어 있어서 아이보람을 충실히 해나간다면 크게 문제되지 않겠다고 판단했습니다.

이러한 생각과 굳은 의지를 가지고 아이보람을 선택했고, 어느새 1년 8개월이라는 시간이 흘렀습니다.

먼저 [영어DVD]는 아이보람을 하면서 가장 기초가 되고 중요하면서도 학습인 듯 아닌 듯 저희 아이에게 영어를 즐겁게 받아들일 수 있도록 하는 매개체였습니다. 저희 아이는 전형적인 와일드한 남자 아이로 기분이 업되면 몸으로 먼저 반응을 합니다. 그래서인지 DVD를 보다가 호기심이 생기는 장면이 나오면 흉내 내어 보기도 하고 영상에 나오는 노래도 따라 부르면서, DVD 시청을 학습시간으로 여기기보다는 노는 것으로 받아들이는 듯 보입니다.

DVD에 대한 아이의 선호도가 떨어지지 않게 하기 위해 아이의 관심 분야가 무엇인지 주의 깊게 살피면서 아이의 성향을 파악하는 데도 도움이 되었습니다. 게다가 아이가 좋아하는 DVD의 내용, 주제를 담은 독서와 체험 학습까지 연계하여 활동 영역을 확장시킬 수 있는 기회를 만들 수 있었습니다.

얼마 전 〈해리 포터〉시리즈 DVD를 보면서 아이는 자신이 해리 포터처럼 마법사가 된 듯 집에 있는 막대기를 마법 지팡이라고 부르고, 영화를 볼 때마다 이불을 망토처럼 어깨에 휘두르며 무척 재밌어 했습니다. 이렇게 순수하게 푹 빠져서 즐거워하는 모습을 볼 때면 웃음도 나고 엄마로써 소소한 행복을 느끼기도 합니다.

그렇게 〈해리 포터〉시리즈를 보다가 다음 편이 궁금하다면서 한글 번역책을 찾아보기도 하고, 마침 학교에서 장기자랑을 해야 해서 무엇을 할까 고민하다가 친구들에게 〈해리 포터〉영화에 대한 소개를 하고 싶다고 제안을 했습니다. 그래서 〈해리 포터〉를 지은 작가, 영화의 개요, 등장인물 관계도까지 준비해서 발표 하기도 했습니다. 재미있는 DVD 한 개를 시작으로, 아이가 스스로 동기부여가 되어 놀이에서부터 여러 활동으로 이어진다는 점이 아이의 성장에 다방면으로 도움을 줍니다.

● **영어의 즐거움과 인내의 경험을 선사 받다**

아이보람 1년차에 했던 어휘 프로그램 DK는 어휘 학습과 인내심을 길러주는 데 한몫하는 유용한 프로그램이었습니다. 1년차 마무리 시험을 보기 전까지 알파벳 A부터 Z까지 약 1,000개가 넘는 단어를 반복하는 것입니다. 매일 해야 하는 학습량에 대한 부담과 결코 쉬운 단어만 있는 것이 아니기 때문에 이따금씩 슬럼프를 겪기도 하였습니다. 그럴 때마다 코칭 선생님께서 조언을 주서서 한 고비 한 고비 넘기며, 마침내 DK 과정을 끝냈을 때는 마라톤을 완주한 것과 견줄 만한 성취감을 맛보았습니다. 아이랑 부둥켜안고 눈물을 머금으며 기뻐했습니다. 바로 옆에서 아이와 함께 시간을 채워가면서 힘든 과정을 같이 겪고 느낄 수 있었기 때문에 결과에 상관없이 노력해온 과정 그 자체를 진심으로 칭찬해주면서 가족 모두 둘러앉아 축하 파티를 했습니다. 또 한 번 두 번 반복 횟수가 늘어날 때마다 단어를 일부러 외우는 것도 아닌데 어휘가 아이에게 조금씩 누적되고 있음을 볼 수 있었습니다.

아이보람 2년차인 지금은 회화 중점의 유로톡 프로그램을 여러 번 반복을 하고 있습니다. 반복에 대한 거부감 없이 수월하게 소화를 하고 있는 모습을 보면서 DK 학습을 통해 얻은 인내의 경험이 값지다는 것을 새삼 깨닫게 되었답니다.

 흘러듣기는 CD를 1주일 정도만 반복해서 들어도 제법 비슷하게 흥얼거리며 따라합니다. 최근에는 〈알라딘〉 영화를 보고 나서 〈알라딘〉 OST를 즐겨 듣는데, 각각의 음악이 영화의 어느 장면에서 나왔었다며 재잘

재잘 얘기하는데 살짝 놀라웠습니다. 정확한 단어의 의미나 문법적인 이해가 되지 않을 텐데 비슷하게 유추해내는 것이 신기할 따름이었습니다. 지금도 〈알라딘〉 OST를 들으면서 콧노래를 부르며 수학 문제집을 풀고 있습니다.

저희 집 영어 CD는 잠자는 시간 외에 대부분 돌아가고 있습니다. 처음에는 가족이 시끄럽고 방해된다면서 싫어하기도 했는데 지금은 첫째 아이까지 덩달아 흥얼거리며 익숙해지고 있는 것이 감사한 일입니다. 엄마표 영어에서는 생활 속의 자연스러운 영어 노출 환경이 중요한데 흘려듣기가 많은 도움이 되었고, 가족의 이해와 배려가 있었기에 순조롭게 만들어갈 수 있었습니다.

마지막으로, 아이보람을 큰 나무라고 한다면 코칭 수업은 가지들이 건강하게 자라고 풍성한 열매를 맺을 수 있도록 영양을 공급해주는 뿌리와 같은 존재입니다.

저는 대학 시절 교양 과목으로 배운 영어까지 합하면 무려 10년 가까이 배우고, 따로 조금씩 회화 공부도 하였지만 영어 울렁증을 가지고 있었습니다. 그럼에도 불구하고 엄마표 영어에 도전할 수 있었던 것은 코칭 수업을 통해 선생님께서 구체적으로 지도해주시는 가이드 덕분이었습니다. 더욱이 영어를 아이에게 가르치는 것이 아니라 아이가 잘할 수 있도록 서포트하는 것은 고슴도치 사랑으로 똘똘 뭉친 엄마이기에 세상 다른 누구보다도 자신이 있었습니다.

선생님도 아이보람 프로그램을 마친 회원의 어머니이기 때문에 시행착오를 겪었던 경험도 들으면서 공감대도 잘 형성되고, 제가 아이와 진행하면서 놓치는 부분에서도 실질적인 도움을 받을 수 있었습니다. 가끔씩 지치고 나태해질 때는 코칭 수업을 통해 다른 회원의 어머님들과 만나 이야기도 나누면서 자극도 되고, 다시 힘을 낼 수 있도록 격려와 위로를 공급받게 됩니다. 그래서 오늘도 저희 아이의 맞춤형 매니저로써 성실히 달리고 있습니다.

● 세상과 소통할 수 있는 마중물이 되기를

아이보람을 진행하면서도 주변에 학원을 다니는 친구들이 가져오는 단기간에 만족할 만한 성취도에 관한 이야기를 들으면, 잠시 불안하고 걱정되는 마음이 들기도 합니다.

하지만 아이보람을 선택했던 초심을 잃지 않으려고 노력을 합니다. 제가 목표했던 방향으로 한 걸음 한 걸음 가까이 가는 변화가 분명히 느껴져서 뿌듯합니다. 무엇보다 부족한 엄마를 믿고 매일 차근차근 잘 따라와주는 아이가 기특하고 고마울 뿐입니다. DVD를 보면서 깔깔깔 웃는 소리와 알파벳만 겨우 알던 아이가 영어 노래를 흥얼거리고 책을 줄줄 따라 읽어내는 소리를 듣고 있으면 너무나 흐뭇합니다.

'알기만 하는 사람은 좋아하는 사람만 못하고, 좋아하는 사람은 즐기는 사람만 못하다' 라는 말처럼, 편안한 환경에서 스스로 채워나가며 즐겁게 언어로 받아들이는 과정이야말로 아이에게 건강한 에너지가 될 것이라고 생각합니다. 영어가 입시를 위한 요령이나 지식을 쌓는 단순한 학습의 대상이 아니라 미래에 대한 비전을 맘껏 꿈꾸고, 세상과 자유롭게 소통할 수 있는 마중물이 되기를 기대합니다.

저처럼 영어에 자신감이 부족하고, 자녀 영어교육에 관한 고민과 불안함이 있는 분들에게 조금이나마 보탬이 되기를 바랍니다. 많은 아이들이 아이보람을 만나서 "보람차다!"고 자신 있게 고백하며, 글로벌 인재로 성장하는 모습을 머릿속에 그려봅니다.

08

주입식 영어교육에서 해결점을 찾다

정희선 • 오차미, 오로지 어머니

● **주입식 영어교육의 폐단 속에서…**

자녀를 셋이나 두었지만 어느 부모나 마찬가지이듯 자녀의 성향도, 취향도, 교육도 어느 것 하나 수월하게 내 바람대로 되는 게 없었다. 영어 교육도 마찬가지였다.

초등학교 입학 전 어릴 때부터 학구적이었던 첫째 차미에게 일찌감치 영어가 능숙해지도록 해주고 싶었지만, 둘째 로지와 셋째 하이의 잇따른 육아로 한 아이의 교육에만 매달릴 수는 없는 상황이었고 남들이 하는 것처럼 큰돈을 투자하기도 사실상 쉽지 않았다.

어린이집, 유치원에서부터 이미 시작한 영어 교육으로 또래 친구들이 하나둘 영어에 익숙해지기 시작하자 상대적으로 영어를 많이 접하지 못한 첫째는 영어에 더 거리감을 느끼기 시작했다. 워낙 승부욕이 강하고 무엇이든 제일 잘하고 싶어하는 아이이기에 낯선 언어인 영어로 인해 이미 위축되고 부담감이 커져가고 있는 듯싶었다.

하지만 설상가상으로 학원비나 과외비는 가격이 만만치 않았고 그렇게 큰돈을 들여 영어학원을 다니는 아이들이 시간이 갈수록 학원에서 다루는 책에만 능숙할 뿐 학원 밖의 다른 책들은 잘 읽지 못한다는 현실이 충격적이었다. 주입식 교육의 폐단이었다. 믿을 만한 교육기관을 찾기가 어려웠다. 아이가 부담을 느끼면 시키지 말라고 말하는 아이들 아빠와의 의견 차이로 말다툼을 하기도 일쑤였다.

'경제적 부담이 많지 않으면서 아이에게도 마음 부담없이 즐겁게 접근할 수 있는 영어 교육은 도대체 어디서 할 수 있을까?'

이미 온 가족의 갈등 요소까지 되어버린 영어 교육에 대한 고민 해결책이 너무도 절실한 상황이었다.

● **일상에서의 노출과 반복의 힘**

그때 만나게 된 것이 바로 '아이보람'이다. 언뜻 이름을 들어는 보았지만 제대로 알아보지 않았던 아이보람이 내 오랜 고민에 가장 적합한 해결책이라는 것을 그제야 알게 되었다.

나는 늘 영어를 배우는 것이 아이가 처음 태어나 모국어를 알아가는 과정과 흡사하면 좋을 것 같다는 생각을 했다. 미국에 태어나 살면서 영어를 못하는 사람은 없고 한국어도 마찬가지다. 우리가 한국말을 엄청난 주입과 압박으로 배워 잘하게 된 게 아니듯, 언어는 꾸준한 노출과 반복이 가져다주는 결과다. 때문에 한국에서 배우는 영어도 아이들에게 그저 모국어처럼 자연스럽게 노출되어 흘러 들어갔으면 하는 막연한 바람이 있었다.

하지만 혼자 그런 교육을 해나가기엔 능력이 부족했는데 아이보람의 교육 방침이 그러한 나의 가치관과 너무나 잘 들어맞았다. 또한 아이의 언어 능력에 엄마의 역할이 참 중요하다는 생각을 많이 했는데, 아이보람은 이 부분 역시 엄마의 노력으로 자연스럽게 되어가는 엄마표 영어라는 것에 더 큰 확신을 갖게 되었고 당장 시작하게 되었다.

아이들이 처음부터 금방 영어에 흥미를 가지게 된 건 아니다. 하지만 억지로 학원에 이끌려 다니면서 영어를 강제로 주입시키는 것이 아닌 엄마와 함께, 언니 동생들과 함께 집에서, 그리고 일상에서 수시로 영어를 접하는 것에서부터 시작하니 출발이 좋았다.

터잡기로 영어가 낯설지 않아지면서 DVD를 재미 삼아 보게 되고, 그 다음에는 자막 없이 보고, 책 읽기, 의미 유추와 함께 꾸준히 시간을 보내다 보니 그 내용이 영어로만 나와도 이미 이해를 하고 있었다.

2년 남짓의 시간 동안 아이보람 이외에 아무런 영어 사교육도 받아본 적 없는 우리 아이들의 놀라운 변화였다. 소리에 익숙해지고 이것이 큰 노력과 의지가 필요한 거창한 학습이라고 인식하지 않아서 오히려 영어를 알아가는 게 가능해진 것이다.

부모 입장에서도 부담이 적었다. 아이 셋을 가르쳐도 한 달 영어학원 다니는 가격도 안 되는 가격에 한 분기 정도의 교육을 충분히 받을 수 있다니……. 온 가족의 갈등 요소였던 영어에 대한 해결책으로 아이보람을 선택한 건 정말 신의 한 수였다.

● 우리 집 세 자매의 소소하고도 행복한 풍경

 영어가 낯설고 서툴러 거리감을 느끼던 첫째는 쉽게 스며드는 접근을 통해 영어와 만나고 나니 생각이 바뀌게 되었고, 둘째 셋째 딸들은 언니를 따라 저절로 영어를 즐기게 되었다. 첫째는 미미킹 콘테스트를 통해 덴젤 워싱턴의 대사를 똑같이 해보겠다는 의지를 불태웠고 얼마 전 첫째 차미와 둘째 로지가 함께 최우수상도 탔다. 자기들도 모르는 사이에 영어에 자신감이 생긴 것이다.

아이보람을 통해 나 역시 변화된 게 많다. 우리 세 아이들이 열심히 영어를 공부해서 아빠 엄마가 놀라워할 만한 결과를 단기간 안에 보여주길 바라는 욕심을 버리게 되었다. 부모의 기대감 충족을 위해 아

이들이 영어를 배워야 하는 것이 아니라는 것을 엄마표 영어를 위해 나도 배우며 더 깨달았기 때문이다.

언어는 평생 사용하며 익숙해지는 자연스러운 것이기에 그저 즐겁게, 꾸준히, 지속하며 세 자매에게 그것이 습관이 되길 바랄 뿐이다.

요즘 우리 집 풍경을 바라보면 소소한 행복이 있다. 방에서는 첫째가 막내 동생에게 해외에서 사온 장난감 표지를 보며 영어로 적힌 말들을 설명해준다.

"이건 작은 부품이 있어서 너처럼 어린 아이에게 위험하대! 그러니까 조심해야 돼."

거실에서는 둘째가 애니메이션 〈코코〉의 주제가를 틀어놓고 노래 부르기에 심취해 있다.

"Remember me Though I have to say goodbye Remember me~~"

별 것 아닌 듯 보이지만, 모두 아이보람을 시작하고 바뀌게 된 우리 집 세 자매의 일상이다. 뉴욕에서 잠시 놀러 온, 한국말이 서툰 또래 친척들에게도 입을 다물고 쭈뼛쭈뼛 하는 것이 아닌, 영어로 대화하기 위해 애쓰고 무엇이든 영어로 소통하는 것에 주저하지 않는 세 자매의 모습. 얼마 전 공항에서 보여준 첫째의 영어 순발력처럼 말이다.

이러한 작지만 소소한 행복의 변화가 결국은 우리 집 세 자매의 미래에도 큰 영향을 주리라고 나는 확신한다. 영어로 소통할 수 있으면 삶의 기회의 폭도 그만큼 더 넓어질 것이기 때문이다.

직접 체험한 아이보람의 효과가 너무 좋아 주변의 여러 지인들에게 참 많이 소개를 했고, 같이 하게 되었다. 몇 년 전까지 아이가 부담을 느끼면 영어를 가르치지 말라고 하던 남편도 지금은 그 효과에 감탄하고 있고, 여럿이 공유하기에는 아까우니 오히려 주변에 이제 그만 소개해주라고 이야기할 정도다. 이제 첫째는 DK 이후 유로톡 과정, 둘째는 DK 과정을 진행 중이다. 더욱 더 영어에 흥미와 열정을 보이는 아이들을 보면 흐뭇하기만 하다.

우리 온 가족에게 소소한 행복을 가져다 준 아이보람. 아직 갈 길이 멀지만 이 과정을 통해 우리 집 세 자매가 얻게 될 보람과 성취의 행복한 과정이 계속되길 기대한다.

09

함께 성장기를
극복했던 영어 공부

문윤아 · 김유호 어머니

● 처음 만난 아이보람, 그리고 쉽지 않았던 출발

저희 아이는 아이보람과 2년을 함께 하고 있습니다.

그 전에 영어 학원을 1년 다녔던 아이는, 다른 아이들과 자신을 비교하며 "나는 영어를 잘 못하는 아이"라고 스스로 생각하고 있었습니다. 시스템도 잘 되어 있는 꽤 유명한 학원이었습니다. 그러나 겉으로 보이는 숙제와 성적 외에 우리 아이가 얼마만큼 성장하고 있는지를 알 수는 없었습니다.

그 무렵 아이의 친구 엄마에게서 아이보람 이야기를 들었고 상담을 받아보게 되었습니다. 사실 그때는 큰 기대가 있는 것은 아니었습니다. 아이가 둘이었기에 '그래, 한 명 학원비로 두 명을 가르칠 수 있다니 밑져야 본전이지'라는 생각으로 시작했습니다.

평소 아이가 영상과 책 보는 것을 좋아해서였는지 아이는 아이보람에 적응하는 데 오랜 시간이 걸리지 않았습니다. 게다가 매일 학원에 2~3시간씩 다니다가 좋아하는 애니메이션 만화만 보라고 하니 아이는 이보다 더 좋을 수는 없다고 생각한 것처럼 즐거워했습니다.

그러나 그 즐거움은 오래 가지 못했습니다. 반복을 싫어하는 아이가 게임 형식임에도 불구하고 DK를 여러 번 반복한다는 것은 결코 만만한 일이 아니었습니다. 지겨워하는 아이를 달래가며 책상 앞에 앉히고 옆에서 함께 지켜보다가 엄마인 제가 화를 내는 날도 있었습니다.

그 무렵 초등 사춘기에 접어들었는지 아이는 평소와 다른 행동을 보이기 시작했습니다. 엄마의 모든 말을 강압으로 받아들이며 대부분의 학습을 거부했습니다. 스스로 스트레스를 해소하는 법을 알지 못해서인지 신체적으로도 반응들도 나타났습니다.

더 이상 학습은 문제가 되지 않았습니다. 아이의 건강, 그리고 저와 아이와의 관계 개선이 먼저였습니다. 그래서 대부분의 학습을 중단하고 아이의 마음을 읽어주고 공감해주는 인내의 시간을 보냈습니다. 그럼에도 마지막까지 놓지 못했던 부분이 아이보람이었습니다. 아이 스스로도 아이보람을 계속해야 할지 중단해야 할지 결정을 내리지 못하는 상태였습니다.

● 내 아이만을 위한 맞춤형 코칭의 경험

 이러지도 저러지도 못하는 상황에서 제가 결정한 방법은 아이의 상태를 인정하고 아이보람 선생님께 도움을 청하는 것이었습니다. 아이의 상태를 솔직하게 말씀드리자 같은 반 엄마들이 진심어린 걱정과 자신의 경험을 진솔하게 나누어주었습니다. 정도의 차이는 있었지만 비단 우리 아이만 겪는 과정이 아니었음을 알게 되면서 마음으로 위로를 받았습니다.

선생님께서는 완벽주의 성향이 있는 저희 아이를 정확히 파악하시고 스트레스를 줄이기 위해 학습 속도와 순서를 적합하게 바꾸어 코칭해주셨습니다. 센터에서 아이를 만나게 되면 선생님은 아이에게 이렇게 말씀해 주시면서, 엄마 같은 따뜻한 격려와 동기부여를 잊지 않으셨습니다.

"유호야, 힘들면 언제든지 선생님한테 이야기해야 해. 얼음 너무 많이 먹지 말고!"

장담컨대 그 시기 아이보람이 아닌 일반 어학원이었다면 학습을 계속하지 못했을 것입니다. 내 아이의 성향과 현재의 컨디션을 정확히 파악하여 일대 일로 적절한 과정을 제공하고 동기를 부여해줄 수 있는 곳은 이곳뿐이라는 생각입니다.

저희 아이는 잘하고 싶은 욕심이 많아 자신을 타인과 비교하는 성향이 있습니다. 그리고 자신의 관심사가 아니면 바로 엉뚱한 공상의 세계로 빠져버리기도 합니다. 이러한 저희 아이를 일반적인 학습 위주의 학원에 계속해서 보냈다면 과연 그곳에서 얼마나 동기부여를 받고 배운 것을 자신의 것으로 만들었을까 생각해봅니다. 그저 학원이란 존재가 엄마의 불안을 해소시키는 수단만 되었으리라 생각합니다.

아이를 꾸준히 관찰하며 같이 힘들어하고 같이 기뻐하며 그 시간을 잘 보냈습니다. 그 결과 저희 아이는 현재 자신을 다른 누군가와 비교하지 않고, 자신이 세운 일정에 맞춰가며 자신감 있게 2년차 과정을 진행하고 있습니다.

그리고 영어 외에 내려놓았던 다른 과목도 자신이 선택하여 다시 진행하게 되었습니다. 엄마인 저도 아이가 선택권과 결정권을 가질 수 있도록 허용하고 인내하는 법을 배우는 성장기가 되었습니다. 그 시간들을 다 지켜봤던 둘째도 얼마 전부터 1년차 과정을 순조롭게 진행하고 있습니다.

● 아이의 성적이 아닌 아이의 존재 자체를 보는 눈

저희 아이가 다른 아이들과 비교해서 가장 뛰어난 영어 실력을 갖추고 있다고 얘기할 수는 없습니다. 그렇지만 아이 자신이 영어를 싫어하지 않으며, 영어책을 펴는 데 마음의 부담을 갖지 않고, 지겨운 학습이 아니라 하나의 언어로 접근하고 있다는 것은 엄마인 제가 자신 있게 얘기할 수 있습니다. 단어는 쓸 줄 몰라도, 영어라는 언어로 구사되는 환경에 대해 두려워하지 않습니다. 문법은 잘 모르지만, 놀면서 영어로 표현할 수 있습니다. 그 모습을 볼 때, 영어가 이 아이의 인생에서 목적이 아닌 '도구' 가 되어가고 있음을 느낍니다.

이 좋은 아이보람을 같이 하고자 주변에 권유하면 대부분의 엄마들은 "난 엄마표는 자신 없어" 하고 말합니다. 물론 저도 압니다. 일반 학원에 보내는 것이 엄마 입장에서는 훨씬 편할 수밖에 없다는 것을요. 점점 커가며 자기 주장이 뚜렷해지는 아이들과 잠깐이라도 떨어져 나만의 시간도 확보할 수 있고, 그러면서도 내 아이는 학원에 보내 영어 공부를 하고 있다는 생각에 막연한 불안감을 해소시켜 줄 수 있으니까요.

그런데 아이가 어떻게 하면 더 쉽게, 조금이라도 스트레스 덜 받고 할 수 있게 도와줄 수 있을지 관심을 기울이다보면, 학습 진도가 아닌 그 속에 있는 우리 아이가 보이기 시작합니다.

내 아이의 성향이 어떤지, 어떤 종류의 DVD를 좋아하는지, 어떤 농담을 좋아하는지, 반복을 좋아하는 아이인지, 어떤 책을 좋아하는지……. 그건 점수와는 상관없습니다. 다른 아이들과 비교할 필요도 없습니다. 오로지 내 아이만 보이기에 그 아이의 존재 자체를 있는 그대로 칭찬할 수 있습니다.

아이보람을 같이 하는 엄마들을 만난 건 '또 하나의 덤' 같은 복이라는 생각이 듭니다. 우리 아이의 힘든 시간을 이야기할 때 "이런 성향의 아이는 엄마가 억지로 끌고 가거나 재촉하지 말고 그저 자존감만 세워주면 된다"고 격려해주던 이야기들……. 이미 아이들을 키워낸 선배 엄마들의 조언은 제가 엄마로서 중심을 잡는 데 가장 큰 도움이 되었습니다.

일반적인 사교육 시장에서는 엄마들의 불안감을 이용하는 데 급급합니다. 하지만 아이보람을 같이 하는 엄마들은, 오히려 불안감을 갖지 않고 흔들리지 않고 굳게 설 수 있도록 지탱해주는 버팀목이 되어줍니다.

앞으로 아이보람을 진행하면서 위기는 또 만나게 되겠지요. 그렇지만 아이를 진심으로 사랑하고 하나라도 더 주시려는 아이보람 선생님과, 힘듦과 기쁨을 공유하고 아이들을 같이 양육해가는 엄마들이 동료로 있는 한, 그 위기는 내 아이를 더 이해할 수 있는 시간으로 지나갈 수 있음을 확신합니다.

더불어 영어가 최종 목적이 아니라 우리 아이들이 이 넓은 세상을 자신 있게 살아갈 수 있는 하나의 좋은 '도구'가 되어 있으리라 생각합니다.

10

아이의 유창한 영어 실력에 깜짝 놀란 아빠

김해 • 김서진 어머니

● **우리 가족에게 일어난 놀라운 일들**

작년 여름 4학년 큰아이가 3년 동안 해오던 영어 학습지를 그만 두고 영어학원을 갈 것인지에 대해 고민을 하던 중 우리는 아들의 친구 엄마를 통해 아이보람을 알게 되었다. 지금 생각해보면 그때 그 갈림길에서 아이보람을 선택했던 것이 얼마나 다행이고 행운이었는지 정말 놀라운 일이 현재 우리에게 일어나고 있다.

내가 아이를 3년 동안 영어학원에 보내지 않고 4학년이 되어서도 고민했던 가장 큰 이유는 아이가 스트레스 없이 즐겁게 영어를 배울 수 있고 자기주도 학습이 이루어질 수 있기를 원해서였다. 그리고 영어를 공부로 받아들이기보다 생활 속에서 언어로 접근하는 것이 가장 적합하다고 생각해서였다.

결국 내가 영어 전공자가 아니라 인내와 끈기가 부족해서 할 수 없다고 여겼던 엄마표 영어를 걱정 반 기대 반 시작하게 되었다. TV 시청을 거의 하지 않았던 아들과 딸은 터잡기 기간 동안 비교적 빨리 영화 보기에 적응했다. 오프닝 노래를 따라 부르고 캐릭터를 좋아하게 되면서 그 시간을 너무 기다리고 즐기게 된 것이다.

나중에 안 사실이지만 영어 노출이 거의 없었던 1학년 딸아이는 처음에 무슨 말인지 못 알아들어서 너무 답답하고 힘들었다고 한다. 그런데 그랬던 아이가 지금은 〈샬롯의 거미줄〉, 〈나니아 연대기〉 등 영화를 보고 나서 집에 있는 두꺼운 책을 단숨에 읽어버리는 모습을 종종 보여주고 있다. 둘째는 터잡기를 7개월 정도 길게 진행하면서 쉬운 동화책에서 단어들을 읽어내고 DK를 하고 싶다고 노래를 부를 때쯤 정규과정을 시작한 것이 유익하게 작용한 것 같다. 이 모든 것은 선생님의 의견에 따라 진행되었다.

● 아이의 유창한 영어 실력에 깜짝 놀란 아빠

큰아이가 DK 집중듣기를 무난하게 넘기고 연속 따라하기로 접어들면서 우리는 큰 위기를 맞게 되었다. 꼼꼼하고 완벽주의 성향이 강한 아이는 들리는 단어를 따라하는 것이 아니라 문장 전체를 다 따라

읽어야 한다는 압박과 단어의 의미를 모두 해석하는 학습지 습관 때문에 너무 힘들어하고 자신 없어 했다.

하지만 "괜찮아! 잘하고 있어!"라고 격려하며 아이와 함께 그 시간을 이겨낼 수 있었고, 아이의 기질까지 변화시키는 놀라운 경험을 하게 되었다.

그 뒤로도 아이들이 슬럼프를 겪거나 간혹 엄마인 내가 무기력해지고 의욕이 줄어들 때가 있기도 했지만, 매주 아이보람 센터에서 수업을 듣고 같은 반 엄마들과의 유대 관계 속에서 서로 격려하고 도전받으면서 그 위기들을 이겨낼 수 있는 힘을 얻게 되었다.

만약 내가 혼자 엄마표 영어를 진행했다면 과연 그 시간을 잘 견디어 낼 수 있었을까? 아마 그러지 못했을 거라고 단언한다. 그만큼 센터에서의 수업은 가장 중요한 원동력이고 매개체였다.

아이보람을 하면서 가장 큰 걸림돌은 아빠였다. 그런데 아이들이 한 시간 이상 DVD를 시청하는 것도, 차에서 CD를 듣는 것도 탐탁지 않게 여기던 아빠의 생각을 돌이키게 만든 일화가 있다.

6개월 정도 지났을 무렵 아빠와 아들이 주말에 영어로 해설이 들리는 축구 게임을 하고 있었는데 아이가 "아빠! 호날두가 골을 넣으면 항상 'Cristiano did what Cristiano does!'라고 해요!"라고 말하는데 남편은 아무것도 안 들렸고, 그 이후로도 두세 번 주의를 기울여서야 겨우 들을 수 있었다고 했다.

그 후 남편은 최근에 큰 아이가 자신보다 영어 실력이 더 좋아질 것을 두려워하며 DK 연따와 베렌스타인 베어스 집중듣기를 시작했다. 아빠도 변화시킨 대단한 아이보람이다.

● 그 어떤 시련이 다가올지라도…

큰아이가 DK 테스트를 앞두고 있었을 때 우리 가정에 경제적으로 큰 위기가 찾아왔다. 도저히 아이보람을 더 진행할 수 없는 상황이어서 무거운 마음으로 아이들과 이 부분을 의논했고 앞으로 도서관에서 원서를 대여해서 영어 공부를 하기로 결정을 했다. 그런데 며칠이 지난 어느 밤 잠들기 전 큰아이가 떨리는 목소리로 말을 건넸다.

"엄마, 제가 세뱃돈이랑 생일날 받은 용돈 모아놓은 돈이 있잖아요. 그걸로 아이보람 몇 개월 더 할 수 있지 않아요? 저 아이보람을 계속 해보고 싶어요."

가슴이 무너지면서도 벅찬 말이었다. 아이가 그토록 원하고 있다면 부모로써 너무 감사한 일이 아닌가! 그 이후 12년 동안 경력 단절이었던 나는 가정 형편에 도움이 되고 센터 수업도 들을 수 있는 오전 근무지를 구할 수 있었고, 아이들은 더욱 열심히 아이보람의 과정을 따라갈 수 있었다.

이번 여름 방학에는 내가 퇴근하기 전 오전 시간 동안 아이들이 매일 스스로 자기가 해야 할 활동과 학습을 계획하고 실천하며 보람 있는 방학을 보냈다. 그리고 개학을 앞두고 방학 숙제를 하며 큰아이는 요리 활동을 영작하고 영어 일기를 쓰고 있다. 아이보람은 우리 아이들을, 그리고 가정을 변화시키고 있었다.

며칠 전 나는 건강검진을 통해 유방암 진단을 받았다. 수술을 앞두고 직장과 함께 수영, 발레 등 직접 내가 움직여야 할 수 있는 모든 수업을 정리했다. 그럼에도 불구하고 우리는 아이보람을 포기하지 않을 생각이다. 그만큼 아이보람은 우리에게 기쁨이고 절실한 그 무엇이다. 세상에 많은 영어 교육 방법이 있지만 내 아이에게 맞는 영어 교육을 찾는 것은 쉬운 일이 아니다. 그리고 그것이 좋은 결과를 이루어내고 아이에게 즐거움까지 줄 수 있다는 것은 더욱 어려운 일일 것이다.

우리는 아이보람을 만났고 많은 과정 가운데 포기하지 않고 지금 여기 서 있다. 앞으로도 막연한 걱정이 아닌 설렘과 기대감으로 아이보람과 함께 걸어갈 것이다. 아이와 엄마 모두가 보람 있는 아이보람! 감사합니다!

11

우리나라 영어 교육의 혁명을 믿다

배현아 • 구주은, 구준서 어머니

● 너희가 주체적이고 자유롭게 살길 바라

저는 결혼을 늦게 해서 큰 아이를 낳을 당시 노산이라 겁이 났습니다. 대학병원에서 아이를 낳았는데 하필 그때 방송국에서 취재를 나와 저한테 아이에게 바라는 것이 뭐냐고 물었습니다. 꼬물꼬물 정말 작은 천사 같은 모습의 신기함과 기쁨에, 방금 해산하고 나온 몰골도 개의치 않고 "건강하게만 자라길 바라요." 진심으로 답했지요.

그런데 시간이 지날수록 비교가 되고 욕심이 생기기 시작하더군요. 걸음마가 늦어 애가 탔고, 한글을 빨리 알았으면 싶었고, 연산은 기본이지 싶은 마음에 어린 아이한테 엄마의 미련함과 시행착오가 시작되었어요.

그러다 아이가 사고가 나면서, 처음 아이를 안았을 때의 마음이 비로소 다시 떠올랐습니다.

'그래, 천천히 가도 괜찮아. 못해도 괜찮아. 엄마는 너희가 건강하고 행복하면 된다. 그리고 엄마가 그려주는 삶이 아닌 자기 주체적 삶을 살길 바라.'

이렇게 마음을 내려놓고 사교육을 안 시키고 아이가 원하는 예체능 정도만 한두 개 정도 보내주며 아이랑 같이 책 읽고 놀았습니다.

가끔씩 텅 빈 놀이터를 보며 학원 버스가 아파트를 수시로 드나들고 아이들이 우르르 타고 내리던 모습을 보며, 옆집 엄마의 말에 불안한 날이 없었다면 거짓말이겠지요. 다만 우리 아이들이 컸을 땐 주입식 암기나 많은 양의 지식이 아닌, 생각하고 토론하고 협동하고 이런 게 중요할 텐데, 책 읽어주며 대화하는 것 외에는 할 수 있는 게 없었고 방법도 몰랐습니다. '나 혼자만 생각이 다르다고 교육체계가 바뀌지도 않을 텐데' 하는 갈등도 있었습니다.

● 영어 사교육에 대한 불신에 단비를 내려준 아이보람

외국어 하나 제대로 하면 아이에게 더 많은 선택의 기회가 있을 듯한데 도무지 우리나라 영어 학원에는 신뢰가 가지 않았습니다. 언어를 배우는 목적은 소통이지 문제 풀이가 아니라는 생각 때문이었지요. 조기교육 열풍으로 너도나도 경제력만 되면 영어유치원에 보내기 위해 아르바이트까지 하는 엄마들을 보면서, '이렇게 열정적으로 시간과 돈을 들이는데 왜 말 한 마디를 제대로 못 하는가'에 대한 의구심이 있었습니다.

그런 저에게 아이보람은 단비 같았어요. 저와 같은 교육관을 가진 엄마들과 강사님과 일주일에 한 번 만나는 시간이 저에겐 힐링 시간이지요.

학원처럼 아이들이 눈에 띄게 올라간 점수를 가져오는 것도 아니고 날마다 TV 앞에서 즐겁게 깔깔대며 영화를 보여주는 것이 다였던 시간들……. 가끔 저희 집에 놀러오는 엄마들은 저를 안타깝게 바라보며 이렇게 말했었어요.

"저게 될 것 같아? 얼마나 할 수 있겠어?"

그러나 저희 두 아이들은 영어를 좋아하는 아이들, 자신 있는 아이들로 커갔어요. 처음에만 신경써줬을 뿐, 나중에는 영어를 즐기는 것이 습관이 되어 저는 오히려 편했습니다. 그때 저를 걱정하던 엄마들은 그 후 오히려 자기 아이들의 학원을 관두게 하고 아이보람을 시작해 1년차 과정을 하고 있답니다. 영어를 잘하는 것도 부럽지만 영어를 좋아하는 것이 더 부럽다고 하면서요.

제가 엄청 성실한 엄마였을까요? 열정적으로 밀어부친 엄마였을까요? 엄마표 영어를 시킨 목적이 아이들을 힘들게 하지 않기 위한 것이었는데 그럴 리가요. 어떤 때는 가족 여행으로 1주일을 못한 적도 있

고 어떤 때는 아프거나 집안 행사가 있어 일주일에 두 번만 진행한 날
도 있습니다.

우리 아이가 조금이라도 힘들어하는 프로그램은 다른 친구들과 방
법도 시기도 다르게 갔습니다. 같이 시작했지만 우리 아이가 같은 반
다른 아이보다 늦을 때도 있고 결과물이 모자랄 때도 있었습니다.

● 우리 아이들에게 맞는 진정한 교육을 향하여

하지만 2년차에 미미킹을 준비하는데 아이 스스로 '오프라 윈프리'
연설문을 찍으며 가장 감동받은 부분이라고 할 때 '아이가 알아듣는
구나!' 싶어 깜짝 놀랐어요. 챕터북 의미 파악을 할 때 한글로 가르쳐
준 적이 없는데 어떻게 저리 자세히 설명을 할까? 내가 알려준 적 없
는데 어떻게 저리 빠른 속도와 원어민 억양으로 발음할까? '걸음마를
늦게 해도 다 걷는다'는 강사님 말씀대로 어차피 다 될 거란 확신이
들었습니다.

엄마가 흔들리면 아이들도 귀신같이 알고 느슨해지는 것을 체험했
습니다. 그리고 슬럼프가 올 때 쯤에는 정신이 들게 반짝여주는 아이
들에게 한없이 고마웠습니다. 엄마표 영어를 하는 동안 저는 한 번도
선생님처럼 가르치지 않았습니다. 그냥 엄마로 함께 했습니다. 연차
가 늘수록 점점 추가되는 것이 많아 시간에 쫓기면서도, 아이가 매일

스스로 습관처럼 해내고 있는 게 너무 뿌듯했습니다.

요즘 우리 아이들은 우리 때와 다르게 맘껏 뛰어놀 시간도 공간도 없어 불행하다는 것을 우리 엄마들은 이미 알고 있습니다. 전 세계 행복지수 1위라는 덴마크 교육 150년은 엄마들이 연대한 혁명이었습니다. 그리고 아이보람은 달달 외우는 주입식 사교육이 아닌 엄마들의 혁명입니다. 혼자 자기계발서 읽고 혼자 바뀐다고 세상이 바뀌지 않잖아요. 서로 연대해서 이게 맞는 교육이라는 걸 알리고 싶습니다.

영어뿐만 아니라 모든 분야에서 엄마들이 깨어나길 바라며 저부터 지금 이 순간 우리 아이에게 최선의 방법이 무엇인지 생각해보겠습니다. 15년 전 신은미 원장님을 비롯해 선배 어머님들이 닦아놓으신 길에 진심으로 감사합니다.

아이들이 자유롭고 주체적인 삶을 살길 원하는 엄마들이 함께 생각을 나누는 것만으로도 엄마들의 혁명이 시작되었음을 믿습니다. 아이보람 엄마들과 아이들 모두 응원합니다.

12

영어 공부의 길을 찾다

장은영 · 한대희 어머니

● 아홉 살배기의 걱정

"엄마, 나 영어 어떻게 해?"

아홉 살 아들이 건넨 말이었다. 초등학교 2학년 겨울방학. 반장을 하고 학교 활동을 야무지게 해내던 아들은 친구들에게서 영어도 못 한다고 놀림을 받았다고 했다. 실제로 아이들이 우리 집에 놀러왔을 때 영어 문장을 가리키며"이거 뭐라고 적혀 있는지 알아? 얘는 이것 도 못 읽는다"라며 히죽거리는 녀석들을 보고 깜짝 놀랐다. 아들은 아무 말도 못하고 얼굴이 새빨개졌다.

영어가 정규과목이 되는 3학년을 앞두고 있었다. 그때까지 아들에게 알파벳도 제대로 가르치지 않았다. 보통 유아기부터 한글과 영어, 숫자는 물론 여러 학습을 시작하는 우리 사회의 교육열은 낯선 풍경이 아니었고, 나 역시 자녀를 영특하게 키우려면 일찍부터 선행학습이 필요하다는 생각도 했다. 그러나 가르침이란 의지대로 되는 일이 아니었다.

모든 아이가 저마다 고유한 세계가 있듯 내 아이도 관심 있는 것과 그렇지 않은 것이 있었고, 남이 한다고 따라하는 일에는 그리 효과를 보지 못했다. 아이에게 모국어는 자신의 생각을 반영한 생활문화지만, 또 다른 언어를 받아들여 듣고 말하기를 자연스럽게 시작하기엔 그래야 할 타당한 구실이 없었다. 낯선 것은 새롭지만 새로움이 반드시 즐거운 건 아니다. 나는 아이의 성향을 다치게 하고 싶지 않아 신중했으나, 그 신중함이 지나쳐 시기를 놓치고 있었다.

● 영어 학원 고르기 대작전

유아기 때부터도 그렇거니와 초등학교 입학을 하고 나면 너나 할 것 없이 자동적으로 시작하는 게 영어 공부였다. 주위 대부분이 학교 방과 후 수업 또는 거점 영어센터를 활용하였고, 좀 더 신경을 쓸 경우에는 시험을 통해 변별하는 영어학원이나 교습소에 다녔다. 더러는 두 가지 이상을 혼합하여 공부함으로써 영어에 대한 만반의 대비를 하고 있었다. 시작은 예외 없이 순탄했고 열심이었다.

어릴 때부터 시키면 잘할 거라는 믿음을 지닌 모양이다. 그러나 해를 거듭할수록 영어에 흥미를 잃어가는 자녀를 보며 당황하는 부모들이 보이기 시작했다.

달달 외우기, 외워서 시험 보기……. 돌아서면 잊어버리는 맹목적인 주입식 학습은 의무적이고 경직된 방법임에 틀림없다. 수십 년을 공부하고도 듣지도 말하지도 못하는 나의 영어 실력만 봐도 그렇고, 주위 사람들을 봐도 그랬다. 세대가 바뀌어도 예외가 아니었다. 점수로 실력을 가르는 언어학습은 효과가 좋지 않았다.

'이건 아니야, 이런 식으로 해선 실패하기 십상이야.'

아이에게 부모 세대가 겪었던 실패를 물려주고 싶지 않았다.

아홉 살 겨울방학에 있었던 일을 계기로 현실을 간파하게 된 아이와 나는 비로소 영어 공부를 받아들일 자세가 되었다. 이왕 시작하는 거라면 아이가 긴장하지 않고 지속할 수 있는 공부법을 찾고 싶었다.

그러나 흔치 않았다. 고민하던 중, 입에서 입을 타고 알 사람은 알아서 한다는 학습법을 소개받았다. 뜻이 있는 곳에 길이 있다던가. 아이의 영어 공부를 걱정하던 나에게 한 이웃이 조심스레 정보를 내주었다.

"아이보람이라고, 엄마표 영어 학습법인데……."

영어에 대한 고민을 시작한 지 1년 반이 더 지난 후, 4학년 2학기가 시작되던 늦은 출발이었다.

● 4학년 2학기, 조금 늦은 시작?!

아이보람 영어는 주입식이 아니었고, 무조건 읽고 외우는 방식도 아니었다. 지겹도록 시험을 봐야 하는 부담감도 없었다.

학습의 시작은 읽고 쓰기보다 보고 듣는 과정이라 했다. 반복하면 귀에 젖어들고 익숙해지는 방식이어서 조금씩 영어가 들리고 자연스레 말이 트인다고 했다. 외국어의 방도가 반복이라는 걸 모르는 사람이 있을까. 그러나 무조건적인 반복은 아닌 듯했다. 파고드는 게 아니라 젖어드는 것이라서 아이보람 식으로 공부하면 안정적으로 깊어질 수 있을 것 같았다. 매일 실천하도록 갖추어진 울타리 안에서 지켜내다 보면 겁 모르고 의심 없이 영어를 해내리라는 믿음이 왔다.

성적뿐 아니라 활용 능력, 두 마리 토끼를 잡을 거란 희망이 들었다. 훗날 원활히 소통하는 아이의 모습이 떠올랐다.

조건은 있었다. 매일의 정량을 지켜야 한다는 점이다. 연차에 따라 늘어나는 프로그램을 수행해야 한다. 당연한 일이다. 언어가 그리 쉽게 익혀지랴. 배움에 그 정도 당위성은 담보 잡혀도 될 것이었다.

한 나라의 언어를 배운다는 건 그 나라의 문화를 이해하는 일이다. 다른 과목은 몰라도 외국어만큼은 서서히 적셔져야 입체적인 언어 인지력을 갖출 수 있다. 아이보람이 그런 방식을 제시하고 있으므로 지켜가면 될 일이었다.

그러나 만만치만은 않았다. 도중 하차하는 대표적인 이유는 일정을 지키지 않기 때문이었다. 이러한 문제를 해결하기 위해 소그룹으로 함께 가는 과정은 서로 지탱하는 힘이 된다. 아이의 의지가 약해질 때 다른 친구도 견뎌내고 있다는 걸 알고 힘낼 수 있고, 엄마의 의지가 약해질 때 정기적인 만남을 통해 쇄신하기 때문이다. 경쟁심 없는 공부법이면서도 선의의 동기 부여와 위안이 된다는 점. 포기하지 않고 자기 보폭을 유지해가는 요인이다.

한편 이러한 아이보람의 특별함이 엄마의 마음을 흔들기도 했다. 시험을 안 보기 때문에 아이들이 제대로 해내는지 알 수 없다고 판단하는 것이다. 이대로 가도 되나 불안해진다. 아이보람은 내공을 쌓아가는 학습법이며 꾸준히 진행하는 가운데 실력이 서서히 향상되는, 말하자면 호흡이 긴 공부법이다. 하지만 먼 훗날의 성과만 대비할 수는 없는 노릇이고 당장의 성적도 중요하므로 불안감이 도사릴 만하다.

실제로 아이보람을 하는 도중에 수많은 부모들이 성적에 직결되는 방식의 다른 공부법을 찾느라 곁눈질했고, 몰래 다른 학습을 병행하는 경우도 있었다. 그러나 기우에 가깝다. 내 아이의 경우, 다른 학습법을 도입하지 않고도 목표를 이루었고, 지금도 성장하고 있다. 내 아이뿐 아니라 다른 학생들에게서도 그러한 효과를 발견한다.

순탄하게 시작하더라도 만만히 여길 수 없는 이유는 한 나라의 언어를 인지해가는 학습 과정이기 때문인데, 많은 사람이 당장 '모 아니면 도' 식의 선명한 결과를 요구하는 것 같다. 내 아이가 누구보다 잘한다는 것을 빨리 증명하고 과시하고픈 부모의 삿된 마음 때문이다.

평생 발휘할 능력을 기르는 데 역점을 두고 지도하는 마음이 옳다.

아이보람은 그 핵심을 놓치지 않는 현명한 학습법이다. 이제 햇수로 여섯 번째 맞이하는 지금, 아이보람에 대한 신뢰는 매우 깊다. 아이 역시 아이보람에 믿음이 생겨 자신이 영어를 정복할 수 있으리라는 신념을 갖는다. 꾸준함이 가져다준 힘이다. 그 자신감이 주는 효과는 엄청나다.

● 시간이 지날수록 강해진다

갈등은 3년차 무렵에 깊어지지 않았나 싶다. 수행해야 할 프로그램이 늘어나서 그렇기도 하지만 그보다 더 무서운 건 엄마의 초조함이다. 할 만큼 했으니 서서히 효과를 보고 싶은데, 생각보다 귀가 틔지 않을 때, 기대만큼 입이 열리지 않을 때 엄마는 실망과 의심을 하게 된다.

그러나 만물의 법칙이 그러하듯 임계점에 이르지 않은 지점에서 마음을 돌려먹고 회군하는 건 안타까운 일이다. 보이지 않는 사이 영어의 내공을 다져가기 때문이다. 설령 도드라지는 내공이 보이지 않더라도 '결국 이루어낼 거라 믿었던 이 공부법을 끝까지 놓지 않았다'는 사실만으로도 아이는 한끝 자신감을 갖는다. 도전해야 할 때 겁 없이 받아들이고 참여의식을 갖는다는 건 남다른 의미가 있다.

언어적 실력의 문제만이 아니다. 신념이 주는 희망은 다르다. 포기하지 않았다는 사실, 여기까지 왔다는 사실이 스스로에게 가능성을 열어 보인다. 그러므로 당장 기대만큼 결과가 보이지 않아도 긴 시기를 지켜온 만큼 영어에 대한 불안감이 사라진다는 사실에 초점을 맞추는 부모는 지혜롭다. 계속 믿어주고 독려하면 아이는 외국어에 대한 불안을 떨치고 자발적으로 공부할 필요성을 찾는다. 주도적 학습의 힘이 자란다. 학원을 계속 다닌다고 해서 그런 가능성을 발견하게 되진 않는다.

아이가 아이보람으로 영어 공부를 하는 모습을 지켜보면서 깨달은 점이 있다. 아이보람은 영어전문기관인 만큼 영어 성적 및 실력 향상이 목표인데, 시간이 지날수록 영어 외의 가치도 배운다는 사실이다.

첫째, 자율적 학습 태도를 지닌다.

아이보람 영어를 하면서 자발적 학습이 몸에 익은 아이는 유사한 방식으로 다른 과목까지 섭렵하는 응용력이 생긴다. 영어만 잘하는 게 아니라 다른 과목에서도 학습량의 폭과 깊이가 상향 조정되는 효과를 본다. 스스로 학습해온 결과, 시너지 효과를 얻는 것이다.

둘째, 영어뿐 아니라 독서의 중요성을 배운다.

영어는 읽고 쓰는 과정에서 이해력을 요구한다. 독서를 많이 한 아이들은 내용 파악 및 이해력과 응용력을 갖추게 되는데, 독서의 힘이 영어 공부에 영향을 준다는 건 익히 알려진 사실이다.

그 중요성에 대해 아이보람은 지속적으로 독서의 필요성을 강조함으로써 영어뿐 아니라 다른 영역에서도 성장할 수 있도록 독려한다.

셋째, 보고 듣기의 효과로 소리 분별력이 탁월해진다.

아이들마다 성향이 다르므로, 정도는 다를지라도 보고 들은 만큼 시청각적 영역에서 남다른 감각이 깨어나는 사례를 볼 수 있다. 꾸준히 영화를 보고 들은 결과다. 특히 소리를 구분하는 능력이 탁월해져 어른도 인지하지 못한 분별력을 보이는데, 과연 아이들은 스펀지처럼 빨아들여 기대 이상의 역량을 발휘한다는 사실을 깨닫게 된다.

아이보람 3년차 고비를 지나 4년차에 접어들 때, 성공에 대한 기대 치를 너무 높게 잡은 탓에 조바심이 들 수도 있다. 지나온 시간만 생 각해온 까닭이다. 매주 지켜야 할 분량을 접하지 않고 효과를 기대하 는 건 욕심이다. 그렇다고 해서 생각만큼 철저하지 못하고 형식적으 로 해오진 않았는지 냉정한 시선으로 아이를 바라볼 필요는 없다. 결 과에 연연해하는 조바심보다 담금질하는 과정의 실천의지가 훨씬 중 요하기 때문이다.

때로는 대충 하기도 하고, 못 다하는 허술함이 있어 긴 시간을 버틸 수 있는 것이다. 물론 정량의 학습을 해나가면 효과는 탁월하겠지만, 진행 과정에 대해 쪼아대듯 종용하면 아이는 암기식 학습법으로 학원 에 다니는 것과 별반 다르지 않게 된다.

학교생활을 하면서 지치는 아이의 마음을 헤아려주고 함께 하는 마 음이 필요하다. 가까이서 보면 기다려야 하는 갑갑함이 있어도 멀리서 보면 내공이 다져지는 학습법임을 잊지 말아야 한다.

● 미래를 위한 큰 그림

4학년 2학기에 시작한 영어였지만, 아이는 초등학교에서 원하는 결과를 내었고 중등 과정에서도 인정받았다. 아홉 살 나이에 '너 영어 못 읽지?' 라고 놀렸던 친구들이 지금은 영어학원을 다니며 점수가 안 나온다고 고전한다. 나의 선택은 옳고 남의 선택은 틀렸다는 말을 하려는 게 아니다. 아이보람은 멀리 보며 가는 공부법이라서 시간이 지날수록 좋은 결과를 가져온다는 사실을 발견케 된다. 끝없는 시험과 평가로 지쳐갈 때 적어도 영어만큼은 '늘 하던 대로' 해왔을 뿐인데 희망 점수가 나오고 걱정 없는 과목이 된다. 자신감이 채워지고 알찬 능력이 생긴다.

시험이나 경쟁 없이 아이의 눈높이에 맞춰가는 엄마표 학습이라 부담감 없이 공부하지만, 그렇다고 만만치는 않다. 어려워서 문제가 아니라 시간을 들이는 일이기 때문이다. 그러나 성과를 얻기 위해 노력하는 과정에 쉬운 일이 있을까. 다만 아이보람 학습법이 인간적이고 융통성 있어 버틸 수 있고, 그 결과가 좋다는 말을 하고 싶다. 긴 시간, 아이보람으로 주도적 학습이 몸에 익은 아이는 주위에서 인정받으며 실력 발휘를 하고 있다.

꿈의 깊이도 달라진다. 매일의 의무감이 그날의 무게였을지언정 내공을 쌓아온 지금은 두려움이나 거부감이 아닌 자신감과 희망으로 나아간다.

이제 미래를 꿈꾼다. 영어에 자신이 생기니 꿈도 국제적이다. 한국을 벗어나 세계로 나아갈 날을 꿈꾼다. 자기가 선택한 분야에서 영어도 잘해 '범에 날개 단 듯' 활약한다면 신명날 일이다. 언어의 장벽을 깨고 생각의 폭을 넓혀 스스로 해결하는 힘을 갖추는 일은 뿌듯하다.

이제 그 희망의 싹을 틔웠고, 서서히 싱싱한 줄기로 여물어가는 중이다. 아이도 나도 확신하며 미래를 그린다. 큰 그림을 그릴 수 있도록 도와준 아이보람의 엄마 같은 정성에 고마움과 안도를 느낀다.

13

아이가 외국에서 살다 왔나 봐요?

송보영 • 이하은 어머니

● **학창시절 나름 열심히 영어 공부를 했지만…**

저는 영어를 잘하지 못합니다. 나름 영어 공부에 관심이 많아 학창시절 유난스럽게 새벽 회화 학원도 다녀보고 직장을 다니면서도 영어 공부의 끈을 놓지 않고 있었으나 아직도 외국인 앞에서 편하게 대화 한마디 잘 못 합니다.

그래서 우리나라 영어 교육의 한계를 나름 느끼고 있었으나 큰 아이가 3학년이 되자 불안감이 생겨 영어학원에 등록도 해보았습니다. 근데 왜 제 마음은 이렇게 찝찝한 걸까요? 결국 다시 고민이 시작되었고 지인을 통해 아이보람을 알게 되었습니다. 꽤 좋은 방법이라 생각이 들었습니다. 다음 날 바로 가장 가까운 센터를 검색해서 등록을 하게 되었습니다.

홈스쿨링을 하는 사람은 외계인인 줄 알았는데……. 관심이 많은 영어이기에 엄마표 홈스쿨링을 시작했습니다. 제 스스로도 참으로 놀랍습니다. 주변에서도 많이 놀라더라구요. 그렇게 시작이 되어 이제 벌써 16개월째 아이보람을 진행하고 있습니다!

오늘도 아이들에게 "DK 했니?", "DVD는 보고 있니?"를 제일 먼저 물어보는 엄마가 되었지요!

처음에는 조금의 확신과 조금의 의심을 갖고 시작했던 것 같습니다. 과연 DVD를 본다고 귀가 열리고 입이 트일까? DVD만 보는데 어떻게 영어책을 읽게 될까? DVD는 많이 봐도 되는 걸까? 나는 과연 영어 성적을 위해 영어를 가르치려는 걸까? 영어로 말을 하게 하고 싶은 걸까?

여러 고민 중에서 제 머릿속에 계속 맴도는 생각이 있었습니다. 제 아이에게는 영어를 배우는 시간이 그냥 시험을 보기 위해 공부하고 사라지는 시간으로 낭비되게 하고 싶지는 않았습니다. 저는 영어를 말 그대로 '언어'로 가르치고 싶습니다. 말하듯이, 말할 수 있게, 자연스럽게. 불안함을 다독이며 작은 의심을 더 큰 확신으로 바꾸려고 노력해보기로 했습니다.

● 엄마표 영어에 확신을 준 두 아이의 변화

큰 아이인 11살 하은이는 유튜브 보는 것을 참 좋아합니다. 영상도 찍으려고 하지요. 그래서 유튜브를 영어 영상으로 모두 바꾸어주었습니다. 유튜브 채널도 만들어주었습니다! 영어로만 찍기로 해서 조금 답답해하기는 하지만 영어 영상이 하나하나 모여 아이의 영어 성장 기록이 되길 기대해보니 이 또한 나쁘지 않게 느껴집니다.

3학년부터 다니던 영어학원은 6개월을 예상했으나 1년 후 4학년이 되어서야 그만두게 되었습니다. DK와 영어책 집중 듣기는 저희 큰 아이가 제일 싫어하는 부분이지만 16개월이 되니 요즘은 자리가 잘 잡혀 시키지 않아도 스스로 잘 해나가고 있습니다.

4학년이 되어 친구들이 모두 영어학원을 다니니 저에게 영어학원을 다시 보내달라고 이야기도 합니다. 할로윈 파티와 같은 이벤트와 친구들이 그 이유겠지요. 저는 단호하게 거절했습니다.

"엄마는 무조건 5년 동안 아이보람으로 영어를 할 거야!"

저의 단호함이 아이의 눈에도 비쳤는지 이제는 영어학원 이야기는 하지 않습니다. 며칠 전에 같이 찍은 영어 영상을 보는데 하은이가 저에게 생각보다 영어를 잘한 것 같다며 기분 좋은 목소리로 말을 합니다. 저 또한 기분이 좋았습니다!

그리고 영어마을에서든 주변에서든 만나는 외국인에게 말을 걸어보려 합니다. DVD로 하도 많이 들어서 그런지 거부감이 없는 듯 보였습니다. 얼마 전 본 〈알라딘〉 영화 노래에 빠져서 줄기차게 따라서 불러보기도 합니다. 〈미니언즈〉 DVD는 30번 이상 보더니 대사를 따라하는 구간도 생겼습니다. 영어학원을 다닐 때는 동사 뒤에 무슨 단어가 와야 할지 고민하던 모습을 봤었는데 이제는 그런 모습도 많이 없어졌습니다.

요즘엔 둘째 집중듣기 책 'FROGGY'를 하은이가 읽어 주곤 합니다. 저도 읽기 힘들던데 대단한 것 같아 그 모습을 볼 때면 뿌듯함을 느낍니다.

둘째 하랑이는 7살인데, 아이보람을 선택할 때 가장 큰 이유는 바로 하랑이 때문이었습니다. 작년에 언니가 영어학원을 다니기 시작하자 영어를 좋아하던 하랑이가 영어를 배우고 싶다고 저에게 이야기를 많이 했습니다. 6살짜리에게 영어학원을 보낼 수도 없고 영어를 어떻게 가르치는 게 좋을지 모르겠기에 아이보람은 꽤 반가운 정보였습니다.

하랑이는 영어가 참 좋다고 말하는 아이입니다. 그러기에 더 무시할 수 없었습니다. 궁금해서 "왜 좋은데?"라고 물어보니 "발음이 부드럽고 예뻐서 너무 좋아요"라고 대답을 합니다.

그렇게 순수하게 접근을 해서일까요? 아니면 첫째 하은이보다 영상물을 좋아하는 성향 때문일까요? 1년 정도 진행했을 때 하랑이는 욕실에서 놀며 영어로 말을 하곤 했습니다. 간단한 단어들이였지만 욕실 문 밖에서는 흡사 외국 꼬마 아이가 노는 듯 들려서 저 또한 놀랐습니다. 많은 이야기를 하지는 않았지만 아마도 억양 때문에 그렇게 느껴진 것 같다는 생각이 들었습니다.

● 외국에서 살다 오셨나 봐요?

몇 달 후 저희 집에 식탁 조명을 달러 온 기사님이 아빠와 하랑이가 영어로 장난하며 대화하는 모습을 보며 저에게 물었습니다.

"외국에서 살다 오셨지요?"

저는 제 귀를 의심하며 대답했습니다.

"네? 아니요."

기사님이 돌아가신 뒤, 신기하다는 생각이 들었습니다.

'억양, 발음이 다르긴 다른가?'

이제 하랑이는 놀 때 곧잘 영어를 씁니다. 그 말을 맞게 쓰는지 어떤지는 잘은 모르겠으나 전 어느 순간부터 느꼈습니다. 하랑이가 저보다 영어를 잘한다는 것을요! 조금 부럽기도 했습니다.

"엄마! 우리 영어로만 말하기 해요!"

그럴 때면 엄마인 저는 몰래 식은땀을 흘리며 말수가 확 줄어듭니다. 하지만 하랑이는 자연스럽게 영어로 말을 합니다!! 그러면 엄마는 그냥 웃으며 "Good! Oh, my god! Amazing~"이라고 감탄사를 해줍니다. 이제는 저에게 발음 지적도 하는 둘째를 보며 엄마표 영어를 하는 보람을 느낍니다.

처음 아이보람을 시작했을 때 주변 지인들은 좀 신기해하며 대단하다고 했습니다. 열심히 설명을 해주고 나면 미심쩍은 반응이 더 많았던 것 같습니다.

"잘 진행해보고 좋은 성과가 나오면 꼭 이야기해줘."

1년 정도 진행하고 큰아이가 고학년이 되는 4학년에 영어학원을 그만두자 또 신기해했습니다. "안 불안해?"라는 질문도 받았습니다. 그런데 참 신기하게도 전 이제 불안하지 않습니다. 아이들의 변화를 제가 직접 느낀 거겠지요?!

1년 동안은 아웃풋이 어떻게 나올지 직접 경험해보지 못한 부분이 많았기에 자신 있게 주변 사람들에게 말을 하고 다니지는 않았습니다. 또한 엄마가 얼마나 힘들지 알기에 쉽게 권유하지 않았습니다. 하지만 지금은 제가 꽤나 말을 하고 다닙니다. 저희 아이들 영어 동영상도 보여주면서 말이지요!

저는 아직도 DK 하기 싫어하는 아이와 집중듣기 책이 너무 길다고 몸을 배배 꼬는 아이와 함께 노력하고 있습니다. 엄마표 영어는 엄마가 힘이 듭니다. 그래서 전 미팅을 빠지지 않고 나가며 매주 스스로에게 파이팅을 외칩니다. '5년만 잘해보자!' 하구요.

이제는 엄마표 영어에 확신이 들었기 때문에 잘해보려 합니다. 2년 후, 3년 후의 모습이 어떨지 참 궁금하고 기대도 됩니다. 그러기에 오늘도 또 파이팅입니다!

14

우리 아이들의 미래를 바꾸다!

김정혜 • 고건영 어머니

● **시행착오 속의 눈부신 성장**

저는 두 아들을 둔 엄마입니다. 초등 1학년 때부터 아이보람을 시작했던 큰 아이는 이제 고1이 되었고 형아 옆에서 DVD를 같이 보며 형이 하는 것은 무조건 해보기를 갈망했던 둘째 아이는 벌써 중1이 되었습니다. 아이보람을 시작할 당시 제가 살던 곳은 부모들이 교육에 관심이 많고 대형 학원이 즐비하여 사교육도 많이 하는 지역이었습니다.

저는 평소에 우리나라의 주입식 교육의 문제점에 관심이 많았고 무분별한 사교육이 아이들에게 해로울 수 있다는 이야기를 남편과 함께 공유했기 때문에 아이보람 방식의 영어를 비교적 쉽게 받아들이며 시작할 수 있었습니다.

가까운 지인의 아이가 아이보람으로 영어를 익히며 자유롭게 되는 것을 옆에서 지켜본 것이 저에게는 큰 동기 부여가 되었습니다. 하지만 막상 내 아이들 곁에서 아이보람의 과정 과정을 지키며 아이들의 속도와 성장을 인정하며 격려해주는 것이 생각보다 녹록지는 않았습니다.

그 이유를 지금 돌이켜보면 불쑥불쑥 솟아오르는 엄마의 욕심과 비교 때문이었다고 생각이 됩니다. 때로는 아이들을 힘들게 하고 저도 지치는 순간도 있었지만 그 시행착오 속에서도 성장의 모습은 있었기에 지금은 힘들었던 순간은 다 잊고 '내가 뭘 했기에 아이들이 이런 실력으로 영어를 즐기고 있는지'를 생각하며 흐뭇해하고 있습니다.

● **한국에서 대체 어떻게 했대요?**

아이보람 4년차 때 둘째 아이가 여름 방학을 맞아 친척이 있는 미국에 방문할 기회가 있었습니다. 아이는 여태 자기가 쌓은 영어 실력이 과연 통할 것인지 궁금해했습니다. 저도 아이 앞에서는 할 수 있다고 격려는 했지만 한편으로는 '과연 될까?' 하는 의심의 마음도 있었습니다. 그런데 미국 여기저기를 다니며 친척이 보내준 사진과 동영상을 보며 저는 깜짝 놀라고 말았습니다.

음식을 주문하는 영상을 찍어서 보내주었는데, 직원이 이것저것 물

어보는데도 막힘없이 다 알아듣고 자기가 원하는 것을 주문하는 아이의 모습을 보고 과연 내 아이가 맞나 하는 생각이 들 정도였습니다.

예전 신혼 때 처음 미국 시카고에 갔을 때 햄버거를 주문하던 저의 모습이 떠올랐습니다. 간단히 햄버거 세트만 주문하면 되는 우리나라와는 달리 소스 하나까지 고객의 기호를 물어보는 미국의 햄버거 가게에서 잘 알아듣지도 못 하고 제 뒤로 늘어선 긴 줄을 보며 등에 흘렀던 한 줄기 땀이 20년이 지난 지금도 생생히 기억나네요.

친척 분은 저희 아이가 미국에 있을 동안만이라도 말할 기회를 더 많이 주기 위해서 현지 가정교사를 붙여주었습니다. 친척이 사는 지역은 우리나라 대기업이 들어가 있는 지역이라 주재원이 많이 거주하는 곳이었습니다. 그래서 그 미국인 가정교사는 그곳에서 한국 아이들을 많이 가르쳐본 경험이 있던 분이었습니다.

그런데 저희 아이와 첫 수업을 하고 난 뒤 하신 말씀에 엄마인 저도 깜짝 놀랐습니다. 한국에서 어떻게 영어 공부를 하였는지 여기 미국에서 2년 정도 살고 있는 아이와 비슷하게 말을 알아듣고 대화를 한다는 것이 아니겠어요? 특히 읽기와 발음이 좋다고 하셨습니다.

마침 친척의 이웃이 놀러오셨는데 아이와 선생님이 수업하시는 것을 보고 "저 아이는 한국에서 어떻게 했대요?"라고 물어보더랍니다. 그래서 친척 분이 "엄마가 비디오 보여주고 영어책 보여주고 그랬나 봐요. 저는 잘 모르겠어요" 하셨다는 이야기도 전해주셨습니다.

● 엄마의 선택이 아이들의 미래를 바꿉니다

'한국에서 도대체 뭘 했기에……?!'

이 말 한마디가 아이보람을 하면서 힘든 일, 때로는 포기하고 싶던 시간을 말 그대로 '보람'으로 채워주는 것 같았습니다. 본원장님이 미국 고등학교 교환학생으로 갔던 성준 군을 통해 말씀하신 '미국에서도 통하는 영어'라는 것이 이런 느낌이구나 했더랍니다. 아이는 미국에서의 경험이 동기가 되어 영어를 더 잘하고 싶은 마음이 생기게 되었고 학생 기자단 활동을 하면서 쓰기에 자신감이 붙어 학교에서 주최한 영어 글쓰기 대회에 나가 상을 받기도 하였습니다.

이렇게 아이보람과 시작된 인연이 이제는 아이들의 삶을 넘어 엄마인 제 삶에도 영향을 미치고 있습니다. '사람들에게 선한 영향력을 끼치며 살자'는 평소의 신념과 아이보람에서의 경험이 바탕이 되어 일로도 연결이 된 것입니다.

어느 책에서 이런 구절을 읽었습니다.

"아프리카의 원시 부족이 강을 따라 살고 있었다. 그 강의 상류에는 거대한 댐이 지어지고 있었다. 원시 부족은 그걸 모르는 채로 강에서 물고기를 잡는 법, 카누를 만드는 법, 농사 짓는 법을 계속 자식들에게 가르쳤다. 그러다 댐이 만들어지자 이 원시 부족과 문명은 흔적도 없이 사라졌다."

혹시 나도 이 원시부족처럼 곧 사라질 것들에 집착하여 내 경험과 방법을 의지하며 아이를 키우는 것은 아닐까를 생각하며, 아이들의 교육의 방향을 세워나갔던 지난날이 주마등처럼 스쳐갑니다.

엄마의 현명한 선택이 앞으로 우리 아이들이 살아갈 미래에 삶의 지평을 열어주는 기회가 되며, 그 기회가 나와 내 아이뿐만 아니라 세상에 좋은 영향력을 끼치며 꿈을 이루려는 이들 모두에게 기회로 다가가기를 바랍니다.

15

실전에서 빛을 발한
모국어 방식의 영어 공부

연은미 • 강민재 어머니

● **아이 둘에 엄마까지 해봐?**

2018년 1월! 아들인 큰 아이 꿀밤이 5학년, 딸인 작은 아이 알밤이 2
학년 새 학기를 앞둔 겨울 방학에 아이보람을 만났습니다.

첫아이를 낳고 수많은 영어 관련 도서를 읽으며 정립된 생각이 있
었어요. 영어는 일상에서 노출이 가장 중요하다는 것이죠. 첫째 아이
어릴 때는 열정이 넘쳐서 영어 오디오도 열심히 틀고 영어책도 자주
읽어주려 노력했어요. 사실 유아 시기는 영어라고 해봤자 영어 동요,
영어 그림책 정도니까요.

그러다 꿀밤이가 초등학교 1학년 입학을 하면서 레벨업을 한답시

고 집중듣기를 시작했는데 혼자서 해나가는 게 쉽지 않더라고요. '매일 꾸준히!' 를 외치며 체크했더니 아이가 힘들어하고 스트레스를 받았어요. 6개월 정도 쉬기도 하고 지지부진하게 끌고가기를 몇 년, 새로운 돌파구가 필요했어요. 그러다 어느 날 지인들 입소문으로 아이보람을 알게 되었어요.

첫째와 둘째는 달랐어요. 첫째는 어릴 때부터 욕심을 부려서 한글책, 영어책 막 들이대지만, 둘째는 '건강하게만 커다오~', 좋은 말로 '사랑', 시쳇말로 '방목' 하며 키우죠.

튼튼하고 발랄하게 큰 둘째 딸 알밤이는 아이보람 영어가 처음이었어요. 오빠 영어 할 때 아기 때부터 좋으나 싫으나 영어 소리를 들었겠지만 학습적인 영어는 전혀 안 했거든요. 그런 둘째 딸도 2학년 정도 됐으니 함께 하면 좋겠다 싶어 동시 진행을 해보기로 했어요.

고백하자면 눈으로 읽긴 하되 입 밖으로는 소리가 나오지 않는 영어 초보인 저에게도 영어 잘하기는 로망이에요. 하지만 어디서부터 시작해야 할지 막연했어요. 그런데 아이보람을 시작하고 아이들 DK, DVD 보기, 집중듣기, 연따 등을 도와주다 보니 '따로 영어교재 살까, 온라인 학습 할까, 기웃거릴 게 아니라 아이랑 함께 아이보람을 하면 되잖아?' 하는 생각이 들었어요.

왜냐구요? 아이보람 영어 방식이 말을 배우는 자연스러운 방식이니까요. 원장 선생님께 여쭤보니 아이와 함께 공부하는 엄마 사례도 있대요. 한번 해보라며 격려를 해주셨어요. 일을 하고 있어서 많은 시간은 낼 수 없지만 단 30분이라도 매일 꾸준히 따라가보자 결심을 하고 아이보람 노트도 받았어요. 노트에 제 이름을 쓰고 보니 의지가 더욱 북돋아지더군요. 이렇게 해서 저희 집은 아이 둘에 저까지 세 명이 아이보람을 하게 되었답니다. 아이보람은 배우고자 하는 열의만 있으면 가족 누구나 할 수 있어요. 비용 면에서도 큰 장점일 수밖에요.

● 엄마표 영어의 동력은 매주 한 번, 아이보람 미팅!

'한 번 빠지면 실수지만 두 번째는 새로운 습관의 시작이다.'

《아주 작은 습관의 힘》의 저자 제임스 클리어의 말입니다. 엄마표 영어 성공 포인트는 '조금씩 꾸준히' 인데요. 1년 6개월 넘게 진행해보니 말처럼 쉬운 일이 아닙니다. 처음 의지는 충만합니다. 그러다 작심삼일이라는 말처럼 슬슬 노트 기록도 해이해지고 DVD 보기도 시들해집니다. 그런 차에 미팅 날이 돌아옵니다. 미팅에 가서 다른 친구들 진행하는 것을 듣고 원장 선생님과 이야기를 나누면서 살짝 풀렸던 마음을 새롭게 다집니다.

제가 혼자서 엄마표 영어를 할 때 가장 힘든 것이 꾸준함이었어요. '주 1회 그룹별 미팅' 은 꾸준히 영어 공부를 할 수 있는 가장 중요한 동력이 되었어요. 아이 영어 진행사항을 체크하는 것도 물론 중요하지만 서로 응원하고 격려하며 동지애를 나누는 시간이라 더 좋았습니다. 힘들 때 함께 발걸음을 내디디며 1년, 2년, 3년 뚜벅뚜벅 가다보면 아이의 성장과 제 성장이 눈에 보일 거라 확신합니다.

꾸준히 진행하는 것 못지않게 중요한 것이 아이의 성향을 파악하고 잘 이끌어주는 거겠죠.

"엄마, 오늘은 이거 할게요. 엄마, 영어가 너무 재밌어요" 라고 하면 좋겠지만, 저희 아이들은 미루다가 늦게 하기도 하고 투정도 부리는 평범한 아이들입니다.

아이가 대충 하는 모습을 보일 때는 가슴에서 뜨거운 불덩어리가 쑥 올라올 때도 있습니다. 그럴 때 "다 때려치워! 앞으로 그냥 영어학원 다녀!" 라고 질러버리면 엄마표 영어는 '굿바이~ 아듀~ 나빌레라' 가 되는 것이죠. 집에서 하는 영어는 살살 달래고, 응원하고, 궁둥이 토닥토닥 하면서 느려도 즐겁게 가는 게 가장 중요한 것 같습니다. 사실 제가 아이들 따라 해보니 DK 10바퀴가 보통 목표가 아니더라는 겁니다. 8바퀴까지는 나름 수월하게 왔는데요. 9바퀴 의미파악을 하면서 대위기가 왔습니다. 속도가 나지 않으니 하기 싫고 빠지는 날도 많아졌어요. 그리고 반성했어요.

'아, 매일 꾸준히 하는 것이 정말 쉽지 않구나. 어른인 나도 힘든데, 우리 아이들 정말 대단하구나.'

뭐, 어른만 할일이 많냐구요. 아이도 기본 학교 생활도 있고 학원, 방과 후 일정도 있죠. 가장 중요한 놀기도 많이 해야 되잖아요. 아이와의 관계가 중요함을, 작은 것을 취하려다 큰 것을 잃을 수 있다는 것을 엄마표 영어를 진행하며 깨닫습니다. 엄마표 영어에서 잘 맞춰야 할 중심은 '꾸준히'와 동시에 '아이와의 좋은 관계'인 것 같습니다.

● 제주에서 빛을 발한 아이보람 영어

지난 8월, 저는 아이들과 제주 한 달 살이를 하고 왔습니다. 여행까지 왔으니 과감히 아이보람 영어를 뺐습니다. 아니, 빼려고 했는데 아주 조금 아쉬워 노트북을 가져가 유로톡과 DVD 보기만 짬짬이 해주려고 했습니다. 매일 신나게 물놀이 하고 나들이를 다니다보니 유로톡하는 것만도 쉽지 않았어요. 그러던 어느 날, 낮에 시원한 도서관에서 책을 읽고 놀다 더위가 한 풀 꺾인 저녁쯤에 함덕 해변에 나갔어요. 해먹에 누워서 바다 풍경을 보고 있으니 휴양지에 온 기분이 물씬 났지요. 알밤, 꿀밤이는 모래사장을 오가며 놀고 있었어요. 그런데 한참을 눈에 안 보이게 놀던 둘째딸 목소리가 들렸어요.

"엄마, 나 외국인 동생 사귀었어!"

"엥?"

둘째가 난데없이 5살 외국인 여자아이를 해먹 앞으로 데리고 왔어요. 뭐? 하는 사이 아이 엄마가 미소를 지으며 함께 오고 있는 게 아니겠어요? 뜨아아, 뭐니! 갑자기 외국인 엄마를 보니 너무 당황스러웠어요. 영어로 쏼라쏼라 하는데 그 쉬운 낱말, 문장도 귀로 다 빠져나갔지요. 겨우 콩글리쉬 대화를 하고 나니 얼굴이 화끈거렸어요. 그때 든 생각은 바로 이거예요.

'아이보람 영어 열심히 하자.'

여자아이 이름은 Daciana, 엄마는 Mira예요. 루마니아인으로 지금은 경기도에 살고 있다고 하더군요. 평소에도 알밤이는 동생들을 좋아해서 챙겨주고 잘 놀아주는데, 둘째가 Daciana와 신나게 노는 모습을 보더니 Mira가 '나이스 도터' 라고 칭찬을 했어요.

영어 초보인 건 아이들도 저와 마찬가지인데 아이들은 Daciana랑 편하게 어울리며 놀더군요. 신기한 노릇이었어요. 1년 6개월째 아이보람을 하고 있는데 아직 아웃풋으로 나오는 건 많지 않지만 듣는 것을 부담스러워하지 않고 영어에 대한 겁이 없는 아이들을 보니 아이보람이 추구하는 모국어 방식의 힘이 얼마나 큰지 알 수 있었어요.

Daciana 가족은 늦어서 이만 가야 한다며, 내일 같은 시간에 해먹 앞에서 만날 수 있느냐고 했어요. 얼떨결에 약속을 했어요. 머릿속 얽히고 버벅거리는 당황스러운 상황을 내일도 맞이해야 한다고? 으으~ 저만 당황스럽지 신이 난 아이들은 내일 저녁에 꼭 만나러 오자고 성화였어요. 숙소에 와서 내일 저녁에 동생을 만나면 줄 거라고 편지도 썼지요. 외국 아이랑 이야기를 나누고 놀아서 너무 기분 좋고 뿌듯하다고 합니다.

그 뒤로 우리는 이틀이나 더 만나서 이야기도 하고 물놀이며 하며 즐거운 시간을 보냈어요. 짧은 시간이지만 Daciana 가족과 함께 해보니 영어에 대한 겁이 조금은 없어졌다는 게 큰 수확이에요. 그리고 영어를 배워야겠다는 동기 부여가 확실히 되었어요. 다른 나라 언어를 안다는 것이 경험의 확장에 얼마나 중요한지도 알게 되었답니다. 미래에, 번역기에 의지하지 않고 자연스럽게 대화하는 멋진 모습의 저를 상상해봅니다.

　엄마가 영어 공부에 열을 올리니 알밤이가 자기 덕분이라고 어깨에 뽕을 한껏 넣으며 으쓱거립니다. 그래, 고맙다, 딸아!

● 엄마표 영어 고민하는 분들께

　우리 아이들이 아이보람을 한 지 1년 8개월 정도 되었어요. 그동안 꿀밤이 듣기능력은 정말 많이 좋아졌구요. '영어' 의 '영' 자도 모르고 노는 것 좋아하는 둘째 딸도 꾸준히 진행하다 보니 외국 아이랑 성큼 가서 사귀는 자신감이 생겼어요. 영어에 대한 자신감을 갖는다는 것은 얼마나 큰 재산인가요?!

　지인들이 아이보람 영어가 어떠냐고 물으면 제가 한결같이 하는 얘기가 있어요. '하루 3시간 이상 집에서 다양하게 노출해주는 게 답이다. 아이보람이 추구하는 모국어 습득 방식은 외국어를 배우는 가장 자연스러운 방식이다. 엄마가 혼자 할 수 있다면 집에서 영어책 사서 하면 된다' 구요. 그런데! 아이보람을 해보니 커리큘럼이 너무 좋습니다. 좋은 커리큘럼과 서로 의지하고 힘을 주고 받으며 자연스레 레벨업 할 수 있는 방식이 큰 매력이에요. 아이보람 영어는 저처럼 모국어 방식 영어가 중요하다는 걸 알지만 커리큘럼을 직접 짜고 진행하기에 여력이 부족한 분들에게 큰 도움이 될 거예요.

방향을 미세하게 틀어서 걸으면 바로는 변화가 없는 것 같지만 멀리 가면 갈수록 결국은 도착하는 방향이 바뀌어 있습니다. 길게 꾸준히 가는 힘을 주는 아이보람이 있어서 얼마나 다행인지 모르겠습니다. 끝으로 아이보람 센터 원장 선생님의 따뜻한 미소와 분위기 덕분에 미팅 시간이 더 즐겁다는 것 아시지요?

항상 감사드리고, 함께하는 월요일 4시 팀 어머님들, 앞으로도 화이팅해요! 우리 알밤, 꿀밤이도 앞으로 아이보람으로 더 즐겁게 영어 배우자. 사랑해!

16

아무에게나 알려주고
싶지 않은 영어 공부 이야기

송애란 • 신소희 어머니

● 무엇에 홀리기라도 한 것처럼

저는 아이보람 21개월, 3년차 프로그램 진행 중인 6학년 신소희 엄마입니다. 아직 여름 방학 기간인 소희는 오늘 아침에 부스스 일어나 기분 좋게 재잘거리다가 영어일기 필사를 했습니다. 자기만의 필기체인지 이상하게 날려쓰던 영어 글씨가 한글보다 예쁘게 바뀌었네요. 얼마 전에 봤던 〈알라딘〉ost를 흥얼거리더니 점심 먹으면서는 〈Alice in Wonderland이상한 나라의 앨리스〉를 보겠다고 합니다.

디즈니 1세대에 가까운 이 애니메이션을 몇 번째 보는 것인지 셀 수도 없습니다. 소희는 앨리스가 되기도 하고, 'I'm late, I'm late, I'm late!"을 외치는 토끼가 되기도 합니다. 신이 날 때에는 앨리스, 토끼, 여왕, 기타 등의 인물을 혼자 다 소화하기도 하지요.

가만히 보고 있으면 참 신기합니다. 재작년 4학년 11월, 지인 소개로 처음 아이보람을 시작할 때만 해도 희망을 가져보기는 했으나, 이것이 실제로 가능할 줄은 몰랐거든요. 소희는 2학년 때부터 놀이 위주의 작은 영어 학원을 친구와 함께 다녔습니다. 말하기가 기본이고, 한 편의 영화를 한 달 동안 끊어보고, 팝송을 외워 부르는 부담 없는 학원이었습니다.

1년 동안은 참 재미있게 다녔어요. 하지만 3학년이 지나고 4학년이 되자, 단어 외우기나 학습적인 내용의 비중이 높아져 아이는 슬슬 지겨워하기 시작했습니다. 함께 다니던 친구는 3학년 말에 학원을 그만두고는 DVD를 빌려보며 무엇인가를 하기 시작했는데 별 거 있겠나 싶어서 자세히 물어보지는 않았습니다. 지인인 그 친구 엄마도 딱히 뭐라고 얘기를 하지 않았구요. 고학년이 되면 영어를 제대로 해야 할 텐데, 어차피 해야 하는 것이니 대형 어학원을 보내야 하나, 읽기 쪽으로 특화시킬 수 있는 영어도서관으로 방향을 잡아야 하나 고민이 되었습니다.

그때 영어를 가르치는 직업을 가진 소희 아빠가 1년쯤 영어도서관을 보내다가 대형 어학원으로 전환하자는 의견을 말했습니다. 일단 책읽기는 중요하니 영어도서관에서 다져놓고 그 다음을 생각하자는 뜻이었지요. 주로 고등학생을 가르치는 입장에서 영어 독서를 하지 않은 학생들이 문법 이상의 뉘앙스를 이해하지 못해서 고생하는 경우를 많이 보았기 때문이라고 했습니다.

하지만 영어도서관 찾기도 만만치 않았습니다. 집 가까운 곳에는 없어서 차 운행이 되는지 확인해야 했고, 비용도 만만치 않았고, 그렇다고 만족할 만한 프로그램이 있는 것도 아니었어요.

그러던 중 은혜로운(!) 지인이 살며시 얘기를 하더군요. 영어책을 많이 접할 수 있고, DVD를 보면서 재미있게 공부하는 방법이 있다구요. 사실은 지인의 딸인 소희 친구가 3월부터 시작했는데 섣불리 추천할 수는 없었다구요. 간단히 프로그램 소개받고 바로 원장님과 미팅을 잡았습니다. 그날 바로 등록을 했지요. 마치 무엇에 홀리기라도 한 것처럼요.

왜 그랬을까요?

그때의 저를, 지금도 아이보람을 함께 하고 있는 그 지인을 폭풍 칭찬해주고 싶습니다.

● **아무에게나 알려주고 싶지 않은 아이보람의 매력**

그때부터 지금까지 저를 사로잡고 있는 아이보람의 매력, 한번 나열해볼까요?

첫 번째 매력은 놀이식 모국어 습득 방식이라는 점이었어요. 그것은 사실 굉장히 큰 매력이면서도 동시에 부담이기도 했습니다. 그때

소희는 이미 4학년 11월, 거의 5학년이나 마찬가지인 꽉 찬 고학년이었으니까요. 하루에 영단어 몇십 개씩 외우고 독해를 파고들며 중등 대비 문법을 시작해야 하는 다 큰 아이가 영화나 보고 시간 보내면서 놀아야 한다니 마냥 좋지는 않더군요. 그래도 해봐야 했습니다. 욕하고 울면서 영어학원 숙제 하는 아이들을 많이 봤거든요. 그래도 해본 결과, 해보고 있는 결과, 소희에게 영어는 가끔 귀찮기는 하지만 재미있는 놀이이자 생활이 되었습니다.

두 번째 매력은 책을 접할 수밖에 없는 시스템이었어요. '집중듣기'와 '연따' 라는 방식으로 체계적이며, 단계적으로, 꾸준히 책에 젖어서 살 수밖에 없겠다 싶었거든요. 지금은 좋아하는 책으로 스스로 읽기를 흥미롭게 하고 있습니다.

세 번째는 관리받는다는 것! 자칫 해이해질 수도 있고, 전체 아닌 부분에 치중하다가 놓칠 수도 있는 것들을 시스템으로 관리받으니 몇 번이나 심란한 고비가 생겼을 때에도 잘 견디고 넘어갈 수 있었죠. 그때 포기했더라면 얼마나 후회하고 있을까요?

네 번째는 제대로 된 프로그램. 듣기 말하기 읽기 쓰기, 순차적으로 그러면서도 동시다발적으로 밀어넣을 때 밀어넣고, 쉬어갈 때 쉬어갈 수 있는 단계별 프로그램도 참 좋습니다. 아는 사람은 다 아는 DK는 넘어야 할 커다란 산이면서 동시에 커다란 선물이지요. 소희도 DK

시절을 이야기하곤 합니다.

다섯 번째는 팀 관리 시스템. 옛말에 '사람이 한 가지 일을 이루려면 뜻을 함께 하는 세 사람이 있어야 한다' 고 했습니다. 그런데 아이보람에는 세 사람 이상이 있지요. 같은 단계를 걷는 친구들은 서로 힘이 되고, 앞서가고 있는 선배는 본이 되며, 따라오고 있는 후배는 책임감을 갖게 합니다. 이 정도면 아이보람에 발을 들여놓는 순간, 반 이상은 이루는 셈이죠.

어쩌다 보니 아이보람 찬양을 하고 있네요. 어쩔 수 없는 일인 것 같습니다. 영어를 읽을 때 어색하게 더듬더듬하던 아이가 스스로 읽기를 자연스럽게 잘 하고 있고, 학교에서 영어 시간이 가장 쉽고 재미있는 시간이라고 하니까요.

● **21개월 만에 이루어진 믿지 못할 변화**

한동안 그런 광고가 유행한 적이 있었죠. "차암 좋은데, 뭐라고 말을 해줄 수가 없네." 뭐라고 말을 해줄 수는 있습니다. 그러나 고심해서 아이보람에 대해서 이야기하면 대부분의 엄마들은 '내가 영어를 못해서' , '아이랑 싸우기 싫어서' , '우리 아이랑은 안 맞을 것 같아서' 라는 이야기를 합니다.

그럴 수 있죠. 저도 아마 지인이 굉장히 강하게 추천했으면 뜨악했을 거예요. 아이에게 가장 소중한 시간을 하루 세 시간 이상 투자해야 하는 일이니까요. 한번 지나간 시간은 되돌릴 수 없으니까요. 하지만, 그래서 더 강조하게 되는 것 같습니다.

실패하고 실패해서, 그 귀한 시간을 다 쓰고 돌고 돌아서 아이보람으로 오게 될 수도 있으니까요. 마치 난치병 환자가 이것저것 다 해보고도 낫지 않았는데 자신에게 맞는 기적의 치유법을 발견하게 되는 것처럼요. 세계를 누비며 살아가게 될 우리 아이들에게 영어가 얼마나 중요한지를 생각해보면 그리 과장된 비유도 아니죠?

소희는 오늘도 책을 2권 읽고 잠들었습니다. 하루 두 권 꾸준히 읽는 책은 차곡차곡 쌓여서 지식이 되고, 실력이 될 것이며, 자랑이 될 것임을 믿고 있습니다. 대형서점이나 도서관에 가면 전에는 얼씬하지도 않던 원서 코너를 서성거리고, 영화관 한글 자막 보기를 돌같이 하며, 원어민 못지않은 발음으로 책을 읽고 있는 아이. 21개월 만에 이루어진 제 아이의 변화입니다.

그래서 모두에게 자랑하고 싶지만, 그 가치를 폄하할 만한 아무에게나 소개하고 싶지는 않은 보물같은 아이보람입니다.

아이에게 제대로 된 영어를 선물하고 싶어서 고민하는 엄마에게만 이 소중한 영어교육을 가르쳐 주고 싶습니다. 좋은 길은 함께 가야 하니까요.

17

엄마! 영어가 다 들리는 걸요?

윤영란 • 이세찬 어머니

● 성능 좋은 엔진을 단 것처럼

아이보람을 시작한 지 1년 8개월이 지났다. 하지만 내가 느끼는 시간은 더 오래된 듯하다. 집에서 엄마표로 영어를 진행하던 나는 '아이들이 왜 이렇게 영어가 늘지 않지?' 깊이 고민하던 차에 큰 아이의 같은 반 친구 엄마로부터 아이보람을 소개받았다.

아직도 생생한 추억으로 남아 있다. 족히 3시간쯤 되는 시간 동안 열정적으로 아이보람 과정을 설명해주고 아이들이 현재 어떻게 진행하고 있는지 일지도 보여주고 책들도 보여주며 아이들의 영어 성장에 대해 상세히 설명을 들었다. 처음 접했던 아이보람은 참 신선했고, 내가 원하는 홈스쿨 교육 방법과 너무 잘 맞았다. 그리고 그때까지 해온 것처럼 아이들을 학원에 보내지 않고 집에서 계속 할 수 있다는 점이 좋았다.

하지만 아이보람 소개를 받고도 집에서 계속 진행을 할 것인가를 두고 며칠 고민했다. 혼자 진행하다보니 나태해지기 쉬웠고, 아이들이 힘들어할 때마다 '그래, 하루 쉬자, 오늘은 이것만 하자' 하다보니 흐지부지 되어버리기 일쑤였기 때문이다. 하지만 아이보람에 대한 설명을 듣고는 아이와 함께 이루어가는 과정이 참 보람되고 뿌듯하겠다는 생각이 들었다.

아니나 다를까, 아이보람을 시작하면서 혼자 집에서 할 때에는 늘지 않던 영어가 성능 좋은 엔진을 단 것처럼 쭉쭉 늘기 시작했다. 그러다 지금은 쉬운 DVD 볼 때 소리는 거의 다 영어로 들리며 영어로 문장을 받아적을 수 있게 되었다.

● 아이들이 선사하는 가슴 떨리는 설렘들

한번은 "DVD 보면서 들리는 소리 있으면 영어로 써 보자"고 했더니, 큰아이가 하는 말!

"엄마! 거의 다 들리는데 어떻게 그걸 다 적어요?"

설마 했는데 정말 빽빽하게 영어를 적고 있지 않는가!? 하나씩 철자가 빠진 것도 있지만 거의 다 맞게 쓰는 것이었다! 가슴 떨리는 설레던 순간이었다.

"아들아~ 언제 이렇게 영어가 늘었니?"

둘째 아이는 더 신기하다. 알파벳 A도 모르던 아이가 DVD를 보며 영어로 들리는 단어를 쓰기 시작하더니, 아직 리딩 단계는 아니지만 형이 읽는 영어책을 읽는다. 그리곤 "엄마, 내가 한국말로 읽어줄까?" 라고 말한다. 책을 읽고 의미 파악도 하는 걸 보면서 '혹시 우리 아이가 천재였던가?' 혼자서 설레기도 했다.

이런 변화가 아이보람 시작하고 1년 조금 지나면서 일어나기 시작했다. 둘째는 DK 과정을 마쳤고 유로톡과 Arthur 연따 과정, 멀티플 prep1을 진행 중이다. 리딩 단계가 아니지만 형이 하는 리딩책을 읽을 수 있고 형이 하는 연따 과정에서 Magic Tree House 연따를 너무 잘 해줘서 놀라기도 했다. 이 모든 게 아이들과 함께 아이보람에 푹 빠져 성실히 진행해온 덕분인 것 같다. 아직 아이들과 가야 할 길이 더 많이 남아 있지만 아이보람 안에서 나와 아이들이 성장하는 모습에 매일매일 설레는 하루를 보내고 있다.

내가 아이보람을 좋아하는 가장 큰 이유를 말하지 않을 수가 없다. 나는 선생님이 전해주시는 아이보람의 메시지를 참 좋아한다. 선생님은 영어만 강조하지 않고 아이의 인성과 독서도 생각하신다. 다른 과목의 공부법을 안내해주시기도 한다. 1년 넘게 선생님 수업을 들으면서 지금까지 안내해주신 영상과 책은 모두 찾아 듣고 읽어본 듯하다.

아이보람 하기 전보다 책을 가까이하게 되면서 독서를 좋아하게 되었고 나 스스로가 좀 더 나은 엄마가 되었다는 뿌듯함이 생겼다. 아이보람 하기 전에 내가 책을 읽었던가? 기억도 없지만 지금은 독서가 가장 좋은 친구가 되었다.

수업 중에 영상을 보고 난 후 소감을 서로 나누기도 하고 추천해 주신 영상을 보고 소감을 숙제로 내주시기도 하신다. 책을 읽고 와서 느낌을 나누기도 한다. 이런 시간도 참 소중하고 나를 성숙하게 만들었다.

● 엄마와 아이들이 함께 성장하는 시간들

수업 중 가장 기억에 남는 영상은 황농문 교수의 '몰입, 최고의 나를 만나다' 였다. 그동안 고민해오던 나의 삶의 물음표들에 대해 다시 한 번 생각해보는 시간이었다. 집에서 아이들과 영상을 보고 난 후 같이 이야기 나누는 시간을 갖기도 했다.

얼마 전에 선생님께서 "성공은 성장하여 공유하는 것" 이라고 하셨던 말이 참 좋았다. 우리 아이들도 아이보람과 함께 성장하여 공유하는 사람으로 자라길 바란다. 아이 영어가 목적이었던 아이보람에서 뜻하지 않게 엄마인 나도 조금씩 성숙해지고 있음을 느낀다.

무엇보다 남편의 변화를 말하고 싶다. 남편은 처음에는 아이보람에 대해 부정적인 시선이었다. DK 과정에 들어가면서부터 아침 일찍 일어나 영어를 시키기 시작했는데 괜히 아이들 잠도 못 자게 고생시킨다고 화도 내고 다투기도 했다. 그랬던 남편이 지금은 가장 적극적인 지지자가 되어 아이들의 영어 성장에 누구보다 기뻐하고 흐뭇해하고 있다. 며칠 전 남편이 "난 결혼 참 잘했다~"라고 혼잣말을 하면서 잠자리에 드는 모습을 지켜보면서 얼마나 흐뭇하고 행복했는지 모른다. 글로나마 표현한다. 가족을 위해 열심히 살아줘서 고맙다고.

열심히 따라와 주는 우리 아이들에게도 사랑의 메시지를 전한다.

사랑하는 우리 큰아들 세찬아! 지금도 충분히 잘하고 있는데 자꾸 더 잘하라고 화내서 미안해. 성실하게 따라와 줘서 너무 고맙고 엄마가 많이 사랑해!

귀염둥이 둘째 아들 세준아! 힘들어도 참아내고 낭독도 잘하고 새로 들어간 연따와 멀티플도 기쁜 마음으로 시작해줘서 고마워. 항상 세준이를 사랑해!

1년 후, 2년 후, 5년 후의 과정을 모두 마친 후 아이들은 지금보다 얼마나 또 성장해 있을까? 나는 또 얼마나 성숙해져 있을까? 앞으로 아이보람 안에서 성장해나갈 아이들과 성숙해져 있을 나의 모습을 생각하면서 오늘도 설레는 마음으로 잠자리에 든다.

18

'즐거움'의 다른 이름,
엄마표 영어에 동참해보세요!

박은미 • 양서희 어머니

● **즐겁게 영어를 배울 수 있다면 얼마나 좋을까?**

딸아이가 여섯 살이 되던 해, 친구들과 숲 체험을 하게 되었어요. 그때 선생님이 《Giving the Tree》라는 영어 그림책을 읽어주셨는데 책을 바라보던 아이의 눈빛을 잊을 수가 없어요.

'우리말도 서툰 어린아이가 영어로 된 그림책을 얼마나 이해할까?'

의구심이 들었지만 아이의 표정은 즐거워 보였어요. 집으로 가는 길에 딸아이는 불쑥 "엄마! 나무가 너무 착해"라는 말까지 했었죠. 그 때부터 재미있는 그림책을 골라 읽어주기 시작했어요. 영어 단어의 정확한 뜻을 알고 있는지는 중요하지 않았어요. 반복되는 문장들과 아름다운 그림들만으로도 책 읽는 즐거움은 충분했거든요.

그런데 아이가 1학년을 앞두게 되니 저도 부모가 아닌 학부모 입장에 놓이게 되더라고요. 주변 친구들은 어학원을 다니고 있었고 적어도 초등 6학년 때까지 학원을 어디 보낼지 이미 정해놓는 상태였죠. 이렇게 현실과 마주할 때면 엄마인 제 마음이 정말 복잡했어요. 하지만 이런 마음도 있었어요.

'지금처럼 독서로 영어를 배울 수 있다면 얼마나 좋을까! 책읽기의 즐거움을 엄마와 함께 나눈다면 얼마나 행복하게 자랄까!'

이런 흐뭇한 상상이 떠나질 않더라고요. 엄마의 마음은 다 같을 텐데 엄마들이 선택할 수 있는 범위는 현실적으로 너무 좁았어요. 이름만 다르지 결국엔 사설 교육기관들이었으니까요.

자연스레 저는 엄마표 영어에 대해 관심을 갖게 되었어요. 그리고 그것을 실천할 수 있게 도와준 곳이 바로 '아이보람'이었어요.

아이를 키우는 엄마라면 누구나 한 번쯤은 엄마표 영어에 대해 고민해볼 것 같아요. 하지만 선뜻 용기가 나지 않는 건 '엄마가 영어를 잘 해야 하지 않을까?', '엄마가 영어 좀 하는 집 아이들이나 하는 거 아니야?'라는 잘못된 연결고리가 선입견으로 자리 잡고 있기 때문이었죠. 엄마표 영어로 하다가 중간에 시행착오라도 겪을까 두렵고, 성공할 수는 있을지에 대한 확신도 부족하니 선뜻 시작하지 못하는 엄마들이 많은 것 같아요. 저도 그랬거든요.

● 엄마가 영어를 잘 해야 하지 않냐고요? 천만에요!

엄마표 영어 3년차 과정을 마무리해가는 지금의 위치에서 말씀드리면, 엄마의 영어 실력으로 아이를 가르치는 것이 아니라 가정에서 영어에 노출될 수 있는 환경을 만들어주는 게 엄마의 역할이에요. 다시 말하면 친구들과 노는 시간, 학원 가는 시간의 관리가 필요해요. 하루 2~3시간 정도는 아이가 편하게 영어에 몰입할 수 있도록 엄마가 도와주어야 하죠!

아이보람에서 학습하는 방법들은 정말 중요한데요. DVD 시청하기, 원서 집중듣기CD를 들으면서 책 읽기, 흘려듣기시청했던 DVD를 소리로만 듣기 이 3가지 학습을 기본적으로 매일 반복해요. DVD는 고전부터 최신작까지, 원서도 그림책부터 《해리 포터》까지 단계별로 다양하게 구비되어 있어요. 아이의 진행 단계와 취향에 맞게 선택할 수 있기 때문에 자료를 찾아야 하는 엄마의 수고스러움은 전혀 없는 셈이죠.

DVD와 원서만 읽는다면 부족할 수 있어요. 그래서 아이보람에서는 기본적인 영어 단어를 익히는 DK 프로그램, 복합단어를 구사할 수 있는 말하기 과정의 유로톡 프로그램, 어휘 확장을 위한 OPDI 프로그램으로 고급 어휘를 익히게 되죠.

이 프로그램들은 컴퓨터에 로그인해서 진행되는데 화면이나 영상의 짜임이 다채로워서 저희 아이도 재미있게 학습했어요. 탄탄한 커리큘럼대로만 열심히 한다면 엄마표 영어의 시행착오는 걱정할 일이 아니었죠. 5년차 과정까지 진행되는 아이보람 학습방법은 매주 강사님을 만나 코칭 받기 때문에 믿고 따라가기만 하면 되니 어찌 보면 엄마표이긴 한데 수월한 기분이었죠.

성공에 대한 확신! 초등 6년의 긴 호흡이 필요한 만큼 확신은 절대적으로 중요한 요소였죠. 아이보람에서는 이미 5년차 과정을 마치고 졸업한 아이들의 이야기와 기사들을 만날 수 있었는데요. 헤럴드 기자로 활약하는 초등학생부터 교환학생 자매결연을 하고자 외국에서 온 교사들의 통역을 담당하는 고등학생 이야기까지 정말 놀라웠어요. 듣는 내내 '저 이야기가 내 아이의 이야기였으면' 했죠.

나중에 알게 된 사실인데, 학교나 사설기관에서 영어를 전담하는 교사들도 주말반으로 아이보람을 다니고 있었어요. 그러니 신뢰가 더 쌓여서 열심히 하게 되는 시너지 효과도 있었네요.

● **상상도 못했던 내 아이의 모습**

아이보람은 매주 한 번씩 아이들이 아닌 엄마들의 모임이 있어요. 엄마들이 모여 일주일간의 진행 사항을 얘기 나누며 서로 공감과 소통을 이루는 모임이죠.

"친구들과 너무 많이 놀아서 흘려듣기 할 시간이 없었어요."

"수학 문제집 푸느라 DVD 에피소드를 하나밖에 못 봤어요."

"이번 주는 아이도 컨디션이 좋아서 DVD, 집중듣기, 흘려듣기 매일 했어요."

우리 집만 힘든 일주일이 아니었음에 위안과 격려가 되기도 하고, 열심히 해준 친구들을 보면 자극이 되어 열심히 하려는 원동력이 되죠. 이 모임은 학년이 자유롭기 때문에 고학년 엄마들의 생생한 학교 수업도 들을 수 있죠. DK 프로그램에 나왔던 단어가 중1 쪽지시험에 나와서 좋아했다는 아이, 문법을 따로 공부한 적 없는 5학년 친구가 주어진 단어로 문장 완성하는 문제를 풀어서 기뻐했다는 아이……

사실 우리 아이들도 엄마표를 진행하면서 심리적인 불안감이 있을 수 있어요. 또래 친구들은 학원을 다녀서 뭔가 영어를 잘해 보이는 느낌이랄까요? 결국엔 우이 아이도 엄마표 영어에 대한 신뢰가 절실히 필요하거든요. 그래서 이런 이야기들의 공유는 너무나도 소중하고 고맙고 그렇더라고요.

이런 신기한 경험담은 매회 시간이 거듭할수록 일상처럼 많아졌어요! 우리 엄마들은 이런 방식으로 영어를 습득한 적이 없어서 아이들의 변화가 마냥 신기하기만 했죠. 어느 순간 저희 아이도 동생이랑 놀 때 영어로 말을 하고 있더라고요. 이런 모국어 습득 방식의 힘은 듣기, 말하기, 읽기, 쓰기 4가지 영역의 밸런스를 맞춰가며 실력이 쌓이고 있었어요.

엄마표 영어 하면 제일 걱정스러운 영역이 'Writing'일 거예요. 아이보람에서는 기본적인 영단어의 쓰기 훈련도 있고, 좋은 문장으로 구성된 글의 필사도 하지요! 끊임없이 DVD와 원서를 통해 문장 패턴을 자연스레 익히는 거예요. 포코너스 같은 비문학 책도 접하기 때문에 어려운 전문용어도 자연스럽게 배우게 되죠.

저희 아이가 영어 일기를 처음 쓰던 때가 생각나요. 쓰기라는 영역이 그렇듯 정확한 어휘와 품사, 문장의 어순을 바로 알아야 가능한 영역이기에 못 하면 어쩌나 걱정이 많았어요. 하지만 걱정은 필요 없었어요. 아래의 글은 딸아이가 엄마 도움 없이 처음으로 쓴 일기예요.

4/22(Mon)

Monday April 22. Sunday

Title : Baking a pancake

Today I was very hungry so me and my mom make a delicious pancake.

First me turn on the gas stov.

Then put the cooking oil.

When the flying pen gets hot, put a pancake dough.

I am a good baker. so mom let' s me made pancake.

When the pancake is done we sprinkle the maple syrup.

Pancake is always delicious and if you have pancake with a fruit,

it will be much delicious.

표현하고 싶은 단어가 생각나지 않을 때는 사전을 찾아볼 수는 있는데요. 저희 아이는 제 걱정과 달리 전혀 힘들어하지 않고 써내려 갔어요. 마치 자신을 신기해하면서 즐기는 모습 같았죠. 그런 아이를 보는 제 마음이 어땠을까요? 지난 3년간의 긴 시간이 주마등처럼 스치면서 정상에 도달한 듯 감격스러웠어요. 정상까지는 아직 남아 있었는데도 '해냈다!' 싶었어요.

아이의 글을 자세히 들여다보면 문법적 오류는 분명히 있어요. 어떻게 교정하고 학습할까 하는 고민은 하지 않는답니다. 그건 아이가 쓴 글을 말로 해보면 외국인은 다 알아들을 테니까요. 모국어처럼 습득한 아이들의 특징이지요.

앞으로 더 많은 IN OUT을 통해 아이는 스스로 교정이 될 거랍니다. 지금의 일기와 비교해봐도 쉽게 알 수 있어요. 《아서 챕터북》의 부록으로 숙어집이 있어서 한번 읽어보라고 했더니 이미 다 알고 있는 표현들이라고 한번 훑어보고 말았어요. 어쩜 이런 일들이 가능한 걸까요? 너무 기특하고 대견해요!

● 단순 암기와는 차원이 다른 이유는요

DVD와 원서를 통해 익힌 단어들은 쉽게 잊어버리지 않아요. 혹여나 생각이 나지 않을 때는 금방 문맥 속에서 유추해내는 능력도 있죠. 단순히 암기하는 방법과는 차원이 다르다는 얘기예요.

3년차 과정 중에 MULTIPLE READING SKILLS이라는 비문학 지문들로 이루어진 독해 문제집을 푸는데요. 대치동 토플 전문학원에서도 이 교재를 추천하고 있더라고요. 어떤 영어학원에서는 지문 하나를 독해하고 5문제를 푸는데 1교시를 다 활용한다고 들었어요. 저희 딸아이는 10분 정도면 지문을 듣고 바로 정답을 맞히는 실력인데요. 엄마표 영어의 자부심이 강하게 생기게 된답니다.

최근에 개봉한 〈알라딘〉이라는 영화를 재미있게 보았어요. 당연히 저희 딸은 더빙이 아닌 자막으로 예매를 했죠. 영화를 보는 내내 자막에 의존하지 않고 들으면서 이해했어요.

친구들이 좋아하는 나무집 시리즈를 번역본이 아닌 원서로 읽는 딸아이를 보면서 그동안 여기까지 이끌어주신 아이보람 센터에 깊은 감사를 드려요. 아직 4년차, 5년차 과정의 화상영어, 영자신문, 영화 통번역 등의 과정이 기다리고 있지만 설렌답니다. 성장하는 아이의 모습을 기대할 수 있으니까요.

아이보람을 하면서 보너스 같은 선물이 하나 더 있는데요. 매일매일 영어에 투자했던 2~3시간의 학습이 습관이 되어서 학업에도 도움이 되었어요. 독서의 힘도 같이 길러지면서 꾸준히 하는 성실함이 완전히 자리 잡힌 것 같아요.

몇 년을 같은 자리에서 함께한 엄마들이 친언니, 친동생처럼 애틋하고 고마워요. 영어를 비롯해 모든 교육 정보의 꿀팁을 공유하면서 엄마표 영어는 즐거운 일상이 되어버렸죠. 아이들 역시 내 아이처럼 소중해요. 매일 꾸준히 하기란 쉽지 않은 일인데, 모든 아이들을 격려하게 된답니다.

엄마표 영어요? 우리 아이를 믿고 응원해주고, 아이의 속도에 맞춰

기다려줄 마음만 있다면 누구든 이 즐거움에 동참할 수 있어요.

오늘은 어떤 DVD를 볼까? 보고 싶은 게 많아서 고민하는 즐거운 표정 속에 아이의 미래가 보인답니다. 저희 가정에서 영어는 아이보람으로 표현해요.

《프린들 주세요》 책 이야기처럼 영어의 또 다른 대체어가 되어 버렸죠. 믿어보세요. 소중한 우리 아이에게도 '엄마표 영어'의 기적이 일어날 거예요.

19

아이들과 함께하는 보람, 그리고 기적

이소령 • 추성은 어머니

● **사교육의 시대, 엄마는 무엇을 선택할까?**

사교육이 넘쳐나는 시대, 나는 아들이 8살이 되기 전까지 그 흔한 학습지도 시키지 않았다.

6세 때 아들이 학습지 패드에 반해 한 달 정도 학습지를 한 경험은 있었다. 아들이 그렇게도 원했던, 패드가 딸린 학습지를 한 달 만에 모질게 끊은 이유는 일주일에 한 번 15분, 선생님이 아이와 잠시 눈 맞춤의 여유도 없이 계획된 진도를 소화하고 가버리는 모습 때문이었다. 우리 아이가 어느 정도의 수준인지는 중요치 않아 보였다. 진도를 위한 진도 같았다.

한글도 7세가 넘어서야 엄마표로 시작을 했다. 두 달 만에 기본적인 것은 다 읽을 수 있게 됐다. 연산도 문제집으로 조금씩 잡아나갔다. '거 봐! 엄마가 할 수 있어. 5세 때 한글 못 읽으면 어때? 7살부터 하니까 금방 하잖아' 라며 자신감 혹은 자만심이 들었다.

하지만 영어는 늘 가슴속에 큰 숙제로 남아 있었다. 내가 문제집 한 권으로 해줄 수 없기에, 나 스스로 영어에 떳떳하지 못했기 때문이다.

초, 중, 고, 대학교를 거치면서 수업시간에 배우고, 학원도 다녀보고, 독학도 해보고, 문장을 통으로 외워보기도 했지만 지금 내 영어 수준은 그야말로 바닥이다. 그래서인지 더욱더 '우리 아이는 능통하게 해주고 싶다. 학습적인 영어가 아니라 언어로써 영어를 선물하고 싶다' 는 생각이 컸다.

하지만 현실은 어린이집부터 유치원까지 나름 2~3년 영어를 배웠지만 간판에 있는 A를 보고도 읽지 못하는 수준이었다. '그냥 맡겨서는 안 된다' 는 결론에 다다랐다. 7세 생일을 기점으로 큰 결단을 해야 한다고 생각하던 차에 지인으로부터 '아이보람' 이라는 단어를 처음 듣게 됐다.

사실 설명을 듣는 순간부터 가슴에 박히는, 알 수 없지만 견고한 무언가를 발견한 희열이 있었다. 고민과 망설임의 시간이 흘렀고, 망설이다 끝나겠다 싶어 일단 상담 신청을 했다. 같은 아파트에 사는 친구와 함께 갔는데, 이 친구는 호주에서 20여 년을 살았고, 한국에서 대형 영어학원의 부장교사까지 지낸, 영어 교육에 둘째가라면 서러운 친구였다. "들어보고 나를 말리던지 응원해주던지 해" 라고 말하고 5

년차 과정 설명을 함께 들었다.

상담 후 친구는 "좋다"라고 했다. 그 이유에 대해 이런 저런 상세한 설명을 해주었지만 나는 그 '좋다'라는 단어에 이미 마음을 빼앗겨 버렸다. 될 수 있겠다는 믿음에 친구가 휘발유를 부어준 격이랄까?

● 급한 마음을 진정시키고 천천히, 천천히

아들이 7세이던 해 12월에 아이보람을 시작했다. 처음 영어 DVD를 켜주던 때가 생생하다. 가슴이 콩닥거렸다. 더빙을 알기 시작한 4살 둘째는 바로 반응이 왔다. "엄마, 이거 아니야"라고 단호히 말했다.

첫째 아들은 워낙 온순하기도 하고 영화 보는 것에 관심이 많았던 터라 무난히 봤던 것 같다.

둘째는 '바비'로 해결이 됐다. 월요일마다 내 가방을 열어젖히며 뭘 빌려왔는지, 바비는 있는지 검사를 한다.

한 고비가 넘어가니 3개월이 얼른 지나 공부를 시키고 싶다는 생각이 들었다. 매주 월요일 11시 센터에 모이는 엄마들 중에서도 가장 늦게 시작한 나였기에 앞서나가는 모습, 일지에 빼곡히 적힌 글씨들이 조바심 나게 했다.

그러다 드디어 우리에게도 DK와 집중듣기가 시작됐다. 흥분됐다. 그러나 흥분은 잠깐이었다. 집중듣기를 할 때는 힘들어하는 모습도 보였다. 보고 있자니 답답했다. '이렇게 천천히 읽어주는데, 왜 못 따라가지?' 라는 생각이 들었다. 속도는 전혀 맞추지도 못했다. DK는 컴퓨터를 켜두고 손 운동, 집중듣기는 책 펴놓고 손 운동, 답답해서 머리가 어지러웠다.

교육에 가서 원장님께 말씀을 드렸더니 "어머니, 당연해요. 어른들이 아랍어 책을 놓고, CD 틀어놓고 짚어보면 될까요? 아이들에게는 아주 낯선 일이에요. 천천히 기다려주세요"라고 하셨다. 그제야 '하긴 우리 아들은 소문자, 대문자도 잘 모르는데, 뭔가 급했구나' 라는 생각이 들었다.

● 결국은 아이가 기적을 선사한다

현재 아들은 DK 5바퀴연따 2바퀴째째다. 집중듣기는 클리포드 클리어, 리틀 크리터 클리어, 아서 스타터 클리어 이후 프로기를 진행 중에 있다. 너무나 놀라운 것은 연따에서 내 기준에는 상당히 훌륭한 발음으로 많은 단어를 뱉고 있다는 것이다. 화장실 가고, 물 마시고, 코 파고……. 딴짓을 너무 많이 해서 30단어를 끝내려면 울화통이 몇 번은 터져야 했는데, 요즘은 하다보면 "벌써 끝이야?" 하며 서로 어깨를 으쓱하기도 한다. "6바퀴부터는 40단어씩 해볼까?" 라고 상의를 할 정도로 여유가 생겼다.

집중듣기도 많이 늘었다. 짧지만 가장 힘든 시간이었는데, 일어나기 전과 잠자기 전 그리고 시간이 되면 늘 집중듣기 책을 흘려듣기로 켜줬다. 어느 순간 집중듣기 책 시작 부분에서 반복적으로 나오는 'this sounds, please turn the pages' 이런 말을 따라 하기 시작하더니 어떤 CD는 책 내용을 꽤 많이 따라 하기 시작했다. 집중듣기를 하다 페이지를 두 장 넘기는 경우도 간혹 있다. 예전 같으면 알려줘야 알아차렸는데, 요즘은 조금 하다 "어, 아니네" 하고 제자리를 찾아간다. 신기하게도……

딸아이는 4살이라 노출만 계속 하고 있는 상태고, 공부는 전혀 하고 있지 않다. 하지만 오빠가 연따나 집중 듣기를 할 때 꼭 책 상위에 올라와 앉아 있다. 조용히 하라는 엄마의 경고가 삼엄하지만 아랑곳하지 않고 노는 척을 하면서 조그만 입으로 '어보브, 뽀이, 닥털' 이런다. DVD를 볼 때도 뭔가 대사를 오물거리는데, 엉터리이긴 하다. 그래도 '렛잇고'를 부를 때는 얼마나 씩씩한지 모른다.

둘째를 보면서 '첫째도 어릴 때부터 재미있게 영어에 노출시켜줬으면 얼마나 좋았을까' 라는 아쉬움이 든다. 그 아쉬움 반면에 '둘째가 7살부터 아이보람을 본격적으로 시작한다면 얼마나 큰 기쁨을 줄까' 라는 기대도 된다.

공부를 하다 아들이 "엄마, 근데 왜 아이보람이야?" 라고 물은 적이 있다. "매일 우리 아들이랑 같이 공부하니까 엄마는 엄청 좋아. 보람

되고"라고 답했다. 그랬더니 "아이고~ 보람되다~ 그래서 아이보람이
구나."라는 아들의 말에 한참을 웃었다.

아직 우리의 여정은 멀고도 멀다. 큰 산을 넘으면 또 큰 산이 기다
리고 있다는 것을 안다. 하지만 매주 월요일 나보다 앞서 가는 엄마들
의 고민과 고충을 직접 보고 들으며, 그들의 아이들이 보여주는 발전
에 감동하고, 그 속에서 기운을 받으며 우리가 가야 할 길을 그려보고
있다. 매일 함께하는 시간이 기적을 만들 것을 믿기에 오늘도 두근거
리는 가슴을 붙잡고 아이와 함께 나아가려 한다.

20

너의 꾸준함이 너의 꿈에
날개를 달아줄 거야

김은진 • 이정음 어머니

● **미국에서 살다왔지만 영어 한 마디 못 했던 흑역사**

저는 미국에서 5년 살다왔으나 영어로 인사 한마디 못 하던, 지금은
어느새 4학년이 된 딸 정음이와, 영어를 못하는 8살 아들 정진이를
둔, 그리고 역시나 한국인 사회에서 영어 한 마디 사용 안 하고, 공부
도 못 하고 아가들만 돌보다 온, 어디 가서 미국에서 살다왔다 말하기
창피한 엄마입니다.

정음이 8개월 때 남편을 따라 미국으로 건너가서 100가구가 넘는
한국 가족이 모여사는 아파트에서 한국말만 사용하다가 한국으로 돌
아왔습니다.

당시 딸아이를 영어에 노출을 시켜주고 싶어서 어린이집도 일찍 보냈지만 일주일에 두 번 9시30분부터 12시까지 더군다나 같은 반에 늘 한국 아이들이 2~3명 있다 보니 영어의 발전은 고사하고, 눈치만 늘어서 오더라고요. 그렇게 겨우 킨더가든 3개월 다니다 귀국했습니다. 한국에서의 상황은 더 안 좋았습니다. 시골의 작은 동네로 가니 그나마 조금 트여 있는 영어를 발전시키기가 너무 어려웠습니다. 어려운 경제 상황으로 영어유치원은 꿈도 못 꾸고, 그 동네에 영어유치원이 있지도 않고, 고민하던 중 선택은 학습지뿐이었습니다.

그래도 6살 후반부터 7살 중반까지는 괜찮았습니다. 용인으로 이사와 선생님이 바뀌어도 잘 따라와 주었고 나름 잘 진행된다 생각했는데, 학습지 선생님은 아이가 잘 따라와 주니 7살짜리 아이에게 계속 진도만 나가서는 어느 순간부터는 6학년 수준의 생태환경에 관련된 책을 읽히고 있었습니다. 학습지 선생님은 책을 팔기에 바빴고, 어느 날부터인가 아이가 숙제가 어려워 울기 시작했습니다.

그러다 이웃에게 아이보람을 추천받았습니다. 학습 방법이 너무 맘에 들어 당장 학습지를 그만두고 이웃을 따라 나섰습니다. 당시 정음이와 동갑인 조카를 같이 키우게 되어 우리 둘째와 함께 셋을 다 학습시킬 수 있어서 더더욱 좋았습니다.

일단 정음이가 너무 행복해했습니다. 미국에서부터 영어로 된 미디어를 쭉 틀어줬었기에, 어려운 책 대신에 행복하게 원하는 영어 만화를 보는 것이 숙제라 하니, 아이와 제가 모두 즐거웠습니다.

다행히 조카와 둘째가 크게 거부감 없이 영어 만화를 함께 보고 즐겼습니다. 그렇게 1년, 2년……. 조카는 2년 과정을 채우고 분가하여 다른 지역으로 이사를 하였습니다. 올케 언니가 직장을 다녀 아이보람을 계속 진행하는 것이 힘들어 일반 영어학원으로 등록을 하였는데 레벨테스트를 받아보니 최상급이었습니다.

친정오빠가 그러더군요.

"세린아, 너는 평생 고모한테 고마워해야겠다. 그냥 할머니, 할아버지랑 지냈으면 학습지나 하고 있을 텐데 아빠 중학교 때보다 영어를 더 잘하는 것 같다."

그때 정말 큰 보람을 느꼈습니다. 그리고 계속 진행될 프로그램에 기대를 하고 자신감을 갖게 되었습니다.

● 아이 스스로 만들어가는 놀라운 하루하루

그렇게 3년차로 접어들면서 정음이가 많이 변해가는 것을 느꼈습니다. 엄마표 영어를 하면서 다른 학원은 애초부터 보내지 않고 매일 일정량의 수학의 기본을 찾아 프린트 학습지를 풀게 하고, 시간이 나면 도서관을 찾아 한글 책을 많이 읽게 하고, 그렇게 아이에게 학습 습관을 스스로 만들게 했더니 엄마 아빠가 일어나기도 전 6시 30분부터 일어나 하루 동안 해야 할 숙제를 대부분 다 하고 학교를 갑니다. 하교 후에는 학원을 안 다니니 시간이 많이 남지요. 그때쯤

아서를 너무 좋아하게 되었습니다. 집에 와서는 아서를 2~3시간 보기 시작했습니다. 좋아하는 미니어쳐 만들기를 하면서 옆에다 늘 아서를 틀어놓더군요.

저녁에는 동생이 좋아하는 만화를 같이 보고요. 동생 숙제하는 동안 같이 한다고 집중듣기나, 낭독 숙제는 일부러 남겨 동생과 함께 숙제를 합니다. 그리고 눈치 100단인 동생이 어느새 누나에게 집중듣기를 읽어달라고 조르더군요. 그즈음 딸은 영어책 읽기에 완전히 자신감이 생겼었습니다. 자랑하듯 동생에게 책을 읽어줍니다. 동생보다 자기가 영어를 더 잘한다면서요. 방학 동안에도 개학하고 습관 다시 잡기 힘들다며 똑같이 6시 30분에 일어나 숙제를 하더군요. 그러는 동안 동생과 엄마는 겨울잠을 자고 있었지요.

3년차에 접어들면서 아이의 영어 성장을 지켜보던 남편도 입버릇처럼 "정음아, 엄마한테 정말 감사해라~" 하며 둘째의 숙제에도 신경을 쓰기 시작했습니다.

그 즈음 미국에서 친하게 지내던 가족이 한국을 방문했습니다. 우리 아이들과 같은 또래의 아이들이었는데 함께 놀이동산을 가기로 약속을 하고 만났습니다. 그런데 그 가족의 큰아이 표정이 안 좋았습니다. 이유는 오면서 내내 걱정을 많이 했다고 합니다. 이제 한국말을 거의 까먹어서 대화가 안 되는데 창피하다고…….

그런데 만나서 5분 만에 걱정은 사라졌습니다. 정음이가 너무나 자연스럽게 이것저것 영어로 설명해주고 리드해주니, 밤이 되어 헤어질 때 까지 웃음소리가 끊이질 않았습니다. 함께 했던 또 다른 가족의 아이들은 방학 때마다 캐나다로 나가고, 고액의 학원에 다니는 아이들이었는데 그 아이들에 견주어 전혀 뒤처지지 않았습니다.

3년 동안의 노력이 전혀 헛되지 않음을 신랑과 함께 눈으로 귀로 확인하는 순간이었습니다. 집에 와서 남편과 서로를 도닥였지요. 수고했다고.

지금도 정음이는 6시 30분에 일어나 숙제를 하고, 자기 손으로 요리해서 아침을 차려먹고 학교를 갑니다. 이제는 아서를 마스터하고 시트콤 풀하우스를 달달 외우면서 보고 있습니다.

정음이의 그런 습관은 동생에게도 좋은 영향을 주었습니다. 남자아이라 성향은 다르지만, 숙제는 꼭 해야 하는 것이고 평일에는 영어로 된 미디어만 보는 것이 규칙이 되었습니다.

얼마 전 친구 가족이 놀러왔는데 둘째인 정진이가 나중에 알고 보니 수족구여서 고열에 시달리면서도 제가 잠깐 집을 비운 사이 친구 엄마가 "만화라도 틀어줄까?" 하니 39도 고열로 얼굴이 벌겋게 달아올라서도 "평일엔 영어로 된 것만요" 했다더라고요. 사실 그 친구도 미국에서 이웃에 살던, 같은 시기에 귀국한 가족이었습니다. 큰아이가 정음이랑 동갑이고요. 그날 우리 아이들에게 자극받아 다음 달 바로 아이보람 등록을 했다고 하더군요.

둘째 정진이는 이제 DK 10바퀴째입니다. 누나만큼 영어를 잘하고 싶어서 누나가 닦아놓은 길로 열심히 쫓아갑니다. 모든 둘째들이 그

렇듯 마냥 아기 같던 둘째라 '정음이만큼 할 수나 있을까?' 하는 마음
이 늘 따라다녔는데 요즘 의미 파악하는 것을 보며 많이 놀랍니다.
'이 아이도 그간 차곡차곡 쌓인 것들이 많았구나' 하는 안도감이 또
다시 힘을 내게 해 주었습니다.

● 우리 아이들이 더 큰 세계에 나아가 행복해지기를

정음이는 아직 꿈이 그때그때 바뀌는 해맑은 초등학생입니다. 전
정음이에게 '너의 꾸준함이 너의 꿈에 날개를 달았다' 고 늘 말합니다.
어떤 꿈을 이루던 큰 세계로 나갈 수 있는 힘이 너에겐 있는 것이라
고, 네가 무엇이 되고 싶든, 어디서 살고 싶든 너에겐 언어라는 두려
움이라는 것이 없으니 무엇이든 도전하는 데 남들보다는 열 발자국쯤
앞에 나가 있는 것이라고.

저희 부부는 아이들이 좋은 대학에 가서 좋은 직장에 다니고 높은
연봉을 받기만을 바라지 않습니다. 이 넓은 세상에 아이들이 살아갈
곳이 이제는 한국만은 아닐 것이니, 세상 어디든 아이들이 원한다면
망설임 없이 갈 수 있는 용기를 주고 싶습니다. 그 시작이 영어라 생
각했습니다.

비록 미국에서 생활하는 동안 한국 사회에서 한국말만 열심히 하다
가 귀국했지만 그곳에서 겁 없이 제 꿈을 펼치고 사는 많은 인재를 보
았고 행복한 모습을 보았습니다. 한국에서 살든, 그 어디에서 살든 아

이들에게 좀 더 넓은 세상을 꿈꾸게 해주고 싶습니다.

그래서 아이들 덕분에 저도 늦은 영어 공부를 시작했습니다. 아이들이 어디로 가든 따라가 힘들면 쉴 수 있는 따뜻한 집이 되어 주고 싶어서, 아이들이 용기를 내는데 부모가 겁내고 주저앉아 있을 수는 없으니…….

아마도 정음이를 비싼 학원에 보내서 지금처럼 만들었다면 정음이의 성장을 이렇게 느끼고 함께 하지는 못했을 것 같습니다. 함께 노력했던 그 4년이 아이와 저에게 큰 사랑의 고리이자 앞으로도 무슨 일이든 헤쳐나갈 수 있는 믿음을 생기게 해준 것이니까요.

그 조금의 영어가 아까워 조금 더 나은 학원을 찾아 전전했다면 그 학원을 보내기 위해 열심히 나가서 일을 했겠죠. 그리고 정음이는 학원 다니는 기계가 되었겠죠. 영어학원, 수학학원……. 서로의 얼굴을 마주할 수 없고 아이가 뭘 원하는지 알 수 없었겠죠.

정음이는 제 곁에서 매일 종알거립니다. 오늘 읽은 영어책 이야기나, 풀하우스의 내용과 대사를 옆에서 끊임없이 영어로 종알거립니다. 사실 이젠 못 알아듣습니다. 제겐 너무 어렵습니다. 그래도 늘 한마디라도 알아들으려고 귀를 쫑긋 세워봅니다.

정음이는 이미 알고 있습니다. 엄마가 자기만큼 영어를 잘하진 못한다는 것을. 그래서 눈치껏 엄마가 못 알아듣는 것 같으면 번역을 해줍니다. 그래도 엄마를 무시하거나 하진 않습니다. 정음이가 그렇게 되기까지 엄마의 노력을 정음이가 아니까요. 그 순간이 저에겐 너무 보람되고 행복한 시간입니다. 이제 둘째의 그 순간이 오길 기대해 봅니다.

21

영어학원 4년을 다니고도 말 한 마디 못 하던 아이가 즐기고 대화하는 영어로

박미희 · 문건영 어머니

나는 두 아이의 엄마이자 집안 살림을 하는 평범한 가정주부다. 아이들에 대한 교육 또한 학구열이 높거나 진보적인 수준이라고는 생각하지 않는다. 아이들에게 '공부란 대한민국을 살아가는 가정이라면 누구나 고민해야 할 부분이지만 공부가 인생의 전부가 아니다' 라고 늘 가르치고 있기 때문이다. 시야를 넓히고 자신이 좋아하는 분야를 파고든다면 공부가 아니더라도 인생은 얼마든지 재미있게 살아갈 수 있다고 가르친다.

그런데 영어만큼은 어느 순간 욕심이 생겼다. 몇 년 전 가족이 첫

해외여행을 다녀오고 나서 생각이 바뀌었다. 큰 아이는 5학년 남자아이이고 둘째는 2학년 여자아이다. 큰애는 1학년부터 줄곧 영어학원을 보냈고 4년 동안 쉬지 않고 영어학원에서 공부를 시켰다. 둘째는 그보다 1년 일찍 7살부터 영어를 접하게 했다.

작은 에피소드지만 나에겐 큰 충격으로 다가왔다. 여행 중에 커피숍을 들어가게 되었는데 다리도 아프고 목이 너무 말라 아이들에게 얼음 물 한 잔 가져올 수 있냐고 부탁했다. 그런데 두 아이가 머뭇거리더니 나의 부탁을 서로에게 떠밀고 있었다. 한국 같았으면 "알았어, 엄마~ 내가 갔다올게"라고 말하던 아이들이었다. 그래서 처음에는 '얘네들이 왜 그러지?' 라고 생각했다. 둘째 날도 비슷한 상황이 이어졌다. 집으로 돌아와서 그때 일을 아이들에게 되묻자 큰애가 이렇게 대답했다.

"뭐라고 말해야 할지⋯⋯. 부끄러워."

둘째도 똑같은 반응이었다. 4년간 공들여 영어학원을 보낸 결과치고는 황당했다. 나중에 알았지만 당시 아이들의 영어 교육은 단어를 외우고 문법을 배우는 입시 위주의 교육이었다. 나 역시 입시 위주의 교육을 받은 터라 '이건 아닌 것 같다' 라는 생각이 들었다.

이 작은 에피소드를 겪고 난 후 아이들의 영어 공부만큼은 방법을 달리 해야겠다고 결심했다. 아이들과 의논한 후 영어 학습에 대한 나만의 작은 기준을 세울 수 있었다.

첫째, 영어에 대한 거부감을 줄일 것.

둘째, 공부가 아닌 즐길 수 있는 영어가 될 것.

이 두 가지를 전제로 여러 영어학원과 방문 상담 후 아이보람으로 결정했다.

● 내 아이는 나처럼 되지 않길!

아이보람은 자칫 실패하고 자료 수집으로 시간을 낭비할 수 있는 부분을 최대한 없애준다는 점에서 호기심이 생겼다. 막상 시작해보니 수많은 자료 중에서 선별된 DVD, 원서, 온라인 프로그램, 라이팅, 독해 등 체계적으로 프로그램이 되어 있고, 일주일에 한 번 방문하면 강사님이 엄마들에게 방법을 가르쳐주고 코칭으로 인해 자칫 흐트러지는 마음을 다잡아주었다.

내가 대한민국 영어교육을 평가할 수는 없겠지만 우리나라의 문법 위주의 교육은 아직 초등학생인 우리 아이들에게 오히려 부담 된다는 것을 깨달았다. 나도 중학교 3년, 고등학교 3년, 대학교까지 얼마나 많이 영어를 배웠나? 하지만 막상 외국인과 마주치면 한 마디밖에 안 나온다.

"Hello…."

아…! 내 아이는 그렇게 키우고 싶진 않다.

아이보람을 1년 이상 접하고 아이들의 영어에 대한 배움이 180도

달라졌다. 신기할 정도다. 영어는 운동과 같다. '집에 들어가면 우리 집은 미국이다' 라고 생각하라는 아이보람 첫 수업 때 강사의 말이 또렷이 생각난다. 아직도 실천하고 하고 있는 나에게 가장 중요한 부분이다.

이런 환경과 아울러 운동처럼 매일매일 반복되는 영어 습관리슨, 토킹을 만들어주었다. 아침, 저녁으로 녹음기를 켜놓고 자막 없이 영화를 보면서도 아이들은 즐거워했다.

처음에는 힘들어했지만 이제는 능숙하게 영화를 보고 영화 속 대사도 곧잘 따라한다. 자기가 알아듣는 말은 나에게 해석도 해주곤 한다. 반복된 작은 습관으로 인해 아이들이 달라지기 시작한 것이다. 물론 아직 많이 부족하지만 아이들의 영어는 '배우는 영어에서 즐기는 영어로' 서서히 바뀌고 있다고 자신했다.

● **확 달라진 아이들! 이제는 엄마에게 통역까지!**

여세를 몰아 아이들에게 영어에 대한 자신감을 키워주기 위해 여름방학 동안 말레이시아 한 달 살이를 과감하게 계획했다. 말레이시아 조호르바루 도시는 한국으로 치면 제주도와 같은 곳이다. 싱

가포르와도 가깝고 물가도 저렴해 한 달 살이로는 나와 아이들에게 제격이었다. 이곳 사람들은 모국어를 비롯해 영어, 중국어 3개 국어를 구사했다.

처음 일주일은 나와 아이들에게 적응 기간이었고 2주차 때부터 말레이시아 생활에 점차 적응하기 시작했다. 아이들은 말레이시아 사람들과 스스럼없이 대화를 하는 것은 물론, 상점에서 직접 물건을 산다거나 길을 물어본다거나 가벼운 대화는 능숙하게 했다. '아이보람을 다니고 1년 만에 이렇게 바뀔 수가 있을까' 라고 생각했을 정도다.

내가 가장 대견스럽게 생각하는 건 두 아이가 자기들끼리 영화를 보기 위해 극장에 간다고 했을 때다.

"영화 티켓 예매할 수 있어?"

나의 질문에 큰애가 웃으며 맞받아쳤다.

"I can do it!"

숙소가 위치한 쇼핑몰에 영화관이 있었는데 마침 디즈니 영화 〈라이온 킹〉이 개봉했다. 내심 걱정되어 멀리서 지켜보니 걱정은 기우에 불과했다. 영화 티켓을 예매하고 팝콘에 콜라까지 주문했다. 그 뒤로 아이들끼리의 영화 관람은 모조리 자기들의 독차지였다.

1년간 아이보람을 통해 아이들은 많이 성장했다. 영어를 능숙하기

구사하는 성장이 아니라 작은 습관으로 비롯된 영어를 대하는 아이들의 태도를 말하는 것이다.

첫째는 외국인과의 스스럼없는 대화요, 둘째는 가벼운 영어회화물건 사기, 영화표 예매, 얼음물 주문 등, 심지어 내가 알아듣지 못하는 말은 통역까지 해준다. 나와 아이들에게 큰 성장이다.

아이보람을 접하고 해외 한 달 살이 이후 나와 아이들에게 작은 목표가 생겼다. 둘째의 영어 스피치 대회 참가다. 9월 예정인 영어 스피치 대회에 이미 참가 신청을 마쳤다. 또 한 번의 무모한 도전일까? 이제는 그렇지 않다고 자신한다. 사실 아이보람을 접하기 전에는 엄두도 못 내볼 일이다.

엄마로서 할 일은 영어 환경을 만들어주는 것뿐이다. 앞으로도 그저 환경을 잘 만들어주는 엄마가 되고 싶다. 나머지는 고스란히 아이들의 몫일 테니까!

22

아들아, 천천히 걸어도 된단다!

장정혜 • 엄주용 어머니

● **자막 없이도 영화를 이해하는 아이를 보면서**

아이보람을 하면서 보냈던 많은 시간이 스칩니다.

처음 아이보람을 접한 것은 아이가 초등 2학년 때였습니다. 그때는 영어 학습에 대한 부담감이 없었고 영어 노출을 위해서 가볍게 시작했습니다. '하지만 과연 아이가 자막이 없이 영화를 볼 수 있을까?' 의문이 들었고 좀 더 영화에 집중할 수 있게 도와주기 위해 한글 영상 금지령을 내렸습니다. 드라마 보는 것을 좋아했던 제게도 이건 고역이었습니다.

그러나 차츰 아이는 영화 보는 것을 좋아하기 시작했고 좋아하는 영화는 수도 없이 반복해서 보기도 했습니다. 특히 〈카CAR〉시리즈 애니메이션은 대사를 거의 외울 정도로 보았습니다. 영화를 볼 때는 제가 특별한 일이 없는 한 아이랑 같이 앉아서 봤습니다. 아이가 보다가 산만해 지면 "와~ 주용아! 저건 왜 저렇게 되는 거야?" 하면서 질문을 하면 아이는 신이 나서 설명을 했습니다.

말을 알아들을 수 없는 영상을 한 시간 이상씩 본다는 것은 매우 힘들었을 것입니다. 하지만 하루하루 영화를 본 편수가 늘어나면서 아이는 영화의 흐름을 이해하기 시작했고 엄마에게 대사와 스토리를 설명해주었습니다. 솔직히 의구심이 들 때도 있었습니다.

'말을 알아들어서가 아니라 아이가 상상력으로 영화를 이해하고 있다고 착각하고 있는 건 아닐까?'

하지만 그 의구심은 곧 사라졌습니다. 알파벳도 제대로 모르는 아이가 영화를 부분적으로나마 이해하고 즐기며 본다는 것 자체가 너무 신기했기 때문입니다.

● **느리고 부족하지만 포기하지 않고 있으니!**

3학년 때 학교에서 영어가 시작되면서, 받아쓰기를 힘들어 하는 아이 때문에 고민이 되었습니다. 저희 아이는 알파벳도 모르는 상태로 시작을 했고, 열심히 영화만 봤기 때문에, 받아쓰는 것이 부족할 수밖에 없었습니다. 4학년 때까지도 학교에서 하는 받아쓰기 테스트를 힘들어했습니다.

그럼에도 불구하고 아이는 영어 수업 시간을 즐겁게 기다렸습니다. 그 이유는 영어 수업 중에 책을 읽거나 발표를 할 때 발음과 억양이 좋다고 원어민 선생님께 칭찬을 들었기 때문입니다. 수업 보조 선생님께서 어느 학원에 다니냐고 아이에게 관심을 갖고 질문도 해주셔서 아이는 아이보람의 커리큘럼을 설명해줬다고 합니다. 주목 받기 좋아하는 저희 아이는 선생님의 그런 관심이 좋았던 것 같습니다.

아이보람은 주 5일 진행이 원칙이지만, 저희 아이는 일지를 다 채우지도 못했습니다. 토요일마다 센터를 방문하기 전에 조금 더 일지를 채우기 위해 아이를 다그칠 때도 많았습니다. 같이 시작한 다른 아이들보다 커리큘럼 진행 속도가 자꾸 늦어지니 엄마로서 불안한 마음에 더 그랬던 것 같습니다. 엄마의 끝없는 잔소리는 아이의 의욕을 상실시킨다는 너무나 당연한 이치를 잊고 말입니다. 성실하게 진행해 꽉 채워온 다른 아이들의 일지는 아직도 부럽습니다. 주 5일 성실하게 진행하는 것이 가장 효과적일 테니까요.

하지만 아이는 분명히 성장하고 있었나 봅니다. 한 달씩 아무것도 안 하고 영화만 보기도 하고, 일주일에 2~3번만 일지를 채웠어도 말입니다. 아이는 새로 시작하는 커리큘럼을 거부감 없이 느리지만 아주 천천히 따라가고 있습니다. 마음을 내려놓으니 제 바람은 이게 전부였습니다.

'아들아! 천천히 걸어도 목적지에는 도착할 테니 중간에 멈추지만

말아다오!'

● 탈 없이 성장해준 것만으로도 너무 고마워!

아주 조금 가족들의 희생도 있었습니다. 거실에서 계속 알아듣지 못하는 영어 소리가 들려도 모른 척 해주고, 즐기는 TV 프로그램의 본방 사수도 포기해 주었습니다. 아빠의 응원과 누나의 무한 배려가 있었던 거죠.

저도 아이와 아이보람을 하면서 영어에 강제 노출되니 영어 소리에 익숙해지고 거부감이나 불편함이 없어졌습니다. 아이도 잠들기 전에 항상 흘려듣기를 틀어놓는데 처음에는 수면에 방해가 되었지만 지금은 소리가 없으면 잠이 안 온다고 합니다. 그만큼 소리가 편안해진 것 같습니다.

이제 아이는 중학생이 되었습니다. 중학생이 되니 또 고비가 옵니다. 학교 영어도 더 어려워지고 아이보람도 심화 과정이라 학습적인 부분이 들어가네요. 사춘기 아들은 하기 싫은 것은 더 철저히 하지 않으려고 합니다.

그런 아이가 아이보람을 하지 않겠다고 선언하지 않는 것에 감사함을 느낍니다. 관계에 대한 시행착오를 겪으면서 서로 타협점을 찾은 것 같습니다. 일지를 채우기 위해 아이와 관계가 틀어지는 상황은 가장 최악의 상황이라는 것을 저는 압니다. 아이가 편하고 즐겁게 진행을 해야 효과도 더 커질 것이라 것도 너무나 잘 알고 있습니다.

힘들 때 카페에 올라와 있는 아이 어릴 적 영상을 가끔씩 봅니다. 입가에 저절로 미소가 번집니다. 항상 옆에 함께 있어서 알지 못했던 내 아이의 성장이 눈에 보입니다. 기쁘고 뿌듯합니다. 영상 속 개구쟁이 꼬마는 엄마 키를 훌쩍 넘었고 몸도 생각도 실력도 많이 자랐습니다. 지금 아이의 실력에 만족하지 못하신다면 예전 영상을 찾아보세요. 아무 탈 없이 성장해준 아이가 고맙고 사랑스럽게 느껴질 것입니다.

아이보람 엄마표 영어를 하면서 분명 힘든 부분도 있었지만 늘어나는 영어 실력보다 제가 더 귀하게 생각하는 것이 있습니다. 나는 최소한 영어학원에 아이를 밀어넣고 '왜 점수가 안 나오냐' 고 다그치는 최악의 엄마는 아니라는 것입니다. 이것이 저에게는 큰 위안이 됩니다. 감당할 수 없는 학원 숙제와 학습량에 지쳐 영어가 끔찍하게 싫다는 친구들의 한풀이를 듣고, 아이도 아이보람을 하기를 너무 잘했다고 말합니다. 왜 이 방법으로 영어를 해야 하는지 알겠다고 합니다.

제가 언제까지 아이보람을 진행하게 될지 알 수는 없지만, 나중에 아이가 성인이 되어 영어에서 자유로워졌을 때 이런 말을 하길 기대합니다.

"엄마, 저랑 아이보람 같이 해줘서 고마웠어요."

그 한마디면 제 노고에 대한 보상으로 충분할 것 같습니다.

23

순풍에 돛 단 것처럼 영어가 술술~

박미영 • 김서영 어머니

● **엄마표 영어에 대한 심플하고도 꽉 찬 정보가 간절했어요**

저는 중학교 2학년, 초등학교 2학년, 두 딸아이의 엄마입니다. 둘째가 아이보람을 1년 7개월차 진행하고 있습니다.

큰아이는 초등학교 6학년 때부터 집 인근에 있는 대형 영어 학원에 다니고 있습니다. 큰아이가 어렸을 때에는 엄마표 영어가 좋은 줄 알면서도 정확한 로드맵이 없었고, 실천력이 부족한 탓에 시도만 하다가가 학원을 선택하게 됐습니다. 게다가 중학생이 되고 보니 영어뿐만 아니라 각 과목 수행이며 수학, 과학, 독서 등 공부할 양이 정말 많습니다. 이 시점에 하루 3시간 엄마표 영어를 시작하기에는 물리적으로 시간이 부족해서 지금은 학원 커리큘럼대로 학습하고 있습니다. 숙제 양이 정말 많은데도 불평 없이 열심히 하고 있습니다만, 아이가 힘들게 언어를 공부하는 모습은 곁에서 보기에 안쓰럽습니다. 학습이 아닌 '습득'의 최적기인 초등 저학년에 영어를 충분히 채워주지 못한 아쉬움이 정말 큽니다.

그때는 엄마표 영어 관련 육아서, 인터넷 커뮤니티, 영어책, 음원, DVD 등 넘쳐나는 정보를 내 아이에 맞게 선별하고 확신을 갖고 꾸준히 실천해내기가 쉽지 않았습니다. 그렇다고 다람쥐 쳇바퀴 돌듯 셔틀 태워서 학원으로 보내기는 싫고, 엄마표 영어 성공 경험 있는 카리스마 있는 육아 선배가 저를 옆에 앉혀놓고 알맹이 있는 심플한 정보로 "이렇게 인풋하면 이런 아웃풋이 나오지! 그러니 이렇게 해봐" 해줬으면 얼마나 좋을까 바랐던, 미숙한 엄마였습니다.

● 따라하기 쉽게 구성된 꽉 짜인 커리큘럼

둘째가 초등학교 입학을 앞두고 있던 2018년 1월, '둘째만은 엄마표 영어를 꼭 실천해야지' 결심하고 방향을 찾던 때에 지인의 소개로 아이보람을 알게 되었습니다. 설명회에 참석하니 영어 습득에 관해 명확하게 방향, 연차별 진행해야 할 커리큘럼, 실천해야 할 목록, 주 1회 코칭수업 등을 설명해주셨습니다. 이런 설명을 들으면서 불필요한 잔생각걱정, 욕심, 막연한 기대, 비교들이 걷히는 기분이 들었습니다. '아이보람에서 제시해주는 커리큘럼대로 3,000시간 실천해보자! 실천해보고 아쉬운 점이 생기면 그때 효율적인 방법으로 필요를 채워가면서 진행해보자!' 마음먹고 망설임 없이 아이보람에 등록했습니다.

돌이켜보면 아이보람을 소개시켜준 이웃, 설명회 때 만난 원장님, 등록한 후 매주 만나온 코칭선생님 모두 제가 그렇게 원했던 '엄마표 영어 성공 경험이 있는 카리스마 있는 육아 선배님들' 이셨습니다. 이분들을 만나게 된 것과 아이보람을 알게 된 것 자체가 제게 정말 큰 행운이었다고 생각합니다.

1년차에는 커리큘럼이 단순해서 성실하게 실천하기가 수월했습니다. 예전에 저는 DVD, 음원, 영어원서 등 선택의 폭이 클 경우, 시작하기도 전에 에너지가 소진되는 경험을 했습니다. 이것도 저것도 좋을 것 같고 더 많이 해야 할 것  같고, 아이가 따라와 주지 않으면 다운되고……. 실천력 부족하고 생각이 많은 저는 아이보람 1년차의 심플함이 정말 마음에 들었습니다.

주 1회 코칭수업 시간에 코칭 선생님이 엄마들의 욕심주변 아이들과 비교하면서 이것도 저것도 더 시켜야 할 것 같은 생각을 내려놓도록 많은 노력을 하십니다. 하지 않아도 되는 것들단어 외우기, 문법 등을 가지치기 하고 중요한 것만 선택해서 편안하게 진행하도록 코칭해주셨습니다. 못미 더웠던 부분이 점점 사라지고 특히 아이의 자기주도 학습 태도를 키워

준다는 점에서, 특히 7~8세 아이를 둔 부모에게 추천하고 싶습니다.

2년차에는 진행해야 할 종류가 많아져 적응하느라 힘든 부분도 있었지만, 1년차의 영어 노출에 대한 아웃풋이 보여서 즐거웠습니다. "괜히 아이보람이 아니구나! 정말 보람 있는데?" 하면서 아이와 함께 기뻐했습니다. 일단 아이의 발음이 좋아졌고, DK 진행 덕분에 아는 어휘가 기대 이상으로 많아졌습니다. 학교 수업 중 시를 쓰는 시간에 영시도 써와서 놀랐습니다.

● 비교에서 오는 상실감이 없어서 좋았어요

둘째 아이는 일반 학원에서 보는 레벨 테스트, 단어시험, 각종 평가 시험을 본 적이 없습니다. "누구는 어느 레벨이래~" 하는 비교에서 자유로울 수 있었습니다. 아이보람 코칭수업 받는 중에도 같은 팀 내에서 진행 속도는 약간씩 다르지만 아이들 저마다의 속도로 알맞게 습득하고 있다고 여깁니다. 아이들 간 직접적인 비교 경쟁이 없으니 잘하는 아이, 못하는 아이 구분이 필요 없고, 꾸준히 하는 언니 오빠들의 영상을 보여주는 것만으로 동기 부여를 받습니다. 아이의 저마다의 속도대로 스트레스 없이 즐겁게 진행할 수 있다는 점이 큰 장점인 것 같습니다.

무엇보다 '꾸준함' 과 '성실함' 이라는 습관이 생활 전반에 선순환되어 좋았습니다. 아이는 아이보람 노트가 바뀔 때마다 전에 쓰던 노트를 앞에 붙여달라고 부탁합니다. 이유를 물어보니 이렇게 말합니다.

"처음에 알파벳을 그렸던 때를 회상하면 이랬던 내가 이렇게 잘 쓰게 되었다니~ 그게 기뻐서요."

일지를 꾸준히 기록하는 성실한 습관, 성취감, 그 기록이 쌓이면서 생기는 자신감이 아이의 생활 전반에 긍정적으로 순환되는 모습이 정말 보기 좋습니다. 요즘엔 일기도 꾸준히 쓰고 있고, 화가가 되려면 그림을 꾸준히 그려야 한다며 그림용 노트도 따로 사달라고 부탁합니다. 피아노도 꾸준히, 수영도 꾸준히, 정말 좋은 습관이 생겼습니다.

● 알파벳도 모르던 아이가 챕터북도 술술 읽어요

둘째는 아이보람 시작하기 전에는 영어에 거의 노출이 안 되어 있는 상태였습니다. 알파벳도 안 된 상태라서 b와 d를 구분 못했고, 일지 쓸 때도 썼다기보다는 그렸다는 표현이 맞을 것 같습니다. 학원에 보내려 해도 백지 상태라 테스트를 볼 실력이 안 되었을 것입니다.

그랬던 아이가 지금은 DVD를 자막 없이 즐겁게 잘 보고, 필사, 해석, 간단한 작문을 합니다. 발음이 기대 이상으로 좋고, 영어책을 거부감 없이 읽고, 최근엔 챕터북도 술술 읽어서 단순히 읽기만 하는 건가 싶어 의미를 아는지 물어보니 문맥에 맞게 자연스럽게 해석하는 것이었습니다!

방향을 잘 잡았다고 생각했는데 속도도 역시! 학원 6년 과정이 아이보람 3년 과정에 녹아 있다는 말씀이 이거였구나 싶습니다. 1년 7개월 진행한 초보라 아직 가시적인 아웃풋은 부족하겠지만 아이보람과 함께 꾸준히 노력하면 순풍에 돛단 듯 영어 실력이 쭈욱 성장할 거라고 확신합니다.

아이보람을 소개해준 이웃, 아이보람 원장 선생님, 코칭 선생님, 함께 수업 받는 팀원들로부터 선한 영향력을 받아 감사하게 생각하고 있습니다. 저와 아이도 언젠가는 아이보람을 진행하면서 얻은 꾸준함, 성실함, 좋은 습관, 자신감, 실력으로 많은 사람에게 긍정적인 영향을 줄 수 있기를 기대합니다.

24

영어 교육에 필요한 건
시계보다 나침반

권정숙 • 신혜성 어머니

● 경력단절 여성에서 전업주부로, 그리고…

아이보람 엄마표 영어를 시작한지 8년. 머릿속으로 그동안 추억의 시간들이 주마등처럼 흘러가고, 잠깐 잊고 있었던 에피소드들이 파도처럼 밀려온다.

나는 결혼 후 예상보다 빠르게 엄마가 되었다. 직장 생활을 계속 하고 싶었던 욕심이 있었던 나에게 뜻밖의 임신 소식. 출산에 대한 계획을 세우기도 전에 준비 없이 엄마가 되었다. 육아 휴직을 시작으로 엄마라는, 약간은 두렵고 한편으로는 마음 설레는 길을 시작했지만, 아이를 출산한 지 100일도 채 되지 않은 상황에서 회사로부터 한 통의

메일을 받게 되었다. 요즘 회사의 업무가 바빠졌으니 빨리 복귀하라는 메시지였다. 그 후 몸과 마음의 준비 없이 급하게 출근을 하게 되었다. 회사의 바쁜 스케줄로 육아와 직장생활의 병행에 많은 어려움을 겪었고, 심각한 고민 끝에 미혼 때는 전혀 고려치 않았던 퇴사를 결정하게 되었다.

그 후 전업주부로서 딸, 아들을 열심히 키우며 보람을 느끼면서 하루하루를 보냈지만 한편으로는 경력단절로 오는 왠지 모를 공허함과 우울감이 들었다. 이러한 불안한 감정들이 '아이들만큼은 더 훌륭하게 잘 키워보고자 하는 노력' 으로 표출되었던 것 같다.

나는 학창시절 영어 공부를 꽤 열심히 한다고 했지만 사회에서 영어를 자유롭게 알아듣고 대화하는 것에 대해 종종 어려움을 경험했기에, 우리 아이들에게만큼은 영어가 모국어처럼 편안하게 느끼게 끔 해주고 싶었다. 그래서 나름 욕심을 갖고 영어교육 관련 도서를 찾아 읽어보고, 정보 검색도 하면서 여러 고민을 했다.

그런 과정에서 우연히 '엄마표 영어, 아이보람' 에 대해서 알게 되었다. 아이에게 영어가 공부가 아닌 언어로 다가오게 하고 싶어 했던 나의 교육관에 딱 맞는 것 같아 다음 날 아이보람 센터를 바로 찾아갔다. 당시 서울에 아이보람 센터가 없어서 남양주 센터까지 다녔는데, 매주 빠지지 않고 센터를 다니려고 무척 노력했다.

그 시절 엄마표 교육에 대해서 잘 모르고 있는 주위 엄마들은 엄마표 영어를 위해 서울에서 남양주까지 다니는 나를 걱정스러운 눈빛과

의구심 어린 시선으로 쳐다보았다.

"매주 그 멀리 다니는 게 도움이 돼? 아이고! 열혈 엄마 났네~!"

그때는 유난 떠는 엄마처럼 보였을 수 있었겠지만, 8년이 지난 지금 주위에서 나를 보는 시선은 완전 달라졌다. 걱정하는 시선보다 부러워하는 시선이 많아진 것이다.

● 내 아이가 밝고 건강하게 자라길 바라는 마음

첫째 딸 혜성이가 다섯 살 되었을 때, 여자아이라 그런지 말도 빠르고 제법 야무져 보여서 영어 공부에 대한 고민을 시작했다. 솔직히 영어 교육에 욕심 있는 엄마치고 영어유치원을 한 번쯤 생각해보지 않은 엄마는 없을 것이다. 나 또한 영어유치원의 환경과 교육 내용이 궁금했기에 설명회 투어를 갔다. 그러나 영어유치원 설명회를 돌아보며 교육비가 부담스럽다는 생각도 했지만 무엇보다 마음에 걸리는 것은 '유아기에 특별히 더 느끼고 익힐 수 있는 많은 것들이 있는데 오로지 영어로만 하는 수업에서 그것들을 충분히 채울 수 있을까? 그러한 교육이 과연 우리 아이에 어떠한 영향을 미칠까?' 였다. 우리 아이의 유아기를 영어만을 위해 지내게 하고 싶지 않았다.

고심 끝에 집에서 가장 가까운 초등학교 병설유치원에 아이를 보냈고, 그곳에서의 전인교육 프로그램을 통해 밝고 건강한 아이로 키우는 동시에, 영어는 집안에서 편안하게 지속적으로 노출하자고 마음을 먹었다.

얼마 전 유튜브에서 영어유치원 원어민 선생님이 나와서, 본인의 솔직한 생각을 말하는 동영상을 보았는데, '원어민 선생님 본인은 한국 학부모 덕분에 직업을 갖게 되었지만 실제적으로 자기 수업이 학생들에게 얼마나 도움이 될지는 모르겠고 단지 그냥 수업 시간만 채운다' 는 내용이었다. 또 '현실적으로 실력 있는 원어민 교사들은 개인과외 등으로 많이 빠져나가고 아르바이트 형식의 원어민 교사들이 수업을 진행하다 보니, 수업의 책임감과 효과 부분에서 부족할 수 있다' 는 고백의 동영상이었다. 그 영상을 보며 내가 했던 그 시절의 선택이 참 현명했다고 다시금 생각하게 되었다.

● 혼자 하는 엄마표 영어 NO! 함께 하는 엄마표 영어 YES!

아이보람을 첫 방문했을 때의 기억은 8년이 지난 오늘도 생생하다. 본원장님과의 상담을 통해 들었던 몇 말씀이 지금까지 엄마표 영어를 지속할 수 있었던 에너지의 밑바탕이 되었다.

"우리 아이가 말을 하고 글을 깨친 과정을 생각해보세요. 영어도 모국어와 같은 습득 방식으로 자연스럽게 집안 환경에 노출시키면 아이가 영어를 재미있게 즐기며 언어로서 사용할 수 있게 됩니다."

순간 내가 찾는 영어 교육법이 바로 이거였구나! 깨달았다. 하지만 주변에서 엄마표 영어를 먼저 경험한 엄마들조차도 나름의 방법으로 시행착오를 겪다가 얼마 안 되어 쉽게 그만두거나, 그냥 귀찮다는 이유로 학원을 보내는 엄마들도 종종 있었다. 제일 안타까운 건 그 실패담을 공유하는 분위기 속에 시도해보지도 않고 그냥 포기해버리는 엄마들도 생각보다 많다는 것이었다. 또한 엄마표 영어는 부모가 영어 선생님처럼 영어 단어나 문법을 가르치는 게 아니라 영어 환경을 만들어주는 것인데, 실제로 엄마가 영어를 잘해야 가능한 것으로 오해하는 경우도 많았다. 그런데 엄마표 영어에 성공한 선배 엄마들의 이야기를 들어보면 '아이가 어떻게 하면 영어를 재미있어 할까?' 를 가장 많이 고민했다고 한다.

아이보람 프로그램은 내가 원하고 생각하는 교육 방향과 일치하는 부분이 많았다. 영어 학습만을 목표로 하지 않기 때문에 파닉스, 문법부터 접근하지 않았다. 그저 유아기에 우리말을 듣기만 하다가 이해하고 깨쳐 한 단어, 두 단어 말하기 시작한 것처럼, 모국어 습득 방식으로 영어 노출부터 시작하는 것이었다.

특히 아이보람은 일주일에 한 번씩 엄마들과의 모임을 갖는다. 온라인에서 얻을 수 있는 정보는 한계가 있음을 느꼈기에, 시간과 노력을 들여 오프라인 모임에 더욱 적극 참석하면서 살아있는 정보를 얻으려고 노력했다. 모임에 참여하는 엄마들 중에는 초등학교 교사와 대학교 강사, 심지어 외국에서 살다가 온 엄마도 있었다.

다양한 연령대와 다른 지역의 엄마들을 만난다는 것이 큰 도움이 되었다. 엄마들과의 수다 속에서 중요하고 살아있는 정보를 얻기도 했다. 또한 우리 아이만의 특성을 살린 맞춤형 코칭 과정은 내가 아이보람에 대해 신뢰와 믿음을 가지고 하루하루 최선을 다할 수 있는 밑바탕이 되었다.

● 시련과 슬럼프는 누구에게나 온다

엄마표 영어를 진행하면서 매일 영어 환경을 만들어 주려는 엄마의 노력이 때론 힘겨울 때도 있었다. 한편으로는 사회생활을 하는 친구들에 비해 나 혼자 뒤쳐지는 듯한 기분이 들어 우울한 시기가 있었다. 아이들 잘 키우는 것을 목표로 했던 나지만, 한편으로는 경력단절을 극복하고 스스로 자아발전을 위해 새로운 직업을 찾는 것도 중요하다는 생각이 들었다. 그래서 새로운 일을 시작하게 되었다. 자연히 외부 과제에 신경을 더 쓰면서 아이들에게는 쏟아야 할 시간과 노력이 줄어들게 되었다. 시간이 흐를수록 아이들의 영어 노출의 양과 하루하루 계획했던 목표에 대한 성실도가 떨어지는 것을 느꼈다.

우리 아이들을 믿었기에 약간의 자신감은 있었다. 몇 년간 자기주도 학습 습관을 잘 만들어 온 터라, 엄마가 잠깐 자리를 비웠다고 해도 '우리 아이들은 잘할 거야'라는 믿음을 가지고 있었기 때문이다. 하지만 역시 아이는 아이였다.

일을 늦게 마치고 치친 몸을 이끌고 귀가를 했던 날이다. 그 즈음 외부 스케줄이 많았기 때문에 아이들 얼굴 볼 시간이 적어, 학교 등하교 시간을 이용해 짬짬이 아이들과 전화 통화를 하면서 아이들한테 늘 하던 대로 DVD 보기, 집중듣기, 리딩, 쓰기 등 매일같이 잘 챙겨서 하라고 신신당부를 했었다.

아이들은 "알았어요 엄마, 우리가 스스로 알아서 할게요"라고 씩씩하게 대답을 했기에 아이들을 믿었고, 그렇게 당연히 하고 있을 거라고 생각을 했다. 하지만 기대는 너무 허무하고 쉽게 무너져버렸다. 아이들은 늦은 시간까지 신나게 놀고 있었다! 설명하기 힘든 복잡한 감정이 몰려왔다.

'내가 잘하고 있는 것인가? 아이들 스스로는 안 되는구나!'

아이들을 혼내기 전에, 왜 그랬는지, 무엇을 잘 못 했는지 스스로 깨닫게 하기 위해 올라오는 감정을 억누르고 대화를 시작했다.

"너희들이 놀고 싶은 것도 알고 놀기도 해야 하는 건 당연하지! 하지만 엄마랑 늘 같이 잘 해왔던 영어를 이제는 너희 스스로 할 수 있으리라 믿었는데……. 왜 엄마와의 약속은 잊은 거니?"

아이들의 반응은 다음과 같았다.

"엄마가 없으니까 하기 싫어요~!"

"해야겠다는 생각은 있는데 모든 게 다 귀찮아요~"

"요즘 영어 실력이 느는 것 같지 않아 재미가 없어졌어요~"

그날은 저녁 늦게까지 아이들과 깊은 대화를 나누어야 했다. 한편으로 다행인 것은 그동안 엄마와 좋은 관계를 유지하며 집에서 영어 노출을 꾸준히 해왔기 때문에 영어 자체에 대해 부담은 없었다는 점이었다. 엄마표 영어가 엄마와 아이와의 관계 속에서 이루어지듯이 해결책도 엄마와 아이와의 대화 속에서 찾아보기로 했다. "혜성아, 성우야! 어떻게 하면 그전처럼 영어를 매일 즐기며 할 수 있을까?"

아이들의 대답은 간단명료했다.

"엄마! 제가 스스로 열심히 영어 공부를 잘하면 갖고 싶은 책이나 장난감을 사주세요!"

"엄마! 일주일간 계획표대로 다 실천하면 스테이크 사주세요!"

"어린이대공원 가려면 며칠 동안 열심히 해야 해요?"

다행히도 이미 해결책은 아이들 스스로가 가지고 있었다.

"엄마가 안 바쁠 때는 제가 공부하는 거 옆에서 꼭 봐주세요. 그러면 집중이 더 잘 돼요."

아이들도 여러 가지 시행착오를 거치며 자기의 역할을 찾는 과정을 겪었다. 아이들에게 할 수 있는 만큼의 목표를 설정해주고, 그 작은 목표를 달성해가는 과정을 통해 성취감을 얻게 하고, 작은 성취감을 통해 자연스럽게 자신감이 생기면 영어 습득에 대한 열정은 당연히 따라 나올 것이라 생각하며 인내했다.

● **아이들은 부족한 것이 아니라 서로 다른 것이다**

영어 실력이 쭉쭉 향상되는 시기도 있지만 아무리 열심히 해도 정체된 듯한 답답한 시기도 있었다. 그 시기를 언어학에서는 '침묵의 시기'라 정의한다. 돌이켜 생각해보면, 아이보람을 시작한 지 3년차가 제일 어려웠다. 그 시기의 아이들은 분명이 많은 성장을 했지만 아이들이 그동안 잘 해왔기에 오히려 엄마의 욕심이 더 커지는 시기이며, 뭔가 '빵' 터지듯 영어의 완성을 맛보길 기대하게도 되는 것 같다.

다자녀를 키워본 부모라면 모두 공감하겠지만, 내 뱃속에서 똑같이 나왔지만 두 아이가 참 달랐다. 같은 공간에서 키웠지만 성격, 기질, 버릇, 습관 등 모두가 달랐다. 영어의 노출 빈도를 같은 공간에서 아들, 딸에게 똑같이 해주었지만 받아들이는 속도와 나타나는 반응의 형태가 각기 달랐다. 큰아이는여자 영어를 비교적 쉽게 받아들이고 정확하지 않아도 영어로 떠들어대기 좋아해서 무언가 쌓이고 있다는 것을 보여주었다면, 둘째 아이남자는 언어를 정확하게 머릿속에서 정리하고 확실해질 때까지 쉽게 입을 떼지 않았다.

둘째 아이의 가장 큰 고비는 영어책 읽기 때였다. 큰 딸아이는 파닉스를 따로 가르치지 않았지만 오디오북을 많이 들려주고 책을 읽어주는 것만으로 쉽게 글을 깨치고 엄마보다 더 원어민 같은 발음으로 책을 술술 읽어내곤 했었다. 하지만 둘째 녀석은 조금 달랐다. 이 정도의 노출량이면 당연히 읽어야 할 것 같은 쉬운 단어도 참 어렵게 읽었다. 예를 들어 'the', 'they'를 헷갈려 했고, 'want', 'went'를 구분해 읽히는 것 또한 너무도 어려웠다. 첫째 아이와 둘째 아이를 비교하게 되면서 나 스스로 매우 답답한 마음을 가지게 되었고, 순간순간 조급한 마음까지 들었던 때도 있었다.

"성우야~ 'sh'로 시작하는 단어는 '쉬~' 소리로 시작해. 한번 읽어봐 'shake' ".

"shake"

"그래, 잘했어~"

다음 페이지를 넘겨서 'shake' 가 또 나오면

"자, 아까 알려줬던 단어지? 뭐라고 읽었었지?"

"스~으?' 몰라~~잉~"

"에휴~ 방금 같이 읽었잖아~"

이렇게 여러 번, 여러 날을 반복해야 겨우 읽어냈다. 엄마로서 참 힘든 때였다. 그렇지만 신기한 것은 내가 단어를 읽어주거나 그림을 보여주면 그 단어의 의미는 정확하게 파악한다는 것이었다. 또한 두꺼운 영어책을 누나가 읽고 있거나 오디오의 음원이 나오고 있으면 관심 있게 듣고 웃기도 하고 이야기에 반응을 보이기도 했다. 결국 문자를 읽어내는 것은 느리지만 영어를 듣고 이해하는 능력은 부족함이 없었던 것이다.

아이들마다 각기 다른 특징과 장단점을 가지고 있고 다른 속도를 보이지만 결코 누가 부족한 것이 아니다. 말을 잘하는 아이, 글을 잘 쓰는 아이, 생각의 깊이가 있는 아이, 글보단 이야기를 들어서 집중하는 아이 등 각기 아이들의 성향과 기질이 다르다는 것이다. 이것을 엄마가 인지하고 그에 맞는 방법을 찾아 꾸준히 노력하면 좋은 결과를 얻을 수 있다.

● 아빠의 역할도 중요하다

아이의 영어 습득을 위한 노력의 과정에서, 아이러니하게 엄마와 아빠가 갈등 상황이 종종 발생한다. 나의 경우에도 생각지도 못한 상황으로 서로의 감정 싸움으로 번지는 힘든 경우가 있었다. 아이들의 영어 실력이 정체기에 있고, 매일매일 영어 노출의 일상이 반복되던 어느 날, 애들 아빠도 지쳤는지 "아이들이랑 괜히 집에서 이러지 말고 그냥 영어학원으로 보내"라는 말까지 하면서 심하게 다툰 적이 있었다.

엄마인 내가 아이들의 영어 공부를 챙기다보니 모든 감각과 신경이 아이들에게 향했고 자연스럽게 남편을 챙기는 것이 부족했던 것은 사실이다. 그 과정에서 애들 아빠는 서운한 감정이 생긴 듯 했다. 어느 날 남편이 심각하게 "애들 공부시키는 것은 좋지만 남편에게 무관심을 보이는 것은 예의가 아니"라고 말한 적이 있다.

부부간의 갈등이 점점 심해지면서, 항상 빨리 퇴근해서 집에 오던 남편은 언젠가부터 직장 동료들과 술자리의 빈도수가 잦아졌고, 항상 집안일에 대해 자상하게 신경 쓰던 모습은 사라지고 남편의 말속에 귀찮다는 단어가 늘어갔다.

나도 불만이 커져갔다. 다른 집은 아이 둘을 영어유치원에 보내서 경제적으로 아빠가 힘든 대신 엄마는 너무 편한 생활을 하는데, 반대로 우리 집은 내가 경제적 부담이 없도록 하기 위해서 집에서 어떻게든 아이들 교육을 시키려고 하는데, 남편이라는 사람은 도와주질 못할망정 방해나 하지 말았으면 하는 생각에 서운하기도 하고 짜

중도 많이 났다. 그래서 어느 시기 동안에는 더 안 챙겨 주었는지도 모른다.

하지만 부인할 수 없는 사실은 엄마표 영어를 진행하는 데 아빠의 역할도 매우 중요하다는 사실이다. 아빠의 동의와 배려가 있다면 훨씬 수월하게 진행할 수 있다. 아이들을 위해서라도 남편과의 관계 회복을 위해 노력이 필요했다.

하루는 시댁에 아이들을 맡기고 부부 단둘이 호프집에 가서 이런저런 살아가는 이야기를 했다. 그간 서로에게 말하기 어려운 불만들을 이야기하다 보니 매우 늦은 저녁시간이 되어서야 집에 들어왔다. 우리 부부가 결혼하고 아이들 키우느라 제대로 된 데이트라고는 한 번도 해본 일이 없었다는 것을 그날 새삼 깨달았다. 남편에게 약간은 미안한 감정이 들었다.

그날 이후 남편은 조금씩 바뀌었다. 출근할 때 남편이 아이들을 위해 영어 음원을 틀어주면 아이들은 그 음원을 들으며 일어났고, 늦잠을 자더라도 이불 속에서 편히 영어를 접하게 됐다. 그리고 집 주변 도서관에 아이들과 토요일마다 영어책을 빌리러 가기 시작했다.

남편은 8년 동안 도서관 가는 것에 대해서 게으름을 피운 적이 없다. 좋아하던 TV 시청 시간을 아이들을 위해 줄였고, 집안일을 도와주는 역할도 해주었다. 또 내가 무기력함에 빠져 있는 동안, 엄마를 제외한 아이들과의 시간을 가지려 노력해 주었다. '아빠와의 여행'이라는 컨셉으로 아이들을 데리고 근처 박물관을 가거나 놀이동산에 가서 추억을 만들거나 캠핑을 가는 등의 외부 활동을 통해, 나에게 집에서 혼자 쉬면서 재충전할 수 있는 여유를 주었다.

● 내가 꿈꾸던 우리 가족의 모습

과거 미국 교과서를 술술 읽는 아이에 대한 신문기사를 보고, 우리 아이는 언제 그렇게 될 수 있을까 생각한 적이 있다. 하지만 그런 모습은 우리집 아이들에게도 일상적인 모습으로 다가오기 때문에 더 이상 부럽지 않다. 우리 아이들의 영어 스피치를 본 사람들은 대부분 외국에서 살다온 학생으로 착각하기도 하고, 간혹 외국인도 어느 나라에서 살다왔느냐고 묻곤 한다. 우리 아이들도 이런 물음이 은근히 싫지만은 않은 것 같다.

하지만 정작 우리 아이들은 가족 여행을 제외하고는 외국에 나가본 적이 없고, 영어학원도 외국 어학연수도 간 적도 없다. 엄마인 내가 정확히 알고 있다. 우리 아이들은 평범한 아이들이고, 영어를 잘 하게 된 것은 언어 능력이 탁월하기 때문이 아니라 영어를 일상처럼 즐기면서 꾸준히 노출해왔기 때문이라는 것을.

얼마 전 혜성이가 엄마인 나에게 이렇게 말했다.

"엄마, 참 나는 운이 좋은 것 같아! 나는 다른 친구들처럼 영어학원 힘들게 다니지 않아도 영어를 어렵지 않게 쓸 수 있으니까. 아무튼 엄마에게 고마워해야 할 것 같아!"

얼마 전에는 영국과 인도에서 온 유튜버 3명, 그리고 독일 유명 기업의 간부와 그를 동행한 일행을 만나서 경복궁의 이모저모를 소개하는 문화가이드 역할도 했었다. 혜성이는 영어로 역사문화 유산을 설명하는 청소년 문화해설사 자격을 가지고 있다. 요즘 제일 재미있고 기억에 남았던 문화해설사 경험은 BTS방탄소년단 팬이라는 인도네시아에서 온 또래 소녀 친구 야스민Yasmin에게 경복궁의 역사를 소개시켜주면서 친해져 가끔 이메일로 서로의 안부를 묻고 지내는 사이가 된 것이라고 한다.

"엄마! 들어보세요! 야스민의 엄마가 약속을 했대요! 혜성이가 인도네시아에 오면 자기 집으로의 초대는 물론 자카르타 관광하는 데 필요한 모든 것을 제공해준다고요."

우리 딸이 글로벌 친구들과 지내는 모습이 부럽기도 하고 대견해 보였다. 그 모습을 지켜보고 자란 둘째 성우도 영어로 외국인과 대화하는 것에 익숙하다. 요즘은 꽤 알아듣기 어려운 영화나 드라마도 척척 다 이해하고 엄마에게 설명까지 해준다.

"영상을 보면 영어 공부가 지루하지 않고 놀이처럼 느껴져요. 책만 읽을 때보다는 기억이 더 생생하게 오래 남아요."

얼마 전 주말이었다. 우리 가족 모두 영어도서관에서 각자 읽을 만한 책을 꺼내 보며 여유로운 시간을 보내고 있었다. 문득 이런 생각이 들었다.

'이 모습이야말로 예전 내가 꿈꾸었던 모습인데……'

처음 아이보람을 시작할 때, 그저 아이들이 지금의 모습처럼 영어를 즐기고, 한글책처럼 영어책을 편안히 읽고 이해하면 좋겠다는 꿈이 있었는데 그 꿈이 현재 이렇게 이뤄졌다니! 아이들에게 무엇을 더 바랄 것인가?

대부분의 대한민국 부모들은 영어 울렁증을 아이에게만큼은 물려주고 싶어하지 않는다. 그래서 큰돈을 쏟아붓더라도 영어유치원, 영어학원, 해외 연수까지 영어 교육에 올인한다. 하지만 그렇게 들인 비용과 에너지만큼 영어 말하기 실력에 충분한 효과를 못 보는 것을 보면 참 안타깝다.

나는 생각한다. 현재 우리 아이들 영어 교육에 필요한 것은 '시계'보다 '나침반'인 것 같다고. '얼마나 빠른가' 보다는 '얼마나 올바른 방향으로 가고 있느냐' 하는 것이 더 중요하다는 생각이다. 아이보람을 일찍 알게 된 것은 나와 우리 아이들에겐 큰 행운이었다. 아이보람은 우리 아이들에게 '영어 자신감'을 심어주었고, '자존감' 높은 꿈나무로 자라는 데 큰 원동력이 되어주고 있다.

25

다둥이 네 자매 엄마도 할 수 있었어요!

이윤정 · 김요게벳 어머니

● **도대체 뭘 했기에 미국 아이처럼 발음하지?**

저는 꽃보다 예쁜 네 딸의 엄마입니다. 사춘기를 예행연습하며 가끔 엄마 속을 뒤집어놓는 12살 첫째 딸, 예술적 끼를 갖고 가끔 다양한 제스처와 물개 소리로 저를 당황케 하는 9살 둘째 딸, 저를 꼭 닮아예쁘고 집요한 성격의 6살 셋째 딸, 타고난 귀염성을 가지고 엄마를마음껏 조종하는 4살 막내딸. 아이들 덕분에 저는 '잔.소.리' 라는 기능을 얻게 되었죠!

아이보람을 처음 접하게 된 건 3년 전 여름 방학을 맞아 놀러온 조카 때문이었습니다. 아이들과 놀다 잠시 해야 할 것이 있다며 조카는 가방에서 영어 CD를 꺼내 틀고 따라하기 시작했습니다. 그리고 저는 제 귀를 의심하지 않을 수 없었습니다.

'외국에서 살다온 적이 없는데, 자주 만나 같이 놀기도 했고 심지어 영어학원에 다니지 않는다는 것도 알고 있었는데, 저렇게 외국 아이처럼 발음을 할까?'

미국 아이를 보는 것처럼 원어민의 소리가 조카의 입에서 흘러나왔습니다. '도대체 조카는 무엇을 한 거지?' 마음속에서 궁금증이 쏟아져나올 때쯤 언니가 입을 열었습니다.

"매일 영어 만화를 보면 영어를 알아듣는다! 만화를 통해 실제 생활 영어를 자연스럽게 익히게 되거든!"

만화만 보면 저런 발음이 나올까 의심이 들 때쯤 또 얘기를 해주었습니다.

"쉬운 영어책으로 시작해서 CD를 틀어놓고 글씨를 손으로 따라가며 보고 또 그것을 말로 따라 하다보면 아이가 원어민처럼 발음하게 돼!"

그러면서 본인이 하고 있는 '아이보람'이라는 엄마표 영어에 대해서 소개를 해주었습니다.

당시 저는 세 딸아이가 있었고 뱃속에 막내를 임신한 상태였습니다. 아이보람을 다니게 되면 잘 해내고 싶은 마음이 있었지만 지금 상태로는 잘할 수 없다는 판단을 내렸고, 막내가 태어나 신생아 시기만 지나면 달려가리라 마음속으로 다짐했습니다.

드디어 막내가 태어나 혹독한 시간을 치른 후, 마침 첫째가 3학년이 되었을 때 아이보람으로 달려갔습니다. 엄마표 영어의 확실한 효과를 확인하고 싶어서 일부러 아이에게 알파벳도 가르쳐주지 않았고, 대신 가기 전까지 매일 영어 만화를 보여준 상태였습니다.

● 다른 집 아이를 보지 말고 내 아이 그대로 인정해주세요

처음 DVD를 볼 때는 평소 TV를 자주 보지 못하다가 원 없이 만화를 보게 되니 아이는 축제의 분위기였습니다. 하지만 뛰어놀기 좋아하는 아이가 3시간 내내 엉덩이를 붙이고 보는 것은 쉬운 일은 아니었습니다. 게다가 수영이며 피아노며 다니는 학원들과 병행하려니 시간이 촉박했습니다. 저는 우선순위가 무엇일까를 곰곰이 생각하다, 우선 영어가 익숙해질 때까지 영어에 집중하자는 결론을 내리고 피아노만 남겨두고 다른 학원을 정리했습니다.

그런데 시간이 갈수록 엄마표 영어는 기대만큼 쉬운 일은 아니었습니다. 고속도로처럼 실력이 쭉쭉 뻗어가는 아이들도 있었지만, 평소 무엇이든 잘 해낼 것 같았던 자랑스러운 우리 아이의 실력은 현실과 달랐습니다. DK 4바퀴 때 '연따' 라고 영어 문장을 보지 않고 들으면서 바로 따라하는 것인데, 유창하게 잘 따라하는 다른 아이들과 달리 우리 아이는 5줄 문장 중 두세 단어만 따라해 눈앞이 캄캄했습니다.

저는 아이를 다그치기 시작했고, 그날은 다른 날보다 오랜 시간 동안 아이를 붙잡고 씨름을 했던 것 같습니다. 잘하는 아이들과 똑같이 수준을 맞추고 싶었던 것입니다.

하지만 어리석은 생각이었습니다. 이제 막 영어를 접한 아이가 어떻게 잘 따라할 수 있나! 그때 갖춰야 할 자세는 다른 집 아이를 보지 말고 내 아이의 수준을 인정하는 것이었습니다. 포기하지만 않으면 결국 하게 되니까요!

나중에 보니 아이들마다 잘하는 부분이 조금씩 달랐습니다. 안타깝게도 이 산을 넘기지 못한 몇몇 엄마들은 몇 개월 만에 관두는 경우도 보았습니다. 그 이유는 다른 아이들과 결과의 차이가 드러나 보였기 때문이었습니다.

하지만 첫째 아이는 옹알이 같던 4, 5, 6바퀴를 7바퀴째가 되자 드디어 제대로 따라 하기 시작했습니다! 계단식 성장이었던 것입니다. 참고로 둘째는 11바퀴째 제대로 된 발음을 하게 되었습니다. 그래서 저는 포기하지 않으면 된다고 말하고 싶습니다. 엄마표 영어는 엄마의 자신과의 싸움입니다.

첫째는 꾸준히 노력하여 DK 10바퀴 후 테스트를 봤는데 우수한 성적으로 통과를 했습니다. 시험을 마치고 나올 때 심사하시는 분께서는 "이 아이는 걱정 없으시겠어요!" 라고 말씀하셨습니다. 신기하게도 DK 10바퀴를 끝내고 나니 아이는 DK에 나오는 단어 문장들을 술술 읽었고 저절로 파닉스가 떼어지는 것 같았습니다. 집중듣기도 몇 개월에 한 번씩 책 수준을 높여가며 꾸준히 하니 점점 어려운 책도 잘 소화를 해냈습니다.

처음 1년 간의 과정은 힘들게 느껴졌습니다. 하지만 꾸준히 하면 결과가 있다는 것에 대한 확실한 믿음만 있으면 됩니다.

● 제일 잘 하진 못했지만 아이만의 속도가 있었어요

하루는 아이가 하기 싫어 질질 끌다 밤 11시에 끝난 적이 있었는데 늦은 시간이지만 밖에 나가 20분이라도 놀아주고 편의점에서 좋아하는 것을 사주고 들어왔습니다.

또 주말이면 숙제가 끝나면 어디든 가서 스트레스를 풀어주려고 노력했습니다. 그러면서 아이에게 약간의 변화가 생겼습니다. 영어 숙제를 해야만 다른 것을 할 수 있다는 것을 알게 되자 학교 숙제는 학교에서 끝내고 오고, 심지어 수행평가를 대비하여 수업 후 수업 내용을 정리하고 오는 등 자기 일을 스스로 대비하기 시작한 것입니다.

첫째는 알파벳도 모르고 3학년 때 영어를 처음 시작했으니 학교 영어시험은 처음에 조금씩 틀려왔습니다. 그러나 저는 개의치 않았습니다. 4학년 때에는 자신이 아직 부족하다고 느꼈는지 반에서 자기보다 영어를 잘하는 아이들 이야기를 하기도 했습니다. 그러면서도 학교 원어민 선생님과 이야기를 하고 싶어서 만화에서 대사를 외워서 가기도 했습니다. 그런데 5학년이 되자, 반 아이들 사이에서 '영어 천재'로 불리게 되었습니다!

원어민 선생님의 말을 알아듣고 간간히 대화도 하고, 선생님이 새로운 영어 단어를 불러주셨는데 자기 혼자만 다 받아적었다고 합니다. 그것만으로도 영어 천재로 불리지 않았을 텐데, 원래 내성적이고 자신감이 적었던 아이의 성격이 영어로 자신감을 얻으면서 주도적인 성격으로 많이 변했던 것입니다.

저희 아이는 팀에서 그리 잘하는 아이가 아닙니다. 다른 아이들은 무엇이든 척척 잘하는 것처럼 보이고, 그럴 때마다 포기할까 하는 생각도 했습니다. 그런데 초심! 다른 아이 보지 말고 3~4년만 버텨보자는 마음으로 임하니 비로소 제 아이가 늘어가는 모습이 보입니다. 방방 뛰기만을 좋아했던 아이가 앉아서 무언가를 꾸준히 할 수 있는 습관 또한 길러졌으니까요.

● 포기하지 않고 하는 것, 그 자체만으로도!

주변에 엄마표 영어를 쉽게 하는 것처럼 보이는 엄마들이 있습니다. 관찰해보면 그분들의 자녀들은 어려서부터 책 읽는 습관이 잘 잡혀 있고, 스트레스를 많이 주지 않고, 아이가 흥미를 가지고 할 수 있게끔 잘 맞춰주어 엄마가 옆에서 인도만 해주면 커리큘럼을 완벽히 소화하는 모습을 종종 보게 됩니다.

하지만 저는 그러지 못했습니다. 아이들 수가 많아 신경을 덜 쓰게 되었고 아이의 책 읽는 습관을 잘 잡아주지도 못했습니다. 네 아이를 키우면서 아이보람을 하는 것은 결코 쉬운 일이 아닙니다.

들리는 소리가 영어 소리인지 그냥 떠드는 소리인지 구분이 안 될 정도로 시끄러운 집이었지만, 매일 영어를 보고 듣고 따라하니 아이 발음이 원어민이 되어갔습니다. 두꺼운 영어책을 읽고 이해하고, 원어민과 대화도 가능하게 되고, 시간이 지나 성장한 아이를 보고 깜짝 놀라게 됩니다.

둘째도 1년 전 1학년이 되어 영어를 시작했습니다. 둘째 아이는 말이 늦어 7살이 돼서야 한글 말을 제대로 했습니다. 그러니 영어는 오죽이나 어려웠을까요! 남들 한 번에 하는 발음을 둘째는 100번은 해야 했습니다. ABC를 쓰라 하니 글자인지 지렁이인지 글씨 하나 쓰는 데 반나절이 걸립니다. 전혀 가능성이

보이지 않는 날이 100일 중 90일이었습니다. 울며 겨자 먹기로 포기하고 싶은 마음을 꾹 누르고 매일 하는 것에 의미를 두고 했습니다.

그런데 아이가 영어를 스스로 읽고 해석을 하고 책을 이해하고 아

직 발음은 좋지 않지만 빠른 말도 따라 하기 시작했습니다. 이 아이가 어느 학원을 다녀서 이런 성장을 거둘 수 있을까요? 점이 모여 선이 되고 선이 모여 면이 되는 것처럼, 아이는 영어의 면을 자기 나름대로 채워가고 있었습니다.

지금도 훌륭한데, 3~4년이 지났을 때는 어떨지 기대가 됩니다. 저희 아이는 영어뿐 아니라 목표를 이루기 위해 다른 것을 포기하는 것과 인내심도 배웠습니다. 아이와 많이 실랑이도 하고 씨름도 해서 관계가 나빠질까 걱정했는데 그렇지 않았습니다. 오히려 커리큘럼이 모두 끝날 때까지 엄마인 저를 믿고 따라와주기로 했습니다.

더 성장할 우리 아이들의 앞날을 꿈꿉니다.
혹시 이 글을 보시는 누군가에게 말씀드리고 싶습니다.
용기를 가지고 아이와 함께 도전해보세요!
포기하지만 않는다면 모든 것이 가능합니다.

26

14년의 특별한 인연과
더 빛날 미래를 꿈꾸며

도주원 • 조서희 어머니

● 영어가 아이들에게 날개를 달아주다

나는 대학교 3학년 딸과 고등학교 2학년 아들의 엄마이며 묵동 직영센터 부원장으로 일하고 있다. 14년 전, 큰딸이 초등학교 2학년을 시작하며 영어를 고민하던 차에 아이 친구 엄마로부터 아이보람을 소개받고 '어떤 건지 들어나 보자' 하는 마음으로 갔다가 뭔가에 이끌리듯 그 자리에서 등록했다. 아이보람과의 인연은 그렇게 시작되었다.

큰딸뿐만 아니라 5살 아들까지 너무 행복해하며 비디오지금은 DVD 이지만 그 당시엔 비디오였다를 보는 모습을 보며 잘 선택했다고 뿌듯해하며 하루하루를 진행해나갔다. 그때까지만 해도 엄마표 영어가 많이 알려지지 않을 때라 남편도 협조적이지 않았고 주변에서도 '이렇게 해서 되겠냐'며 걱정을 하는 모습이었다. 그래도 신나게 영어 노래를 따라 부르며 비디오를 보는 아이들의 모습에 힘을 얻어 계속 진행할 수 있었다.

매일 생활 속에서 진행되는 작업이다 보니 중간 중간 힘든 시기도 있었지만 난 한 번 시작한 건 끝까지 해내는 성격이어서 힘든 과정이 있어도 포기하지 않았다. 만약 내가 혼자 했다면 계속 해나가기가 무척 힘들었을 텐데 매주 센터에 나가서 본원장님께 일지 점검을 받고 함께하는 엄마들과 서로 힘을 주는 시간이 있었기에 좀 더 수월하게 해낼 수 있었다.

그렇게 시작한 딸이 지금은 어엿한 대학생이 되어 누구보다 적극적으로 열심히 살아가고 있는 모습을 보면, 아이보람을 알게 된 게 얼마나 큰 복인지 감사한 마음이 넘쳐난다. 초등학교 때 아이보람을 졸업하고 학원 한 번 안 다니고 중고등학교 과정을 스스로 공부해 나간 것도 너무나 기특했는데, 대학에 가고 보니 '영어를 언어로 만들어준 것이 아이에게 날개를 달아준 것이구나' 감탄한 적이 한두 번이 아니다.

● 전 세계에서 자유를 누리는 딸아이의 청춘

우리나라 대부분의 아이들이 끊임없이 영어에 많은 돈과 시간을 투자하지만 단지 시험을 잘 보기 위한 공부였기에 대학 가서도 듣고 말하지 못해 힘들어하는 것을 많이 보았다. 그런 아이들 속에서 우리 딸은 언어의 자유로움으로 인해 선택할 수 있는 것도 많아지고 경험의 폭도 넓어지며 적극적으로 자신 있게 해나가는 모습이 너무 멋지고 부럽기까지 했다.

대학 1학년 땐 유럽 카니발 축제에 한국 대표로 뽑혀 유럽 7개국을 다녀오고, 2학년 때는 학교에서 진행하는 프로그램에 뽑혀 영국을 열흘간 무료로 체험하며 다녀왔다. 1, 2학년 땐 우리나라에 여행 온 외국인에게 가이드를 해주는 동아리에 들어가 전 세계 여러 나라의 사람들과 만나 우리나라를 소개하며 본인의 시야를 더 넓히기도 했다. 그때 만났던 외국인들과 지금도 연락하며 한국에 올 때마다 만나는 사람들도 있다.

올 여름엔 아프리카 케냐에 비전 트립을 다녀왔는데 그곳 아프리카 원주민 아이들도 학교에서 영어를 배워 일상생활 속에서 영어로 의사소통이 가능하다고 한다.

문법과 어휘, 독해 등 영어를 공부로만 받아들이고 시험 점수에만 매달려 있는 우리나라 아이들이 너무 안타깝다. 남들은 방학이면 하루 종일 영어학원에 다니며 공부하여 힘들게 보는 토익 시험도, 딸아이는 별다른 준비 없이 치른 첫 시험에서 900점 가까이 받는 모습을 보며 아이보람의 힘을 해가 갈수록 더 크게 느끼고 있다. 앞으로 직장인이 되면 또 얼마나 다른 놀라운 모습을 보여줄지 기대가 된다.

아이보람을 하며 얻은 또 하나의 소득은 영어뿐만 아니라 무엇이든 자기 주도적으로 스스로 하는 아이가 되었다는 것이다. 엄마나 학원에서 시키는 것만 하는 아이들과는 다르게 스스로 찾고 선택해서 하니 더 책임감을 갖고 하는 것 같다. 심지어 고3 때도 엄마가 학교에 상담 한 번 안 가고 자기가 선생님과 상담하며 스스로 대학과 학과를 선택해서 가더니 지금 너무나 재미있게 전공을 공부해나간다. 그런 딸아이를 보며 이게 다 학원 보내지 않고 집에서 혼자 영어를 해낸 힘으로 할 수 있게 된 것임을 확신하게 된다.

● 자신있고 적극적인 아들의 더 큰 꿈

둘째 아들은 어릴 때는 애니메이션을 많이 봐서인지 나중에 크면 디즈니나 픽사에 들어가고 싶다고 했을 정도다. 그림 그리는 것을 좋아해 비디오를 보고 나면 항상 그림으로 표현하던 아이였다. 어느 집이나 그렇듯이 둘째에게는 첫째만큼 신경 써서 안 시키고 자유롭게 키우다보니 큰아이만큼 체계적으로 하지 못했음에도, 영어는 가장 자신 있어 하고 외국인과도 거리낌 없이 영국식 발음으로 멋지게 소통하는 아들의 모습을 보며 아이보람은 역시 탁월한 선택이었음을 느끼곤 한다.

친구들은 모두 학원을 다니며 힘들게 공부해서 받는 점수를 아들은 혼자 스스로 하면서도 잘 해내고 있고, 수행평가는 오히려 학원 다니는 친구들보다 더 좋은 점수를 받고 있다. 학교에서도 영어 동화 만드는 동아리에 들어가 영어로 동화를 창작하기도 하고, 주니어 영자신문 학생 기자단이 되어 자신의 생각을 영어로 자유롭게 표현하기도 한다. 이번엔 학교 영어 말하기 대회도 신청하여 누구의 도움 없이 스스로 대본을 써 내려가며 준비하는 모습을 보며 또 한 번 감탄하기도 했다. 지금은 디자인을 전공하고 싶어해 미술을 하고 있는데, 나중에 영어의 자유 덕분에 세계에서 자기의 꿈을 더 넓게 펼쳐갈 아들의 모습이 기대가 된다.

아이보람은 나의 삶에도 변화를 가져왔다. 아이들 덕분에 엄마인 나도 아이보람의 강사가 되었고 지금은 강사 경력 8년차가 되어 부원장이라는 자리까지 올 수 있게 되어 얼마나 감사한지 모른다.

일을 할 수 있다는 것도 좋지만 아이보람을 하며 성장해가는 아이들을 지켜볼 수 있다는 것이 가장 큰 행복이다. 알파벳도 모르는 유치원생일 때 처음 만난 아이들이 아이보람 과정을 해나가며 점점 들을 수 있게 되고, 말할 수 있게 되고, 읽고 쓸 수 있게 되고, 지금은 주니어 헤럴드 영자신문 기자단이 되어 자기의 생각을 영어로 마음껏 표현하며 원어민과도 즐기며 대화하는 모습을 보며 너무나 놀랍고 뿌듯하고 큰 보람을 느낀다.

대부분의 엄마들이 자신이 힘든 게 싫어 아이들을 그냥 학원에 보내버리는 경우가 많은데, 힘들지만 매주 센터에 나와 수업을 듣고 집

에서 아이들과 부대끼며 열심히 진행해나가는 아이보람의 모든 어머
님들께 박수를 쳐 드리고 싶다. 특히나 직장을 다니면서도 아이보람
을 해나가는 어머님들은 정말 존경스럽기까지 하다.

　앞으로 우리나라의 모든 아이들이 아이보람의 방법으로 영어를 습
득해서 영어에서 자유로워지는 그날을 꿈꾸며　열심히 이 일에 사명
감을 갖고 해나갈 것이다.

27

살아있는 언어로서의 영어,
그 진정한 시작

변영혜 • 유예서 어머니

● 영어학원이 재미있을 수는 없는 걸까?

'나는 내 아이에게 왜 영어를 시키려는 걸까?'

아이의 영어 교육과 관련하여 나는 스스로 단 한 번도 이런 질문을 해본 적이 없었다. 나름 유아교육을 전공한 엄마로서, 영어유치원에서 일하는 외국인 친구와 이중언어 교사 친구를 두고 있는 엄마로서, 영어는 그냥 당연하게 '내 아이가 잘했으면 하는 것, 아니 우리 아이는 꼭 잘해야 하는 것'이었다.

아이가 6살이 되자 유치원 방과 후 프로그램으로 영어학원에 보냈다. 파닉스 중심의 프로그램이 마음에 들었다. 영어의 기본은 파닉스라는 생각이 굳게 자리 잡고 있었기 때문이다. 거의 1년을 보내던 중, 친구 집에 놀러갔다가 친구 딸아이 이야기를 듣게 되었다. 초등 3학년인 아이가 영어학원에서 두꺼운 교재를 들고 몇 시간씩 엉덩이를 붙이고 공부를 한다는 것이었다. 정말 대단하다고 칭찬하면서 나는 친구 딸아이에게 물었다.

"영어 공부 재미있니?"

그런데 돌아온 답은 당황스러웠다.

"아니요! 재미없어요. 제일 먼저 그만두고 싶은 학원이 영어학원이에요!"

무슨 말을 어떻게 해야 할지 떠오르지 않았다. 아이 엄마인 친구는 대수롭지 않게 넘겼다.

"학원을 재미있다고 하는 애가 어디 있어. 그냥 다녀야 하니까 다니는 거지."

강남에 사는 그 친구는 아이 영어학원에만 월 50만 원을 내고 있으며 높은 레벨의 탑클래스에서 우수한 성적을 유지하려면 그 정도 학습은 해야 한다고 덧붙였다.

'과연 그럴까? 재미있게 영어학원을 다니는 아이는 정말 없는 걸까?'

하긴, 나 자신을 돌이켜 생각해봐도 학원을 재미있게 다니지는 않았던 것 같다. 학원 가는 잠깐의 그 시간에 집과 독서실이 아닌 바깥 공기를 쐬어 좋았고, 좋아하는 남학생을 보러 가는 게 좋았고, 친구들과 수다 떠는 시간이 좋았다. 그게 전부였다는 생각이 그제야 났다.

● 아이를 위해서일까, 부모의 대리만족을 위해서일까?

뒤이어 이런 물음이 떠올랐다.

'내 아이는 영어학원 다니면서 즐거울까?'

떨리는 마음으로 아이에게 물어보니, 다행히도 아이는 영어학원이 재미있다고 했다. 마음속으로 '휴, 다행이다' 라는 혼잣말을 채 끝내기도 전에 아이는 딱 부러지게 말했다.

"근데 나 7살부터는 영어학원 안 다니고 싶어요."

이게 무슨 말이지? 재미있지만 더는 안 다니고 싶다고? 재미있는데 왜 안 다니고 싶다는 거지? 그건 재미없다는 말이랑 같은 거 아닌가?

안 가겠다는 아이에게 학원을 강요하고 싶지는 않았다. 영어학원에서 문법과 파닉스를 배우며 수십 개의 단어를 외우고 높은 레벨을 받는 것만이 정답은 아닐 텐데……. 그런데 학원을 안 보내면 도대체 영어교육을 어떻게 해야 하는 거지?

답은 발견하지 못한 채 수많은 질문 속에서 헤매던 그때, 아이보람을 알게 되었다. 학원에 맡기는 것이 아닌 엄마표 영어교육이라니! 설명회까지도 기다릴 수 없어서 개인 상담을 받으러 갔다. 그런데 그곳에서 들은 첫 마디가 다음 질문이었다.

"어머니는 영어를 왜 시키세요?"

뒤통수를 제대로 맞은 기분이었다. 비유가 아니라 말 그대로 '이게 뒤통수 맞는 기분이라는 거구나' 싶을 정도로 커다란 충격을 받았다. 수많은 고민과 질문 속에서도 가장 기본적인 질문을 스스로 해본 적이 없음을 깨달은 것이다. 어버버버버 하면서 겨우 이렇게 대답했다.

"우리 아이가 외국인을 만났을 때 유창하게는 아니어도 겁내지 않고 대화할 수 있는 용기와 즐거움이 있었으면 좋겠어요."

그 순간 내 입에서 나온 말을 듣고 깨달았다.

'나는 나의 부족함을 아이로 하여금 대리만족하기 위해 영어를 시키려고 했구나.'

강사님의 그 질문 하나에 나는 길을 찾은 느낌이었다. 나의 영어 열등감을 아이를 통해 보상받으려는 강요된 학습이 아니라 아이가 즐겁게, 아이가 하고 싶어서 하는 살아 있는 언어로서의 영어교육!

'그래, 영어는 아이가 즐겁게 즐기면서 스스로 해나갈 수 있게 해주는 게 맞는 거야!'

아이보람이 추구하는 모국어식 영어교육법에 확신이 들면서 이미 마음은 아이보람하는 엄마가 된 순간이었다.

● **학습이 아닌 살아있는 언어로 다가오다!**

나는 영어에 대한 갈망이 높아서 아이가 5살 때부터 거의 매일 영어 DVD를 30분씩 보여주었다. 겁이 많고 새로운 것에 적응하는 데 오래 걸리는 아이라 처음 보여준 '까이유'를 CD가 튈 때까지 보고 또 보았다. 다른 DVD를 보여주려 하면 절대 안 보겠다고, 까이유만 보겠다고 했다. 아이의 이런 DVD 편식이 염려되면서 과연 아이보람을 잘 해나갈 수 있을까 걱정도 많았다. 하지만 그 또한 나쁜 것이 아니라는 강사님의 말씀에 용기가 났다. 그렇게 용기 내어 아이보람을 시작한 지 어느덧 6개월. 엄마표 영어교육의 씨앗이 이제 겨우 작은 새싹으로 돋은 귀여운 새싹반 엄마와 아이다. 영어라는 긴 레이스를 펼쳐가기에 갈 길이 먼 우리지만 아이보람을 하면서 나와 아이는 참 행복하다.

가장 즐거운 것은 CD를 들으면서 영어책을 함께 보는 시간이다. 아이가 태어나면서부터 읽어주었던 영어책들은 아이보람을 하면서 비로소 제대로 빛을 보기 시작했다. 우리 아이는 틈만 나면 책꽂이 앞으로 달려가서 책을 뽑아들 정도로 무척이나 책을 좋아하는 편이다. 그 덕분에 한글을 읽고 쓰는 것은 자연스레 떼었다.

그런데 한글 책을 스스로 읽게 되면서 그만큼 영어책과는 멀어져갔다. 전적으로 엄마가 책을 읽어줄 때에는 영어책도 적절히 섞어서 읽어주었지만, 아이 스스로 독서를 하게 되면서 한글 책을 읽는 비중이 압도적으로 높아지는 반면 영어책에는 먼지가 쌓여갔다. 그런데 아이보람을 하면서, 책꽂이에 꽂힌 영어책을 아이 스스로 꺼내서 읽기 시작했다. 영어 동화책을 함께 읽고 있던 어느 날이었다. 아이가 활짝 웃으면서 이렇게 말하는 것이다.

"엄마, 이 책이 이렇게 재미있는 책인지 몰랐어요!"

아, 아이가 한글책의 재미를 느끼듯 영어책의 재미를 느끼는구나! 영어가 단지 학습이 아니라 살아 있는 언어로 아이에게 자리 잡고 있구나! 아이보람을 선택한 엄마로서 진심으로 뿌듯한 순간이었다.

● 일주일 중 제일 기다려지는 아이보람 가는 시간

요즘 아이는 혼자서 영어책을 보며 키득
키득 웃곤 한다. 영어책을 읽어나가는 자
신이 무척이나 대견한지 아이의 얼굴에는
자신감이 흘러넘친다. 지금은 집중듣기를
하면서 연따도 해보고 스스로 책을 읽으
려고 한다.

DVD 편식도 사라져서 다양한 장르의 DVD를 즐겨보고, 그리도 싫
어하던 공주가 나오는 영화에도 이제 관심을 갖게 되었다. 최근엔
〈겨울왕국〉의 주제가 'Let it go'를 열심히 듣고 따라하며 외우더니 틈
만 나면 영어로 노래를 흥얼거린다. "엄마, 제발 엘사 드레스 사주면
안 돼요?"라는 부탁을 애절하게 덧붙이면서 말이다.

아이와 나는 일주일에 한 번 아이보람 가는 시간을 함께 기다린다.

'이번에는 어떤 DVD를 빌릴까? 어떤 책으로 집중듣기를 할 수 있
을까?' 궁금해 하면서 말이다. 영어학원에 보내고 있었다면 내 아이
는 어떻게 지냈을까? 이렇게 영어라는 언어에 스스로 호기심을 키워
갈 수 있었을까? 영어 동화책 읽기의 재미를 스스로 깨달아갔을까?
CD를 집중해서 들어보는 시간을 즐거워했을까?

읽고 보고 듣고 따라 말하고 게임으로 알아가며 영어라는 언어를 즐겁게 받아들이기보다는 아마도 아이는 매일 학원 숙제하기 바빴을 것이다. 아이와 영어를 함께 하기보다는 나는 한 발 떨어져서 영어 숙제 다 했느냐고, 영어 알파벳 똑바로 쓰라고, 아이를 체크하고 재촉하고 타박하기 바빴을 것이다.

물론 앞으로 장애물도 있을 것이라 생각한다. DVD 보기 싫다고 하는 날도 있을 테고, 영어책 읽기 힘들다고 쉬고 싶다고 하는 날도 있을 것이다. 하지만 나는 확신한다. 아이보람과 함께 하는 지금의 재미있는 기억이 아이의 회복탄력성의 원천이 되어서 때때로 들이닥칠 영어 권태기를 이겨낼 힘이 될 것이라고 말이다.

Part **3**

아빠가 선택한

아이보람 영어교육법

01

아빠의 육아 휴직

김현 · 김다희, 김지희 아버지

● 아빠의 육아 휴직과 함께한 아이보람

나는 10살, 9살 연년생 두 딸의 아빠다. 2018년, 아내 대신 육아 휴 직을 하게 되었다. 아빠의 육아 휴직은 쉬운 일이 아니었지만 둘째가 초등학교를 입학하는 시기였고 아빠와 자녀의 친밀한 관계 형성이 중 요하다는 것을 잘 알기에 고민 끝에 육아 휴직을 결정했다. 다행히 두 딸은 아빠의 휴직 결정을 환영해주었고 평소 아이들을 좋아하고 자녀 와 잘 놀아주는 편이었기에 아이들과의 생활은 어렵지 않았다.

집안일 뿐 아니라 아이들의 학습까지 책임져야 하는 나에게 아이들 의 영어 공부가 걱정이 되었다. 유치원에서는 주 3회 영어 수업을 했는데 오히려 초등학교에 들어가면서 우리 아이들은 영어 공부를 하지 않았다. 물론 불안했지만 어떻게 해야 할지 모르겠다는 핑계로 1년을 보내버렸다.

첫째 딸 다희가 2학년이 되면서 3학년 영어 교과수업에 대한 부담이 생기기 시작했다. 주변 같은 학년의 다른 엄마들도 똑같은 걱정과 부담감을 가지고 있었는지 대부분 좋은 어학원을 찾아 보내기 시작했다. 우리 부부는 점점 조급해졌다.

이러다가 우리 아이들만 학업능력이 뒤처지게 되는 것은 아닐까? 부모로서 자녀에게 최선을 다하고 있지 않는 것은 아닐까? 걱정스러운 마음이 가슴을 조여왔다.

● 내 딸들의 영어 공부의 목표는 무엇인가?

우선 우리 부부는 딸들에게 정말로 영어가 필요한지를 생각해보았다.

몇 년 전 전자상거래의 대표업체 이베이코리아 변광윤 대표가 학생들을 대상으로 'Connect by Software'를 주제로 코딩 강의를 했었다. 그 강의에서 변 대표가 강조한 사항은 코딩이 아닌 영어 학습이었다. '인터넷에 공개된 정보의 약 83%가 영어로 되어 있기'에 자신이 탐구하고 싶은 분야를 깊이 있게 공부하기 위해서는 영어가 기본적으로 되어 있어야 한다고 강조하였다.

내가 생각하는 영어 학습의 목표가 바로 이것이었다. 내가 석사과정 논문을 준비하면서 찾은 정보의 많은 부분도 영어로 되어 있었지만 영어가 짧아 너무 불편했다. 그래서 우리는 영어 공부의 목표를 자신이 하고 싶은 일이나 공부를 하는 데 어려움이 없도록 도와주는 것으로 두었다.

여기까지 결정하고 나자 또 다른 고민거리가 생겼다. 바로 "어느 학원을 보낼 것인가?" 였다. 나는 교육 관련 업종에 종사하고 전공이 영어와 무관하지 않았다. 하지만 원어민을 만나면 간단한 인사 정도밖에 할 수 없다. 이것은 내가 학창시절에 영어를 게을리 했기 때문일 수도 있지만 '교육과정의 구조적 문제' 일 수도 있겠다는 생각을 늘 해왔다. 때문에 아이들을 어느 학원을 보낼 것인가가 너무 고민스러웠다.

그러나 중·고등학교 영어 성적을 잘 내기 위한 영어 학습 방법은 정말 무의미하다고 생각했으며 학원의 수업 방법은 매우 회의적이었다. 아이 둘을 어학원에 보내는 것은 경제적으로도 고민스러웠고, 학원 숙제 때문에 힘들어하는 주변 아이들을 보면서 내 아이는 그렇게 키우고 싶지 않았다.

● **아이보람의 모국어 습득 방식, 바로 이거다!**

사실 엄마표 영어에 관심이 있어 몇몇 교재를 구입하여 몇 번 시도

했다가 실패를 한 적이 있다. 그러던 중 지인의 소개로 아이보람을 알게 되었다. 내가 아이들에게 하고 싶었던 영어 학습 방법과 일치하였고 일단 내가 힘들어하던 영어 교재영어책, DVD 선택 문제 등을 도와주는 방법 등이 참으로 만족스러웠다.

어느 언어학자가 말하길 아이가 단어를 말하기 위해서는 20,000번을 들어야 가능하다고 하였다. 우리가 모국어를 습득하는 순서를 천천히 살펴보면 먼저 많이 들으며 대화하는 과정을 이끌어가고 그 후 이해하지 못한 문자책를 보며 저절로 습득하게 된다. 마치 생후 1년이 안 된 아이들에게 계속 말을 해주고 그 후 앤서니 브라운의 책을 읽어주다가 말을 배우고 취학 전 즈음 글을 읽히는 패턴과 유사하다. 결국 글알파벳은 제일 마지막 순서인 것이다.

이러한 모국어 습득 방법으로 커리큘럼이 짜여 있는 곳이 바로 아이보람이었다. 우리 부부는 더 깊은 상담을 받고자 본점을 찾아 갔다. 그때 상담을 해주셨던 선생님의 말씀을 듣고 기존 아이보람에 대해 생각하고 갔던 것과 일치하여 믿음을 갖고 본격적인 아이보람 프로그램을 시작하게 되었다.

첫 세 달 '터잡기' 프로그램을 진행할 때 약간의 걱정이 몰려들었다. 아이들이 영어 공부를 시작했는데 아무것도 하지 않고 있다는 느낌 때문이었다. 터잡기 기간 동안 영어 공부는 흘려듣기 1시간과 DVD로 영화를 보는 것뿐이었다. 아이들의 영어 능력은 보이지 않고 평소에 보지 않던 TV를 매일 1시간 이상 보게 되니 미디어 노출에 대한 걱정과 불안이 늘 뿐이었다.

하지만 그때마다 나는 같은 과정을 겪고 있는 우리 반 엄마들의 이야기와 선생님의 응원, 여러 좋은 방법들을 들으며 그 걱정과 불안감을 덜어냈다. 결론적인 얘기지만 미디어 노출로 인한 문제점은 전혀 드러나지 않았다.

나는 아이보람을 시작하며 일주일에 6일 이상 흘려듣기, DVD, 집중듣기를 빠지지 않고 하기로 아이들과 약속을 하였다. 주말에 항상 밖에 나가는 우리 가족은 DVD 보는 시간을 확보하기 위해 승용차에는 노트북과 블루투스 스피커, 차량용 220V 충전기를 가지고 다니며, 지하철 탈 때에는 이어폰과 핸드폰을 꼭 가지고 다닌다. 지희는 차멀미가 굉장히 심한데 자신이 좋아하는 〈모아나〉, 〈몬스터 호텔〉, 〈스머프〉, 〈쿵푸팬더〉 등의 DVD를 보면 멀미를 하지 않는다. 그리고 이동 시간의 지루함을 덜 수 있어 일석이조의 효과를 보았다. DVD 시청이 지희의 차멀미를 해소해준 덕분에 우리는 주말에도 영어를 빠지지 않고 할 수 있게 되었다.

● **평범한 우리 아이들도 해낼 수 있었다**

우리 가족은 주로 저녁 식사 시간에 DVD를 본다. 심지어 외식을 하게 되면 DVD 보는 시간을 확보하기 어려워 외식을 덜하게 될 정도까지 되었다. 그리고 밥을 먹으며 DVD 시청을 하기 위해 식탁 위에는 노트북과 큰 모니터, 좋은 스피커를 구비했다. 우리 가족의 생활은 아이보람 프로그램을 하기 위한 방향으로 재정비된 것이다. 아이보람 프로그램을 빠뜨리지 않고 하려고 많이 노력했다.

내가 복직한 뒤 지금은 엄마가 육아휴직을 하여 아이보람 프로그램을 진행하고 있다. 아빠도 엄마도 아이보람 프로그램을 잘 알고 있기에 한 사람이 모임이나 회식으로 늦는 날도 어려움 없이 매일 할 수 있게 되었다.

프로그램 진행하면서 어려운 점이 있을 때 우리 부부는 함께 서로 격려해주고 보완해준다. 영어에 대한 우리의 대화가 많아지면서 아이보람 프로그램에 대한 확고한 생각을 같이 갖게 되었고 더욱 열심히 하게 되었다. 엄마, 아빠가 함께 할 수 있다는 점에서 다른 집들과 다른 장점을 가지고 있는 것이다.

일주일 6일 이상 성실하게 공부한 결과가 보이기 시작한 것은 다희가 DK 연따를 시작한 때부터였다. 다희가 연따를 몇 바퀴 진행했을 때는 내가 생각했던 것보다 잘하기 시작했으며 스스로도 영어에 재미를 느끼는 듯 했다. 1년이 지난 다희는 요즘 짧은 영어 문장으로 대화를 시도하기도 한다. 다희가 영어를 즐겁게 하는 모습을 보니 그 동안의 걱정과 불안이 사라졌다. 지희는 함께 시작했지만 지금은 언니보다 진도가 느리고 언니만큼은 잘하지 못한다.

하지만 말영어은 10살에 깨우치든 15살에 깨우치든 중요한 게 아니라고 생각한다. 언젠가 깨우치기만 하면 되는 것이다. 마치 걸음마를 10

개월 때 배우든 15개월에 배우든 중요하지 않은 것처럼 말이다. 다만 다희를 보면서 아이보람의 과정은 특별한 언어적인 능력을 가지고 있는 아이들만 성공하는 것이 아니라 우리 아이들처럼 평범한 아이들도 성실히 해나간다면 잘할 수 있다는 마음이 확고하게 들기 시작했다.

● 부부와 가족의 대화가 많아지다

아이보람을 통해 우리 아이들은 행복한 아이가 되었다. 먼저 아이보람을 진행하면서 아이들이 과정을 진행하며 겪는 어려움을 같이 공유하며 가족의 대화도 많아졌다.

보통의 3학년 아이들은 어학원과 각종 학원에 다니며 많은 시간을 보낸다. 다희 친구들은 종종 "나는 방과 후 학원 갔다 5시에 집에 들어가! 학원 무덤에 빠진 것 같아!"라고 말했다. 하지만 우리 아이들은 학원을 다니지 않아 방과 후 시간이 여유로워졌고 자연스레 자신이 해야 할 것들을 해결해나가는 아이들이 되었다. 아이들은 학원도 방과 후도 없는 날을 자랑 아닌 자랑을 하는 행복한 가족이 된 것이다.

아이보람은 영어 공부에 관한 해결 뿐아니라 나의 고민 해결소이자 힐링의 장소이자 정보 교환의 장소였다.

육아휴직을 한 나는 남자여서 아이들 학교에서 다른 엄마들과 쉽게 어울리기 어려웠다. 두 아이의 학교 전반적인 학교생활에 대해 궁금한 것은 많지만 물어볼 사람이 없는 나에게 여타 정보를 얻을 수 있었던 곳도 아이보람이었다.

특히 아이들의 학교가 다르기 때문에 더욱 더 숨김없이 우리 아이에 대한 학교생활, 생활습관, 교육방법 등에 관한 여러 가지 사항을 물어보고 공유할 수 있었고 그런 것을 같이 고민해주고 위로해주는 곳이기도 하였다. 1, 2학년 학부모인 나에게 3, 4학년 같은 반 선배 엄마의 조언은 정말 큰 도움이 되었다. 특히 우리 반 선생님은 아이보람 프로그램을 먼저 겪은 학부모이자 선생님이었기 때문에 내가 가려운 곳을 잘 알고 하나하나 도와 주셨다. 교육학과 관련한 풍부한 지식에 항상 수업 준비를 철저하게 해왔으며 남매를 키운 선배로서 배우고 터득한 지식을 아낌없이 조언해주었다.

수업 시간의 대부분을 엄마들의 질문을 답해주느라 또 엄마들끼리 정보 교환을 하느라 준비한 수업이 다음 차시로 밀렸던 게 여러 번이었던 것으로 기억된다. '학생의 수준은 교사의 수준을 넘을 수 없다'는 말이 떠오르며 아이보람 특성상 훌륭한 선생님을 만난 것에 대해 정말 감사하다.

우리 선생님과 같은 반 엄마들 덕분에 무사히 1년을 보내고 복직하게 되어 감사한 마음이 크다.

나의 육아휴직 1년은 '아이보람' 이다. 육아휴직 1년 동안 아이보람 코스웍을 진행했으며 가장 많은 시간을 투자했다. 그로 인하여 아빠 된 내 인생에서 가장 보람된 일이 되었다.

02

주입식 영어 공부의 해결법을 찾다

홍종찬 • 홍지안 아버지

● 학창시절 주입식 영어가 싫었던 50대 아빠 마음

'아이보람'을 시작한 지 어느덧 1년 6개월이 지나고 있는 초등학교 3학년 딸아이를 둔 50대 아빠입니다.

기억을 더듬어 보면 저의 학창시절의 영어 교육은 너무나도 딱딱하고 무미건조했습니다. 맹목적인 단어 외우기, 어려운 영어 문법 등등. 오로지 시험 성적을 올리기 위한 주입식 교육 위주였기 때문에 회화의 중요성은 먼 나라 얘기였지요! 어쩌다 거리에서 외국인이라도 만나면 얼굴만 붉히면서 더듬더듬 했었던 기억이 저 말고도 기성세대 학부모님 중에는 꽤 있을 거라 생각합니다.

'늦었다고 생각할 때 시작하라' 는 말도 있지만 뒤늦게 영어를 다시 배운다는 것도 말처럼 쉽지 않습니다. 그래서 딸아이의 영어 교육만큼은 회화를 잘할 수 있는 교육과정을 찾던 중이었습니다. 그러다 아내의 지인이 추천한 아이보람을 소개받게 되었습니다. 꽤나 흥미로운 교육 과정과 기존의 영어학원의 획일화된 교육과는 다른 차별화된 부분이 마음에 들어 지금까지 아이보람에서 계속해서 배우고 있습니다.

제가 느낀 아이보람 교육의 특별한 점 두 가지는 다음과 같습니다.

첫 번째, 듣기와 보기의 과정이 풍부하다는 점입니다. 초기 교육과정을 DVD 시청, 흘려듣기 등 아이가 흥미를 가질 수 있도록 시청각 자료를 많이 사용하면서 자연스럽게 영어에 대한 친숙함을 느낄 수 있도록 유도한다는 점이 매우 좋았습니다.

특히 교재나 DVD 어디에도 한글 해석이나 지문이 없다는 점이 특이했으며 심지어는 단어의 뜻풀이와 해석 역시 영어로 설명한다는 것이 차별화된 점이었습니다.

한편으로는 '단어의 해석 정도는 한글로 표시해야 하지 않을까' 하는 우려도 있었지만 시간이 지나면서 아이가 한글로 해석하고 표기하지 않아도 그 뜻을 알게 되는 것을 옆에서 지켜보면서 이러한 교육 방법이 진짜 영어를 배우는 입문 단계가 맞다는 확신이 생겼습니다.

또한 아이보람 교육 과정에서는 일반 한글책도 많이 읽기를 권장하고 있습니다. 국어를 잘해야 문장 실력도 향상시킬 수 있다는 의도이겠지요! 이 역시 개인적으로 중요하다고 생각됩니다.

'Multiple'이라는 교육 과정이 있습니다. 교재를 보면 어떠한 주제에 대해 그림과 영문으로 지문을 서술해놓고 객관식 문제를 푸는 과정인데요. 최근에 딸아이와 함께 풀어 보았습니다. 아빠인 저에게도 영문 주제 설명이 꽤 어려웠습니다. 문제 역시 지문 내용을 정확히 이해하지 못하면 풀 수 없는 것이었습니다.

그런데 저희 딸아이가 그 문제를 풀더라구요! 깜짝 놀랐습니다! A,B,C 외우던 때가 엊그제 같은데……. 그래서 혹시나 하는 마음에 제가 매일매일 보는 휴대폰의 네이버 영어회화를 보여주며 "무슨 뜻인지 알 수 있니?" 하고 물어보니 회화 지문을 단숨에 읽어내더니 해석도 정확히 얘기 해주더라고요!

또 한 번 놀랐습니다. 기쁨의 웃음이 저절로 나오더군요! 물개 박수치며 딸아이를 마구마구 칭찬해주었습니다.

● **아이도 부모도 함께 배우는 특별한 경험**

아이보람 교육의 두 번째 특별한 점은 부모도 함께 배운다는 점입니다.

가끔 아이가 학교를 마치고 올 때 마중을 나가면 아이 친구들과 만날 때가 있습니다. 그 친구들 중에는 영어학원을 다니는 친구들도 꽤 있더군요. 아내와 제가 아이보람을 선택한 이유 중 하나는 아직은 어린 아이 혼자서 학원을 다니며 영어 공부를 하는 것보다는 아내가 많이 힘이 들겠지만 그래도 아이와 아내도 함께 공부할 수 있는 영어 교육이 좋았습니다. 그래서 아이보람을 하루도 빠짐없이 아내와 딸아이가 함께 열심히 하고 있습니다.

물론 저도 휴일이면 딸과 같이 책상에 앉아서 즐겁게 하고 있습니다. 이 점이 굉장히 중요하다고 생각됩니다. 그저 시간 되면 가야 하는 일반 학원이 아닌, 부모가 아이와 함께 무엇인가를 꾸준히, 그것도 즐겁게 배우다보면 자연스럽게 아이보람을 배우는 시간이 생활의 일부분으로 느껴지며 영어 실력도 점점 향상되는 것을 알게 됩니다.

이제는 때때로 아이가 먼저 저에게 영어로 대화하자고 할 때가 있습니다. 그래도 아직까지는 아빠인 제가 영어 구사력은 몇 수 위이기 때문에 흔쾌히 수락합니다. 그러면 아이는 더 열심히 하려고 합니다. 생각나지 않는 단어는 손짓, 몸짓, 때론 한글 단어를 써가면서도 문장을 완성하려고 노력합니다.

그 모습을 보고 있으면 기특하기 짝이 없습니다. 역시 아이보람 교육 과정이 아이에게서 영어회화에 대한 생소함을 없애주었으며 그 자리에 영어에 대한 자신감을 심어주었기 때문에 가능한 일이라고 생각합니다.

시간이 지나면서 교재의 문장도 많아지고, 집중듣기 책자가 두꺼워지면서 글자량도 많아집니다. 공부해야 되는 분량이 점점 늘면서 아이가 지치지나 않을까 하는 걱정도 되지만 그만큼 교육과정을 잘 따라주어서 분량이 늘고 있다는 방증이기도 하니까 아이에게 그 부분을 설명해주면 아이도 나름 뿌듯해하는 것 같더군요!

學而時習之 不亦說乎牙 학이시습지 불역열호아
'배우고 때때로 그것을 익히면 그 또한 기쁘지 아니 하겠는가?'

배움에 대한 즐거움과 중요성을 강조한 〈논어〉1장 1편에 나오는 공자의 명언입니다. 이 말을 아이와 아내에게 해주고 싶습니다.
'아이보람을 하는 시간만큼은 아이보람의 교육 과정을 믿고 진지하게 꾸준히 임하다 보면 늘어가는 영어 실력이 기쁘지 아니한가?' 라고 말입니다!
끝으로 아이와 아내에게 한 마디 더 하면서 부족한 이 글을 마칠까 합니다.
"I'm so proud of you!"

03

엄마표 영어? 우리집은 아빠표 영어!

전우성 · 전예지 아버지

● **아빠표 영어가 불러온 가족의 변화**

2016년 1월 고등학교 동창 모임을 하던 중 친구들끼리 자녀교육에
대해 이야기를 나누었다. 그러던 중 한 동창이 아이보람을 하고 있는
데 정말 좋다며, 말로 표현할 수 없다고, 직접 경험해보라고 권유하는
것이었다.

평소 나는 영어 울렁증이 심해 해외여행 가는 것조차 두려워했다.
우리 딸은 영어로부터 편하게 해줘야겠다는 생각이 있어서 관심을 가
지고 아이보람을 검색해봤다.

'엄마표 영어? 난 아빠인데 내가 해도 되나? 한번 해보자!'

267

이런 마음으로 아이보람을 방문해 신규 등록을 하고 집에 왔는데 복병이 있었다. 바로 아내였다! 당시 아내는 엄마표 영어 방법을 공감하지 못하여 일반적인 영어학원에 보내고 싶어했다. 나는 우리나라 주입식 교육을 비판하며 와이프를 설득했다. 결국 내가 책임지고 진행하는 조건으로 아이보람을 하기로 했다. 그래서 '아빠표 영어'가 시작되었다.

그때 우리 딸은 5살로 아이보람 회원 중 어린 나이였다. 강사님이 예지는 천천히 꾸준히 해보자고 하셔서 그렇게 하기로 하고, 5년 과정인 아이보람을 10년 과정이라고 생각하고 시작했다. 다행히 우리는 TV와 핸드폰을 아이에게 오픈하지 않아 예지가 아이보람을 거부감 없이 시작할 수 있었다.

DK 수업을 들어가기까지 약 1년간 영상보기와 흘려듣기, 한글 동화 읽어주기를 하였다. 우리보다 늦게 들어온 언니, 오빠들이 DK를 시작하였지만 우리는 조급함을 가지지 않고 단단한 터잡기를 하고 있었다. 아이보람을 시작하고 1년 동안 아내와 두 번 정도 다툰 적도 있었다.

"남들은 DK를 시작하는데 왜 우리는 DVD만 보여주는 거냐", "시간 낭비 아니냐" 등이 주요 갈등 원인이었다 .

아내는 아직 믿음이 생기지 않는 모양이었다. 하지만 나는 "천천히 해보자, 내가 꼭 보여주겠다"라며 아내를 설득했다.

아빠표 영어를 하기로 했기 때문에 나부터 변해야 했다. 나는 퇴근 후 바로 집으로 와서 아이보람을 진행했고, 부득이하게 약속이 있는 날은 아내가 진행했다당시 우리 부부는 맞벌이를 하고 있었다. 그러면서 우리 가정이 변화하기 시작했다. 회식이 많았던 나는 아이보람을 진행하기 위해 최대한 약속을 줄였고, 특히 토요일 오전 수업을 위해 금요일에는 약속을 잡지 않고 가족과 함께 했다. 그러다 보니 예전보다 더 가정적인 아빠가 되었고, 더 화목한 가족이 되어갔다.

● 아빠, 엄마, 그리고 아이… 믿음으로 함께 하다

아이보람을 시작하고 1년이 되어 DK를 시작하는 날, 가족 모두 설레는 마음으로 함께 했다. 아이는 이제 6살이 되어 제법 영어를 따라하기 시작했다. DK를 처음에는 10개로 시작해서 15개, 20개로 차근차근 늘려가며 10바퀴를 도전했다. 그 후 DK를 마치기까지 무려 2년 5개월이 걸렸다. DK 테스트를 한 날에는 집에서 축하 파티까지 했다.

우리는 정말 천천히 진도를 나갔다. 와이프와도 이야기를 많이 나누어, 결국 함께 믿고 끝까지 해보기로 했다. 딸아이도 엄마 아빠의 아이보람 교육을 성실하게 따라와주었고, 서서히 영어의 자신감이 생기는 게 눈에 보였다. 우리 부부는 아이가 영어를 습관처럼 받아들이게 하기 위해 아이보람에서 가르쳐주는 대로 항상 칭찬을 아끼지 않앉고, 아이의 말을 공감하며 경청하고 대화를 많이 했다. '칭찬은 고래를 춤추게 한다'고 했듯이 칭찬을 통해 아이는 영어에 대한 자신감을 갖게 되고 영어에 대한 두려움도 없어졌다.

원래 우리는 집에서 TV를 보지 않았기 때문에 자연스럽게 한글 노출을 줄일 수 있었고, 보고 싶은 영화가 있어서 극장에 가면 더빙판을 보지 않고 자막판을 보여줬다. 또 보고 난 영화의 OST를 구입하여 항상 자동차에서 들려줬다. 영어 노래를 항상 들려줬더니 아이는 많은 애니메이션 OST의 영어 가사를 따라 불렀다. 가끔 동영상을 찍어 아이보람 카페에 올리고 예지한테 보여줬더니 더 자신감이 생기는 것 같았다. 다른 친구들이 한국 가요를 부를 때 예지는 팝송을 따라 부르며 자랐다.

예지가 변화하는 모습을 보고 우리 부부는 아이보람을 믿고 따라가야겠다는 확신을 얻었고, 2018년 1월부터는 아내도 함께 아이보람을 시작했다. 아내는 예지가 DK를 끝낼 때까지 무려 16바퀴를 진행하며 아이의 본보기가 되어줬다. 그러다 보니 예지가 아이보람을 하는 데 슬럼프 없이 여기까지 온 것 같다.

요즘 나는 주변 지인들에게 아이보람 이야기를 많이 한다. 부모의 믿음으로 자녀와 함께 하면 누구나 영어를 정복할 수 있을 거라는 확신이 들기 때문이다!

04

아이의 영어여행에
아빠도 함께합니다!

이관호 • 이규민 아버지

● 초등학교 2학년인데 영어를 해야 한다고?

규민이가 초등학교 2학년이 되던 해 설날, 떡국을 먹으며 아내가 "규민이도 이제 영어 공부를 시작해야 한다"고 이야기 했습니다. 중학교 1학년에 알파벳을 배우고 f 발음에는 휘파람을 불고 th 발음에는 혓바닥을 깨물며 장난쳤던 586세대 아빠인 저는 강하게 반대를 했습니다.

저는 '초등학교 저학년 때는 영어보다는 한글을 더 많이 읽어야 한다'는 소신을 가지고 있었고, 당시 규민이는 다른 친구들보다 한글도 빨리 익혔으며, 책도 많이 읽고, 아이가 구사하는 언어의 표현 수준이

어른들을 깜짝 놀라게 하기도 했었기 때문에, 영어는 4학년쯤 되어 시작해도 크게 늦지 않을 거라는 막연한 기대가 있었기 때문입니다.

그러나 아내 의견은 달랐습니다. 이미 많은 또래 아이들이 영어 공부를 시작한 상태이고, 이대로 시간을 더 보내면 영어유치원을 다녔던 아이들과는 격차가 매우 심해져 나중에는 따라가기 어려울 뿐만 아니라, 규민이가 나중에 영어 공부를 시작하는 시기에는 수준이 비슷한 동생들과 수업하게 되어 자존감에 상처를 줄 수 있다는 의견이더군요.

아내의 의견을 듣고 보니 매우 공감이 되었습니다. 그래서 규민이가 2학년이 되는 해부터 영어 공부를 시작하기로 결정했습니다만, 어떠한 방법으로 시작할 것인가에 대해 부부 간의 견해가 달라 상당 기간 의견 조율의 시기를 겪게 되었습니다.

사실 저는 이미 오래 전부터 아이보람의 존재에 대해 어렴풋이 알고 있었습니다. 현재는 중학생이 된 제 친구의 딸들이 초등학생 시절 아이보람에서 약 2년간 학습하는 동안 제 친구로부터 아이들이 재밌어 하는 DVD를 보며 영어 공부를 하고 있다는 얘기도 들었습니다. 교환교수로 미국에 가게 된 제 친구를 따라 미국 공립학교에 다니게 된 친구 딸들이 처음으로 현지 학교에 등교하던 날, 잘 적응할지 걱정하던 제 친구의 우려와 달리 수업도 알아듣고, 알림장도 적어오고, 점심도 잘 먹고 왔더라는 이야기를 들었습니다. 그래서 저도 '나중에 우리 규민이도 아이보람을 열심히 하면 아이가 미국에 놀러가도 밥은 굶지 않고 먹을 수 있겠다'는 근거 없는 기대감을 가지고 있었던 거지요.

그렇지만 아내는 조금 생각이 달랐습니다. 아내는 규민이가 또래 친구들보다 영어 공부 시작이 늦었다 생각하고 학원이나 과외 선생님을 염두에 두었던 듯합니다. 제가 아이보람을 추천하자 시큰둥해했거든요. 하지만 아내는 저의 끈질긴 요청으로 결국 아이보람 상담을 다녀오게 되고, 그 이후 제도권과 비제도권의 균형을 고집하는 아빠의 주장으로 규민이는 대형 영어학원과 아이보람을 동시에 학습하게 되었습니다. 4학년이 된 지금 영어학원은 그만두었고 아이보람을 통해서만 즐겁게 영어 공부를 하고 있습니다.

● 자신감 있고 적극적으로 변화하는 아이를 보며!

처음에는 아이보람이 그냥 DVD만 열심히 보면 되는 걸로만 알았는데 그게 아니더군요. 아이보람 덕분에 저희 부부는 아이가 DVD에 몰입할 수 있도록 TV를 시청하지 않게 되었고, 아이보람을 공부하는 시간에는 아이 옆에서 엄마, 아빠도 함께 책을 보는 등 우리 집 라이프스타일이 많이 달라졌습니다. 가족 여행을 갈 때도 DVD 플레이어와 각종 교재를 챙겨가느라 아빠가 짊어져야 할 여행 가방이 많이 무거워지는 아픔도 생겼습니다만, 아이가 하루하루 뭔가를 이루어가는 모습을 보는 재미가 더욱 쏠쏠했습니다.

규민이는 아이보람을 통해 보고, 듣고, 읽고, 쓰고, 말하기까지 오감을 총동원한 다양한 스타일의 학습을 단계별로 진행하고 있습니다. 단계별 내용이 반영된 DVD를 보고, 집중듣기와 잠자리 흘려듣기, 헤드셋을 쓰고 들리는 대로 큰소리로 따라 말하는 연따, 영어일기 따라쓰기, DK, 유로톡과 OPDI를 통한 어휘력 향상 및 다양한 영어 원서를 큰소리로 읽고 녹음하기 등 다양한 학습법에 잘 적응하고 있어 기특하기만 합니다.

아빠가 보는 관점에서 아이보람을 통해 아이가 성장하고 도전하는 모습을 보는 것은 또 다른 즐거움이었습니다. 규민이는 숫기가 없어 조금 소극적인 아이였습니다만, 아이보람을 통해 새로운 도전을 두려워하지 않고 자신 있게 수행하는 모습을 보며 놀라곤 합니다.

예를 들면 미미킹 컨테스트 참가를 위해 '아앙의 전설' 도입부를 따라하는 모습이나 퀸의 프레디 머큐리를 흉내 내는 장면을 찍을 때, 스스로 적극적인 의견을 개진하고 다양한 장면을 찍어보자며 자체 NG를 내가며 재촬영을 요구하는 등 자기주도적인 면을 보여주어 우리를 놀라게 했습니다.

또 금년 5월에는 정기구독 하는 어린이신문에 나온 영어 글쓰기대회SEEC 광고를 보고는 아무런 준비도 없었던 엄마, 아빠에게 참가 신청을 해달라며 졸라대어 느닷없이 대회에 참가한 경우도 있습니다. 이전부터 오랜 준비기간을 가진 다른 친구들에 비해 어려움이 있었을 텐데도 규민이는 매우 긍정적으로 영어 글쓰기

대회에 임하는 모습을 보여주며 기대 이상의 성
과를 거두었습니다.

최근에는 수원시에서 주관하는 외국어마을
학습과정에 도전하여 원어민 선생님들의 테스
트를 거쳐 디스커션 과정에 선발되어 현재 매주
토론수업에 참가 중입니다. 이렇게 아이보람을
공부하며 규민이는 영어에 대해 두려움 없이 자
신감을 가진 듯하여 매우 대견스럽게 생각하고 있습니다.

● 아빠가 집안의 응원단장이 되어주세요!

지금까지 2년여 과정에서 가장 고생한 사람은 아이와 함께 해온 아
내입니다. 아직 어린 규민이가 꾸준히 할 수 있도록 항상 곁에서 지켜
봐주고, 때로는 혼을 내고, 또는 달래가며, 아이가 보다 높은 꿈과 목
표를 가질 수 있도록 함께 애써주는 아내 덕분에 지금까지 규민이가
기대 이상의 성과를 내고 있다고 생각합니다. 항상 아이 곁에서 함께
하는 아내에게 감사하는 마음을 전하고 싶습니다.

아이가 아이보람을 하고 있는 아빠들에게 한 가지 팁을 드리자면,
예전 조선시대 며느리들이 보유했던 '벙어리 3년, 귀머거리 3년' 에
필적하는 '벙어리&귀머거리&응원단장 5년' 신공을 터득하시기를 권
유합니다. 집안에 울려 퍼지는 '호리드 헨리' 의 이상한 목소리에도 익

숙해지셔야 하고, 아내와 아이의 신경전에도 끼어들어서는 안 되며, 끊임없이 아이와 아내를 격려하고 응원해야 합니다. 아빠들이 이 신공을 익히신다면 우리 아이들이 잉글리시 마스터에 점점 가까워지는 모습을 반드시 볼 수 있을 것입니다.

제 아내가 항상 말하는 것처럼, 규민이가 좋은 영어습관을 스스로 체화할 때까지 아이보람이 큰 힘이 되어주면 좋겠습니다. 앞으로도 아이보람이 아이에게 새로운 모험심과 자신감을 가득 심어주어 엄마와 함께 하는 규민이의 영어 여행에서 현명한 길라잡이가 되어 주었으면 합니다.

멋진 규민아, 힘내! 항상 헌신적인 규민 엄마, 사랑해! 아빠가 열심히 응원하고 있다!

교과서보다 훨씬 재미있는 영어 수업

땡큐, 맘 엄마표 영어 성공기

초판 1쇄 인쇄 2020년 02월 25일   **2쇄** 발행 2024년 06월 21일
    1쇄 발행 2020년 03월 03일

지은이	신은미 외 38인
발행인	이용길
발행처	**모아북스** MOABOOKS

관리	양성인
디자인	이룸

출판등록번호	제 10-1857호
등록일자	1999. 11. 15
등록된 곳	경기도 고양시 일산동구 호수로(백석동) 358-25 동문타워 2차 519호
대표 전화	0505-627-9784
팩스	031-902-5236
홈페이지	www.moabooks.com
이메일	moabooks@hanmail.net
ISBN	979-11-5849-124-6 03810

이 도서의 국립중앙도서관 출판예정도서목록(CIP)은 서지정보유통지원시스템 홈페이지(http://seoji.nl.go.kr)와 국가자료종합목록 구축시스템(http://kolis-net.nl.go.kr)에서 이용하실 수 있습니다. (CIP제어번호 : CIP2020004410)

모아북스 MOABOOKS 는 독자 여러분의 다양한 원고를 기다리고 있습니다.
(보내실 곳 : moabooks@hanmail.net)